김문형 新무협 판타지 소설

FANTASTIC ORIENTAL HEROES

실명무사 13

김문형 新무협 판타지 소설

초판 1쇄 찍은 날 § 2020년 3월 10일
초판 1쇄 펴낸 날 § 2020년 3월 17일

지은이 § 김문형
펴낸이 § 서경석

총괄팀장 § 노종아
편집책임 § 신나라

펴낸곳 § 도서출판 청어람
등록번호 § 제387-1999-000006호
등록일자 § 1999. 5. 31
어람번호 § 제2-2830호

주소 § 경기도 부천시 부일로 483번길 40 서경B/D 3F (우) 14640
전화 § 032-656-4452 팩스 § 032-656-4453
http://www.chungeoram.com
E-mail § chungeorambook@daum.net

ISBN 979-11-04-92169-8 04810
ISBN 979-11-04-91975-6 (세트)

청어람

[완결]

실명무사

김문형 무협 판타지 소설

FANTASTIC ORIENTAL HEROES

1장.

불타는 도성

스윽.

무명은 부쩍 살기가 일었다.

"네놈이 사슬을 뺀 게 방심을 유도한 것이었군."

지금 이강, 당호, 당백기 말고 암습을 시도할 자라면 구멍 위에서 내려온 무사들 중 하나이리라. 무명은 더 이상 사정을 봐주지 않고 환도를 뒤로 휘둘렀다. 그때였다.

"…무명!"

언뜻 들으면 사내 같으나 여인의 부드러움이 섞여 있는 목소리.

"정영?"

등 뒤에서 다가온 것은 정영이었다. 무명은 깜짝 놀라 환도를 멈추며 뒤를 돌아봤다.

…그런데 정영이 아니라 청의를 걸친 무사가 두 손을 뻗으며 달려드는 것이 아닌가? 동시에 무사의 소맷자락에서 두 개의 판관필이 튀어나왔다.

쉬쉬쉬쉭!

무명은 아직도 왜 정영이 무사로 바뀌었는지 영문을 몰랐지만 반사적으로 환도를 들어 판관필을 막았다. 그러나 무사의 판관필 수법이 절묘했다.

까까까깡!

무사의 판관필이 순식간에 일고여덟 군데의 요혈을 노리며 환도와 충돌했다. 모든 병장기는 길면 길수록 강하다. 같은 실력이면 검(劍)은 창(槍)을 이길 수 없다. 판관필은 손바닥 두 개를 붙인 길이가 고작이다. 보통이라면 환도가 판관필 두 개를 압도하고도 남을 상황.

하지만 무명이 정영의 목소리를 듣고 당황할 때 무사가 바싹 몸을 붙인 것이 승부수였다. 그가 초근접전을 벌이자 베는 공격에 적합한 환도는 오히려 거추장스럽게 변했던 것이다.

결국 무사의 승부수가 통했다. 두 개의 판관필이 전광석화처럼 무명의 요혈 네 군데를 점혈했다.

파파파팟!

마침 정신을 차리고 몸을 일으키던 당호가 신음성을 흘리듯 소리쳤다.

"놈을 붙잡으셨군요!"

그때였다. 무명이 당호 쪽을 향해 빙글 고개를 돌리는 것이
아닌가?

"뭘 붙잡았다고?"

"……!"

당호는 입을 딱 벌리며 경악했다. 마혈을 점혈당했는데 고
개를 돌리며 말을 한다니? 무명의 내공 수위는 대체 어느 정
도라는 말인가? 그러나 무명이 전혀 충격을 받지 않은 것은
아니었다.

판관필이 네 개의 혈도로 날아드는 순간 무명은 혈도에 내
공진기를 흘려 넣었다. 그 덕분에 완벽하게 점혈당하는 것은
피했으나 오래 앉아 있으면 다리가 저린 것처럼 움직임이 둔
해질 수밖에 없었다. 그리고 무사에게는 그 찰나의 시간이면
충분했다. 무사가 품에서 폭이 좁고 기다란 종이를 꺼내 무명
에게 던졌다.

펄럭!

종잇장이 무명의 두 눈을 가리더니 그대로 뒤로 돌아갔다.
무명의 머리를 한 바퀴 두른 종잇장은 뒷덜미에서 양쪽 끝이
붙어버렸다.

철썩!

마치 이강이 두 눈에 감고 다니는 검은 천처럼 무명의 두

눈을 가린 종잇장. 종잇장은 이강의 천과 달리 무명의 두 눈을 가리고 계속해서 두 귀까지 덮으며 머리통에 감겨 있었다.

하지만 이강의 천과 가장 다른 점은 종잇장에 붉은 글씨가 빼곡히 적혀 있다는 것이었다.

바로 부적이었다. 부적이 두 눈과 두 귀를 막아버리자 무명은 목인상처럼 자리에 선 채 꼼짝하지 않았다. 귀신같은 판관필 수법으로 무명을 점혈하고 부적을 붙인 무사.

"절대 이자에게 가까이 가지 마라."

그가 무명에게서 한 발짝 뒤로 물러서며 말했다.

"지금은 우리가 어디 있는지 알지 못하겠지만 접근하면 반응할 것이다. 게다가 내력이 너무 강해서 언제 환술이 깨질지 모른다."

곧이어 사람들이 한자리에 모였다. 그중에는 이강과 정영은 물론 잠행조 이 조의 인물들이 있었다.

당호, 당백기, 장청. 그리고 부적을 써서 무명을 사로잡은 장본인, 제갈성.

그는 평범한 무사 복장을 걸친 채 이 조와 함께 지하 도시를 잠행했다. 하지만 아무도 그의 얼굴을 알아보지 못했으니, 평소 은사모를 써서 이목구비를 숨겼기 때문이다. 무사히 지하 도시를 탈출한 이 조는 도성으로 향해서 제갈성이 부리는 무사들, 즉 사 조와 합류했다.

그런데 제갈성은 복장을 바꾸지 않은 채 무사들 속에 섞여 있었다. 그리고 정영의 목소리를 흉내 내는 환술과 부적을 써서 무명을 포획한 것이었다. 이강, 당호, 당백기의 합공은 시선을 끌기 위한 허초였다. 제갈성의 환술과 부적이 무명을 제압하는 실초였다.

이중, 삼중으로 덫을 놓은 제갈성. 무공은 물론 병법에 능한 제갈세가 고수의 심계에 무명이 걸려든 것이었다. 장청이 크게 기뻐하며 말했다.

"부맹주님! 악인을 잡은 것을 감축드립니다!"

이어서 정영에게 고개를 돌렸다.

"정영! 이번에 큰 공을 세웠어!"

"으응……."

정영이 힘없이 고개를 끄덕였다. 제갈성과 무사들에게 무명의 정체를 얘기한 자는 그녀였던 것이다. 아직 고통이 가시지 않았는지 당호가 양미간을 찡그리며 말했다.

"설마 이자가 모든 흉계를 꾸몄을 줄은 몰랐습니다."

장청이 코웃음을 치며 말했다.

"그동안 우리를 잘도 속였지. 환관 세작이라니, 처음부터 낌새가 이상했어."

그 말에 제갈성이 대답했다.

"맹주님은 이미 대책을 마련하고 계셨다."

"대책이라뇨? 그게 무엇입니까?"

그때 뜻밖의 인물이 장청의 물음에 대신 대답하고 나섰다.

"나다."

"네놈이?"

말을 꺼낸 자는 이강이었다. 장청은 물론, 제갈성을 제외한 모든 사람이 깜짝 놀라서 이강을 봤다. 이강이 제갈성에게 고개를 돌리며 말했다.

"소림 땡초가 나를 잠행조에 넣은 진짜 이유가 무림맹에 잠입한 세작을 찾아내려는 것이었겠다?"

"그렇소."

제갈성이 단호하게 대답했다.

"하지만 이자가 망자 편의 세작이리라고는 생각지 못했지. 당신도 속아 넘어갔고 말이오."

"그건 내 잘못이 아니지. 들키지 않으려고 기억까지 없애는 놈을 무슨 수로 당하냐?"

이강의 목소리가 얼음장처럼 냉랭해졌다.

"소림 땡초에게 전해라. 이것으로 모든 빚은 갚았다고."

"맹주님께 말씀드리지."

제갈성의 말이 끝나자 이강이 몸을 돌렸다.

그때 장청이 허리춤의 검 자루에 손을 대며 말했다.

"멈춰라! 부맹주님, 정말 이 악인 놈을 그냥 보내실 겁니까?"

"그냥 못 보내겠다면?"

이강이 장청에게 고개를 휙 돌렸다.

"네놈이 날 막겠다는 거냐?"

"그렇다! 부맹주님만 허락하시면 너 같은 악인쯤은 당장에
라도……."

"해보시지."

이강이 장청을 향해 돌아선 뒤 고개를 삐딱하니 옆으로 기
울였다. 장청은 피식 웃으며 검을 뽑으려고 했다. 순간 이강이
걸친 흑의가 강풍을 만난 것처럼 휘날리는 것이었다.

펄럭!

흑의가 깃발처럼 펄럭이는 것도 모자라 이강의 주위에 붉
은 기운이 감돌기 시작했다.

"왜 그래? 검을 뽑아보라니까?"

"……."

장청은 손을 떨며 차마 검을 뽑지 못했다.

곧 이강이 냉소하며 말했다.

"나를 다시 만나지 않도록 하늘에 빌어라. 그날이 네놈 제
삿날이 될 테니까."

그는 몸을 홱 돌려서 어둠 속으로 걸어 들어갔다. 꼼짝 못 하
고 굳어 있던 장청은 그제야 자기도 모르게 크게 숨을 내쉬었다.

잠시 침묵이 흐른 뒤, 제갈성이 입을 열었다.

"모두 들어라. 한시라도 빨리 만련영생교의 잔당을 찾아야
한다."

"예!"

"이번 잠행에 많은 희생이 있었다. 모두 대의를 위한 것이니

작은 일에 연연하지 마라."

"존명!"

당호, 당백기, 정영, 장청이 포권지례를 올리며 외쳤다.

그때였다.

복도 멀리의 어둠 속에서 누군가의 목소리가 들려왔다.

"과연 명문정파의 큰 뜻은 악인이 헤아리기 힘들군."

목소리의 주인은 이강이었다.

"그 잘난 대의명분 앞에서 사람 목숨은 벌레만도 못한 것이구나, 크하하하하……."

이강의 광소는 좀처럼 그치지 않고 한참 동안 계속됐다. 제갈성 앞에 무림맹의 인물들과 수십 명의 무사들이 모였다.

제갈성이 명을 내리기 시작했다.

"지금부터 육룡채 어딘가에 있을 지하 도시의 출구를 찾는다."

이어서 그가 잠행조 네 명을 돌아보며 말했다.

"각자 무사 두 명씩을 대동하고 흩어진다. 삼 인이 한 조가 되어 출구를 찾아라."

"존명!"

정영, 장청, 당호, 당백기가 포권지례를 올리며 복창했다.

"이강이 가장 먼저 출구를 찾을 가능성이 높다. 그자는 내가 직접 추격할 테니 염려 마라."

제갈성이 계속해서 무사들에게 명령했다.

"출구를 찾은 조는 경거망동하지 말고 창문 밖으로 신호탄을 쏘아라. 그럼 모두가 모인 뒤에 만련영생교를 척결한다."

"예!"

"그럼 작전을 시작한다."

제갈성의 말을 마지막으로 인물들은 빠르게 사방으로 흩어
졌다. 그리고 모두가 사라진 복도에 우두커니 서 있는 그림자
가 하나 있었다.

바로 무명이었다. 제갈성의 부적이 두 눈과 두 귀를 꽁꽁
싸매 버린 뒤 무명은 목인상처럼 움직이지 않은 채 계속 그
자리에 있었던 것이다.

그런데 잠시 후, 다른 그림자 하나가 슬쩍 어둠 속에서 모
습을 드러냈다. 그는 창천칠조의 수장인 장청이었다.

"이강도 모자라 저 악인 놈을 그냥 놔둔다고? 부맹주님은
도량이 지나치게 넓으신 게 탈이다."

장청은 두 무사에게 잠깐 기다리라고 한 다음 몰래 길을
돌아왔던 것이다.

"부맹주님은 네놈을 생포하려는가 본데 내 생각은 다르다.
악인은 한 놈이라도 없는 편이 세상에 득이 될 터."

스릉! 그가 무명에게 다가서며 검을 뽑았다.

"감히 네놈이 정영에게 추파를 던져? 환관 놈이 주제도 모
르고."

장청이 얼굴을 일그러뜨리며 말했다.

만약 이강이 자리에 있었다면 광소를 터뜨렸으리라.

그리고 이렇게 일갈했으리라.

'자기 이득은 득달같이 챙기는 놈들이 입만 열면 대의명분을 지껄이지, 하하하하!'

장청이 몰래 돌아온 이유는 정영 때문이었다. 정영의 의사와는 상관없이 혼자 그녀에게 연정을 품은 장청. 그는 무명과 정영이 오랜 시간 강호행을 함께했다는 얘기를 전해 들은 뒤 줄곧 질투심을 불태웠던 것이었다. 장청이 검을 뻗어 무명을 찔렀다. 물론 대의를 위한다는 말 한마디와 함께.

"세상을 어지럽힌 악인 놈아, 그만 사라져라!"

쉬익!

전광석화 같은 숭산파의 대숭양검(大嵩陽劍)이 무명의 심장으로 날아들었다.

그때였다. 목인상처럼 꿈쩍도 않던 무명이 팔을 번쩍 들어 환도를 찔러오는 것이 아닌가? 장청은 순간 움찔했으나 부적이 계속 무명의 얼굴을 싸매고 있는 것을 보고 그대로 검초를 뻗었다.

"네놈이 부맹주님의 환술을 깨뜨릴 성싶으냐?"

부적이 아직 멀쩡한 것을 보자 용기가 생겼던 것이다.

그런데 환도가 그리는 궤적이 이상했다.

슈우웃!

장청은 일순 커다란 거울에 자신이 비친 것으로 착각했다.

"……?"

무명이 환도를 찔러오는 초식이 지금 자신이 출수하는 대
숭양검과 판박이처럼 똑같았기 때문이다.

"네놈이 숭산파의 검법을 훔쳐 배웠구나!"

질투심에 무명을 해치려던 장청은 이제 정말 그를 죽여야
될 명분이 생겨서 세차게 검을 찔렀다.

푹! 검이 심장을 꿰뚫고 박혔다.

…그러나 장청은 채 검초의 절반도 출수하지 못한 상태였다.

가슴을 뚫고 반대편으로 튀어나온 것은 장청의 검이 아니
라 무명의 환도였다.

"대체 어떻게……."

평생 수련한 대숭양검을 똑같이 따라 하는 것도 모자라 자
신보다 훨씬 빠르게 출수하다니?

장청의 몸이 스르르 무너져서 바닥에 나뒹굴었다.

콰당.

그는 절대 불가능한 장면을 봤다는 의아한 눈빛을 한 채
숨이 멎었다. 장청이 쓰러진 뒤에도 무명은 한참을 꼼짝없이
서 있었다. 장청의 예측은 하나만 맞았다. 제갈성의 환술은
여전히 깨어지지 않고 있었던 것이다.

지금 무명의 눈과 귀를 싸맨 부적은 제갈세가의 오이목부였다.

오이목부(誤耳目符).

눈과 귀를 어지럽힌다는 뜻의 부적.

오이목부가 두 눈과 두 귀를 싸맨 자는 실제 사물과 소리

가 아니라 환각을 보고 환청을 듣게 된다.

효과만 들어서는 무적의 부적이라 여겨질 만한 오이목부.

그러나 오이목부는 큰 단점이 있었다. 부적에 당한 자의 내공과 정신력이 고강할 경우 환술이 깨지며 찢어질 위험이 존재했던 것이다. 때문에 제갈세가는 정신이 맑지 못하거나 사술을 연마한 마두를 잡을 때만 오이목부를 사용했다.

제갈성이 무명에게 접근하지 말라고 경고한 것도 그래서였다.

무명의 내공 수위라면 언제 오이목부가 찢어질지 모른다. 또한 환각을 보고 환청을 듣는다고 해도 손발이 자유롭지 않은 것은 아니다. 그런데 장청은 부적에 당한 무명을 두고 마혈을 점혈당한 것처럼 착각을 했으니······.

그의 죽음은 스스로 자초한 셈이었던 것이다. 장청의 시신이 옆에 있는데도 무명은 여전히 환각과 환청에 빠져 있었다.

방금 전.

제갈성이 부적을 얼굴에 붙이는 순간, 무명의 시야에서 잠행조 인물들이 사라졌다.

팟.

'뭐지?'

무명은 영문을 알 수 없었다. 이강, 당호, 당백기는 물론 정영의 목소리를 똑같이 흉내 냈던 무사가 눈앞에서 감쪽같이 사라진 것이었다. 어두컴컴한 복도는 별 이상이 없어 보였다.

그런데 사람만 귀신처럼 사라질 수 있다니······.

무명은 꼼짝하지 않고 귀를 기울였다. 잠행조가 어떤 눈속임을 썼는지는 모른다. 하지만 내공고수의 청력까지 속일 수는 없으리라. 그러나 발소리는커녕 바늘 하나 떨어지는 소리도 들리지 않았다.

이건 말이 안 됐다. 문득 짚이는 생각이 있었다.

'중독된 건가?'

잠행조 이 조가 무사히 지하 도시를 탈출했는지 당호와 당백기가 합공에 나섰다. 둘은 사천당문의 인물이며, 당문은 독과 암기를 중원의 어떤 문파보다 잘 쓰기로 이름난 가문이다.

만약 당호가 싸움 도중에 무색무취(無色無臭)의 독을 풀었다면?

'충분히 가능한 얘기다.'

무명은 조용히 심호흡을 하면서 내력을 운용했다.

하지만 호흡도, 내공진기의 흐름도 정상이었다. 중독되었다고 해도 적어도 몸에는 이상이 없다는 뜻. 그렇다면…….

'정신을 혼미하게 만드는 독?'

만약 정신을 이상하게 만드는 독을 썼다면 모든 것이 설명 가능했다. 잠행조가 눈앞에서 갑자기 사라진 것도, 주위에서 아무 소리도 들리지 않는 것도 모두 무명만 그렇게 느끼고 있는 것이리라. 그렇다면 바로 옆에 잠행조가 멀쩡히 있다는 뜻이 된다. 단지 보이지 않고 들리지 않을 뿐.

무명은 신경을 팽팽히 곤두세웠다.

그때였다.

쉬익!

허공에서 갑자기 검이 튀어나오더니 심장을 향해 날아왔다.

실로 전광석화 같은 검초. 그러나 무명의 움직임은 더욱 빨랐다. 그는 반사적으로 검초를 따라 해서 상대의 가슴팍에 먼저 환도를 찔러 넣었다.

푹!

환도가 심장을 꿰뚫자 그림자는 힘없이 쓰러졌다. 그런데 그림자가 바닥에 닿는 순간 유리가 깨지는 것처럼 산산조각으로 부서지더니 곧 희미하게 사라지는 것이 아닌가?

'……!'

틀림없었다. 눈과 귀를 속이는 독에 중독된 것이다. 기이한 점은 아무도 보이지 않지만 복도는 먼저와 그대로라는 것이었다.

'이대로 있다가는 곧 들이닥칠 제갈성에게 당한다.'

사 조 무사들이 급습했으니, 어디선가 제갈성이 그들에게 명을 내리고 있으리라.

'움직이자.'

무명은 환도를 휘둘러서 바닥에 핏물을 털었다. 망자가 피 냄새를 맡으면 곤란하니까.

그는 환도를 든 채 재빠르게 이동하기 시작했다.

스스스스.

그의 신형이 바람처럼 움직였으나 발소리는 전혀 나지 않았다.

무명은 긴 복도를 달린 뒤에 모퉁이를 돌았다. 이어서 재차 복도를 끝까지 간 다음 막다른 곳이 나오자 계단을 내려갔다.

그렇게 막다른 곳이 나오면 계단을 내려가기를 몇 번 반복했다. 그러자 다시 긴 복도가 나왔다. 무명은 계속해서 복도를 달렸다. 그런데 도중에서 깜짝 놀라며 발을 멈추고 말았다.

'……!'

복도 중간에 핏물이 점점이 뿌려져 있는 것이 아닌가?

흑도 무리의 본거지 육룡채에 핏자국이 있다고 해서 이상할 것은 없다. 하지만 눈앞의 핏자국은 달랐다. 방금 전에 환도를 휘둘러서 바닥에 털었던 그 핏물 자국이었기 때문이다!

즉, 무명은 주위를 한 바퀴 빙 돌아서 같은 자리로 돌아온 것이었다.

'어떻게 이런 일이……?'

어안이 벙벙하던 무명은 곧 정신을 차렸다.

'아니다. 중독되어서 환각을 보는 것일 뿐.'

그러나 안심은 되지 않았다. 방금 복도를 달려온 게 너무나 생생했기 때문이다.

'해독할 방법을 찾아야 한다.'

일단 당호를 붙잡자. 무명은 결정을 내린 뒤 다시 복도를 달리기 시작했다. 이번에는 제자리를 빙빙 돌지 않기 위해 모퉁이가 나올 때마다 갈지자 모양으로 방향을 번갈아 바꾸며 달렸다.

얼마나 복도를 달리고 계단을 오르내렸을까. 무명은 천천히 걸음을 멈췄다. 다시 핏자국이 있는 복도로 돌아온 것이었다.

'……'

허억허억.

무명이 작게 숨을 헐떡였다. 내공고수인 그가 조금 달렸다고 해서 숨이 찰 리가 없으니, 환각에 빠진 게 그의 정신에 큰 충격을 주었던 것이다.

마치 가위에 눌린 것 같았다. 절대 깨어나지 못하는 악몽.

그때 복도 건너편의 어둠에서 무슨 소리가 들렸다.

"…주세요."

중독된 이후로 처음 듣는 소리. 무명은 무심코 소리를 향해 다가갔다.

터벅, 터벅, 터벅.

소리는 복도 옆에 있는 방에서 들려오고 있었다. 무명은 방 앞에 선 다음 환도로 문을 밀었다.

삐걱…….

문이 열리자 방 안에 그림자 하나가 고개를 푹 숙인 채 서 있는 게 보였다. 작은 키에 가슴까지 내려오는 긴 머리. 여자아이였다.

"…려주세요."

"뭐라고 하는 거냐?"

무명이 바짝 마른 입을 억지로 움직여서 말했다.

순간 여자아이가 고개를 홱 치켜들더니 개처럼 울부짖었다.

커어엉!

여자아이가 턱주가리를 쩍 벌리며 무명에게 달려들었다.

멍하니 있던 무명은 여자아이가 손목을 물어뜯으려는 찰나 무심코 환도를 휘둘렀다.

촤악!

여자아이의 목이 환도에 베여서 바닥에 떨어진 뒤 바닥으로 굴러갔다.

데굴데굴…….

목은 한참을 구르다가 벽에 부딪친 뒤에야 멈췄다. 그때 여자아이의 목이 눈알을 희번덕거리며 무명을 보면서 말했다.

"아빠, 살려주세요!"

무명은 입을 딱 벌리며 경악했다. 그가 벤 여자아이의 목이 자신의 딸, 즉 불에 타 죽은 장량의 딸이었던 것이다.

"……!"

딸의 두 눈에서 피 눈물이 줄줄 흘러내렸다.

"아빠, 살려달라니까? 설마 날 죽게 내버려 둘 거야?"

무명은 침을 꿀꺽 삼켰다. 그리고 뒷걸음질 쳐서 방을 나왔다.

그러는 중에도 딸의 목은 무명에게 시선을 고정한 채 울면서 호소했다.

"아빠! 날 버리지 마! 아악, 여기 너무 뜨거워! 아빠, 어디 가는 거야, 아빠……."

무명은 차마 딸의 목소리를 들을 수 없어서 두 손으로 귀를 틀어막았다. 그리고 발이 닿는 대로 무작정 복도를 달렸다.

그런데 정신을 차리자 다시 핏자국이 있는 복도였다.

그리고 복도 옆의 방 안에서 검은 그림자가 천천히 걸어 나왔다. 딸아이였다.

"아빠, 날 버리고 갈 거야?"

딸아이가 한 걸음, 한 걸음 다가오기 시작했다.

"왜 날 버리고 갔어?"

무명은 자기도 모르게 대답했다.

"아빠는 널 버린 적 없어."

"거짓말."

"정말이야."

"거짓말! 거짓말이야!"

"정말이야! 거짓말이 아니야!"

무명이 환도를 바닥에 팽개친 채 딸아이에게 달려갔다. 그리고 딸을 안으려고 두 손을 뻗으며 말했다.

"이제 아무 데도 안 갈게! 절대 널 버리지 않으마!"

그러자 피 눈물을 흘리던 딸아이가 씨익 미소를 지었다.

"정말?"

쩍!

딸아이가, 아니, 망자가 입을 활짝 벌리고 무명의 목덜미를 물어뜯었다.

입을 쩍 벌린 망자가 무명을 물어뜯으려고 덤볐다.

키에에엑!

순간 무명이 반사적으로 손을 뻗어 벽공장을 출수했다.

펑!

가슴 한복판에 벽공장을 맞은 망자가 뒤로 날아가 벽에 부딪쳤다. 무명은 그제야 퍼뜩 정신이 들었다. 그는 두 눈을 가늘게 뜨고 어둠 속에 쓰러져 있는 망자를 살폈다.

그런데 다시 보자 망자가 아니라 딸아이가 맞지 않은가?

벽공장에 맞아 전신의 뼈가 박살 난 딸아이가 천천히 몸을 일으켰다. 그리고 비비 꼬인 사지를 허우적거리며 앞으로 걸어왔다.

"아빠, 여기 너무 뜨거워……."

머릿속이 하얗게 변한 무명은 딸을 피해 뒷걸음질 치다가 몸을 돌렸다.

그는 넋을 잃은 채 도망쳤다. 한참을 복도를 뛰고 계단을 내려갔다. 그러다가 문득 이상한 기분이 들어 발을 멈췄다.

다시 핏자국이 있는 복도로 돌아와 있었다.

"……!"

복도에는 딸아이 말고 수십 명의 사람들이 우두커니 선 채 무명을 쳐다보고 있었다. 곧 사람들이 무명을 향해 걸어오기 시작했다.

터벅터벅터벅……

사람들의 얼굴이 어둠 속에서 나오는 순간 무명은 침을 꿀꺽 삼키며 경악했다.

그들은 장량이 살았던 도성 근처의 마을 주민들이었다. 딸아이가 좋아하던 밀전병 가게 주인, 객잔 일을 하던 점소이, 양춘면을 기가 막히게 끓이던 국숫집 처녀 등등.

하나같이 익숙한 얼굴들. 그들 중에는 장량의 아내도 있었다.

"당신, 우릴 버리고 가실 거예요?"

"……"

무명은 무언가 대답을 하려고 했지만 얼어붙은 것처럼 입이 떨어지지 않았다. 딸아이, 아내, 마을 사람들이 한 걸음, 한 걸음 무명에게 다가왔다.

키이이익……

무명은 이를 악물고 사람들을 노려봤다. 모두 환각일 것이다. 이대로 계속 도망치기만 한다면 환각에 빠진 채 영영 육룡채를 떠돌 것이다. 그가 손을 뻗자 복도에 떨어져 있는 환도가 휘리릭 빨려서 날아왔다.

탁. 무명이 환도를 잡아 들자 사람들의 표정이 일그러지며 돌변했다.

키에에엑!

사람들이 두 손을 휘두르며 달려들었다. 무명은 인정사정없이 환도를 휘둘렀다. 사람들은 삽시간에 목이 베이고 팔다리가 떨어져서 바닥에 쓰러졌다. 아내와 딸아이도 언제 베었는지 알 수 없었다. 정신을 차리자 수십 구의 시신이 복도에 뒹굴고 있었다.

"허억허억……."

무명은 내공고수답지 않게 숨을 헐떡였다. 환각이라는 사실을 알고 있지만 마을 사람들을 죽였다는 죄책감을 쉽게 떨칠 수 없었던 것이다.

"아니."

그가 고개를 저으며 냉랭하게 말했다.

"마을 사람들은 여기 없다. 망자가 환각으로 그렇게 보이는 것일 뿐."

환각과 환청을 막을 수 없다면? 보지 않고 듣지 않으면 그만이다.

무명은 두 눈을 꾹 감았다. 그리고 환도를 앞으로 뻗어서 방향을 감지하며 복도를 걷기 시작했다. 도중에 누군가 다가오는 기척을 느끼면 바로 환도를 휘둘러서 베어버렸다.

"무작정 덤비는 자는 망자다."

그러나 눈은 감았어도 딸아이와 아내의 흐느낌이 귓속으로 새어 들어오는 것은 막을 수 없었다.

흐흐흑… 아빠… 당신…….

끝이 없이 계속되는 악몽.

무명은 일부러 목소리를 크게 해서 혼잣말을 계속했다. 그렇게라도 하지 않으면 망자한테 당하기 전에 정신이 돌아버릴 것 같았다.

"해독약을 찾아야 한다."

하지만 어떻게?

지금 있는 장소는 잠행조와 싸우던 곳과 그리 멀리 떨어지지 않았으리라. 계속해서 달리던 복도와 계단은 환각일 테니까.

그때 문득 이상한 생각이 들었다.

"정말 중독된 게 맞나?"

잠행조와 싸울 때 공기 중에 어떤 색과 냄새의 변화를 느끼지 못했다.

무색무취의 독.

당호와 당백기가 그런 독을 쓴 게 사실일까? 환각에 빠뜨리는 독을 쓸 바에는 그냥 극독을 써서 죽이면 되는 것 아닌가?

굳이 최면 효과가 있는 독을 쓴 이유라면…….

"함부로 싸울 수 없었나?"

잠행조는 무명의 무공 수위를 확인한 뒤 정면으로 싸우는 것을 피했다. 이강, 당호, 당백기가 합공을 펼쳐서 손발을 묶으려고 한 것이 그 증거였다. 쉽게 상대할 수 없는 고수를 최면에 빠뜨린 뒤 제풀에 쓰러지게 만든다.

싸우지 않고 승리한다. 최고의 병법. 그때 또 한 가지 가능성이 떠올랐다.

"생포하려고 했나?"

소림사 참회동에 가두고 배후를 캐내서 잔당을 일망타진하려는 계획인가? 시황을 소림사에 호송하던 것처럼?

합공은 그것을 위한 함정이었을 뿐.

그렇다면…….

문득 뇌리를 스치는 생각이 있었다. 두 개의 판관필을 귀신처럼 쓰던 무사.

그때 무사의 얼굴이 생생하게 머릿속에 떠올랐다. 당문삼독의 짐을 운반하기 위해 제갈성이 빌려준 무사가 아닌가?

"……!"

순간 모든 수수께끼가 풀렸다. 판관필을 써서 무명과 일대일 대결을 펼쳤던 무사의 정체는 바로 제갈성이었던 것이다.

"옥면서생 제갈성."

그는 은사모를 쓰고 얼굴을 숨기고 다니는 기인이사로 유명했다. 무림의 명숙 몇 명 외에는 아무도 그의 이목구비를 본자가 없다는 소문이 나돌았다. 제갈성은 부하 무사로 신분을 숨긴 채 지하 도시를 잠행했으리라.

그런데 무명이 옛 황제를 따르는 이매망량의 수장인 것을 알게 되자 그대로 무사들 속에 섞여서 무명을 사로잡는 작전을 펼친 것이었다.

"잘도 나를 속여 넘겼군."

그렇다면 다른 수수께끼도 해명되었다.

"당호가 독을 쓴 게 아니었군."

당호와 당백기는 사슬 작살로 무명을 잡고 있는 것도 힘겨워했다. 그런 둘이 독을 쓸 겨를은 없었을 것이다.

독이 아니라면 환각과 환청을 불러일으키는 것은……

"제갈성의 환술."

무명은 이를 부드득 갈며 분노를 삼켰다. 잠행조 인물들이 갑자기 복도에서 사라진 것은 제갈성이 환술을 썼기 때문이리라.

그러고 보니 판관필로 요혈을 노리던 무사가 갑자기 무언가를 얼굴로 던지던 것이 생각났다.

"그럼?"

손을 들어 얼굴을 만지던 무명은 깜짝 놀라고 말았다.

거친 종잇장이 가로로 얼굴을 빙 둘러서 싸매고 있는 것이 아닌가? 종잇장은 풀을 바른 것처럼 두 눈과 두 귀에 찰싹 달라붙어 있었다. 환각과 환청을 일으키는 종잇장.

"부적이군."

무명은 부적을 떼어내려고 했다. 하지만 살에 착 붙어서 떨어지지 않는 것은 물론, 고무처럼 질겨서 찢어지지도 않았다.

"힘으로는 뗄 수 없다는 건가?"

무명은 심호흡을 하며 내력을 끌어모았다. 그리고 두 눈과 두 귀, 즉 머리 쪽의 혈맥으로 모든 내력을 보내기 시작했다.

곧 주위가 시뻘겋게 물든 것처럼 보이며, 귀가 멍해지면서 기이한 소리가 들렸다.

우우우웅…….

눈과 귀는 사람 몸에서 가장 섬세한 기관에 속한다. 또한 두뇌와 신경이 직접 연결되어 있다. 그런데 엄청난 내력을 머리로 몽땅 운용하고 있으니, 피가 몰리면서 머리가 빠개질 듯한 고통이 뒤따르는 게 당연했다. 무명은 이를 악물고 버티면서 계속 내력을 쏟아부었다. 곧이어 귀청을 찌르는 날카로운 소리와 함께 얼굴을 싸매고 있던 부적이 산산조각으로 찢어졌다.

쫘자자작!

순간 뒷덜미에서 커다란 범종이 울린 것 같은 격통이 느껴졌다.

떠어어엉!

"크윽!"

난쟁이에게 백령은침을 시술받았던 자리. 무명은 신음을 지르며 목덜미를 움켜쥐었다. 부적을 찢는 데 성공했지만 눈과 귀에 연결된 혈맥이 과도한 내력 운용에 충격을 받은 것이었다.

그때 눈앞에 희미하게 사람 그림자가 보였다. 사람 그림자는 모두 두 명이었다. 동시에 그들이 대화하는 소리가 전음처럼 머릿속에 울려 퍼졌다.

[십삼호⋯⋯.]

[시술⋯⋯.]

시술? 무명은 머리가 어지러운 와중에 생각했다. 백령은침 시술 얘기인가? 그렇다면 두 그림자는 이매망량일 텐데⋯⋯.

그림자들은 짙은 안개에 휩싸인 것처럼 희미해서 이목구비

를 알아볼 수 없었다. 또한 목소리 역시 어디선가 들어본 듯
했으나 누구인지 기억나지 않았다.

두 그림자가 흐려지더니 곧 눈앞에서 사라졌다. 무리해서
내력을 머리 쪽 혈도로 운용해서일까. 기억을 되찾은 이후에
도 백령은침을 시술받은 부작용이 계속될 줄이야……

어쨌든 제갈성의 환술을 깨는 데 성공했다. 무명은 숨소리
를 죽이며 재빨리 좌우를 둘러봤다. 주위가 또렷하게 두 눈에
들어왔다. 시력과 청력이 원래대로 돌아온 것이다. 그런데 지
금 있는 곳은 건물 안이 아니었다.

"여기는?"

주위를 둘러본 무명은 자신이 육룡채가 아니라 도성의 거
리로 나왔다는 것을 깨달았다. 환각과 환청에 쫓기면서 달리
는 중에 육룡채를 나온 것이리라. 제자리를 빙글빙글 돈다고
느꼈던 것도 모두 착각이었다. 거리는 아직 해가 뜨지 않아서
여전히 어두웠다.

그때였다.

타타타탓!

누군가가 빠르게 달리는 소리가 들렸다.

최소한의 동작으로 신속하게 이동하는 발소리.

금위군인가? 무명은 몸을 날려서 골목 모퉁이에 숨었다. 그
리고 슬쩍 거리를 살폈다. 짐작이 맞았다. 금위군 열여덟 명이
빠른 속도로 달려오고 있었다.

금위군들은 거리 중간쯤에 도착하자 삼 개 조로 흩어졌다. 좌우 양쪽에 여섯 명씩이 건물 벽에 등을 기댄 채 섰고, 중앙에는 남은 여섯 명이 거리를 막듯이 일렬로 섰다. 이어서 금위군들이 일제히 시위에 강궁을 메기고 무명 쪽을 겨냥했다.

'들킨 건가?'

무명은 시선을 돌려 지붕 위를 살폈다. 아니나 다를까, 거리 옆에 줄을 이은 지붕에서도 수십 명이 넘는 금위군이 이쪽을 향해 강궁을 겨냥하고 있었다.

'꼴이 우습게 됐군.'

무명은 쓴웃음이 나왔다. 부적에 당한 채 오랜 시간을 무작정 달렸다. 육룡채 밖으로 나온 뒤에도 한참을 달렸으리라. 그런데 공교롭게도 금위군의 진영 한복판으로 들어와 버린 것이다. 그리고 무명을 발견한 금위군은 빠르게 포위망을 좁히며 사냥을 준비하는 것이었다.

'청성 놈, 그렇게 끝장을 보고 싶은가?'

높은 지위에 있는 자는 타인보다 자존심이 세다. 청성은 쉽게 망자비서를 포기할 위인이 아니었다.

무명은 환도를 움켜쥐며 결전을 준비했다.

'죽고 싶다면 할 수 없지.'

그때였다. 지붕 위 곳곳에서 밤하늘을 밝히는 횃불들이 피어올랐다. 이어서 금위군들이 화살 끝을 횃불에 대서 불화살을 만들기 시작했다. 순간 무명은 청성의 흉계가 무엇인지 알아차렸다.

'초토화 작전!'

금위군은 불화살을 쏘아 망자가 창궐하기 시작한 도성 거리를 모조리 불태우려는 계획이리라. 과거 장량이 하평 마을의 집과 사람들을 불태우라는 명령을 수행했던 것처럼.

즉, 금위군은 무명을 겨냥하고 있지 않았다. 공교롭게도 무명이 환술에서 벗어난 곳이 금위군이 작전을 펼치는 장소였을 뿐이었다. 곧이어 무명이 숨어 있는 골목 주위에서 사람들이 뛰쳐나왔다.

"으아아악!"

강호인도 흑도 무리도 아닌 보통 사람들.

척! 금위군이 사람들을 향해 강궁을 겨냥했다. 무명의 표정이 얼음장처럼 냉랭해졌다. 누군가가 명을 내렸다.

"쏴라!"

쉬이이익! 후두두둑!

수십여 발의 불화살이 밤하늘을 밝히며 거리에 쏟아졌다.

그런데 무언가 이상했다. 불화살은 미친 듯이 도망치는 사람들을 단 한 명도 맞히지 못했다.

아니, 오히려 사람들을 홀쩍 넘어서 뒤쪽으로 날아갔다.

이어서 불화살 세례에 꿰뚫린 자들의 괴성이 거리에 울려 퍼졌다.

키에에에엑!

불화살을 맞은 망자들이 바닥에 나동그라졌다. 솜뭉치에 기름을 듬뿍 묻혔는지 불길은 금세 활활 타오르며 망자들의 몸을 태웠다. 무명은 그제야 상황을 깨달았다. 금위군이 진영을 펼친 것은 사람들을 구하고 망자 떼를 상대하기 위해서였던 것이다. 도무지 믿을 수가 없었다.

'청성이 이런 명령을 내렸다고?'

무명이 아는 청성은 도성 사람들을 몽땅 희생시켜서라도 망자비서를 얻었으면 얻었지, 망자 떼로부터 사람들을 구할 위인이 아니었다. 그때 젊은 여인 한 명이 도망치다가 발이 얽혀서 땅에 쓰러지는 게 보였다. 그걸 본 망자 하나가 불화살이 등에 꽂힌 채로 여인에게 덤벼들었다.

키에에엑!

무명은 자기도 모르게 망자를 향해 몸을 날렸다.

키에에엑!

망자가 땅에 쓰러진 여인에게 덤벼들었다.

"살려줘요!"

여인이 소리치는 순간 무명은 자기도 모르게 망자에게 몸을 날렸다.

촤악!

무명이 휘두른 환도에 망자의 목이 떨어졌다. 이어서 무명은 망자의 배에 벽공장을 출수해서 망자를 아예 멀리 날려 버렸다. 펑!

"가, 감사합니다……."

어디선가 나타난 청의인이 망자를 가볍게 처치하자 여인은 고마워하면서도 놀라워했다. 계속해서 수십 명이 넘는 남녀노소가 정신없이 거리로 달려 나왔는데, 그들이 지나치자 바로 망자들이 뒤따랐다. 무명은 제자리에 발을 붙인 채로 환도를 베고 휘둘렀다.

촤아아악!

환도가 한차례 허공을 훑고 지나갈 때마다 망자들의 목과 사지가 땅에 떨어졌다. 무명 쪽으로 달려들던 망자들은 무슨 일이 벌어지는지 깨닫기도 전에 바닥을 나뒹굴었다. 그러는 중에도 불화살은 족족 망자들을 쓰러뜨리며 사람들을 구했다.

쉬이이익! 후두두둑!

무명의 기세가 워낙 흉포했기 때문에 잠깐 이쪽으로 오는 망자들의 발길이 끊어졌다.

"허억허억……."

그는 세차게 숨을 몰아쉬며 생각했다.

'내가 왜 망자들을 죽이고 있지?'

환도를 수십 번 휘둘렀다고 숨이 찰 리는 없으니, 제갈성의 환술에 당한 후유증이 아직까지 정신을 좀먹고 있는 것이었다.

문득 광명우사의 마지막 목소리가 전음처럼 머릿속에 울려 퍼졌다.

'천자를 거역한 황궁과 중원 무림을 깡그리 쓸어버리세요.'

지금 이러고 있을 때가 아니었다. 만련영생교를 세상에 내보낸다. 그래서 시황 폐하를 천자의 자리로 모셔야 한다. 주위에서 목과 사지가 떨어져도 숨통이 끊어지지 않은 망자들이 꿈틀거리며 움직였다. 거리는 기름불에 활활 불타는 망자들로 가득했다. 무명의 두 눈이 싸늘하게 가라앉았다.

'청성이 사람들을 구하라고 명령했다고?'

설마. 무명은 고개를 저었다. 개가 사냥감을 놓아줄 리가 없지 않은가.

'그럼 놈의 속셈이 뭐지?'

무명은 좌우를 둘러보며 거리를 살피다가 무언가를 발견했다.

'저기군.'

탓. 그가 몸을 날려서 자리에서 사라졌다.

한편, 거리에 망자 떼의 숫자가 점점 늘어나고 있을 때였다.

어느 건물의 삼 층에서 금위군 두 명이 창문 아래로 보이는 거리를 살피고 있었다. 그중 부관으로 보이는 자가 수장에게 말했다.

"망자의 수가 줄어들기는커녕 더욱 늘고 있군요."

"사격을 멈추지 마라."

"조장님, 그만 퇴각하는 건 어떻습니까?"

"아니. 중원군이 올 때까지 퇴각은 없다."

그들이 나누는 대화로 볼 때 둘은 높은 곳에서 거리의 동태를 살피며 금위군을 지휘하고 있는 것 같았다. 그때 계단에서 척후병이 뛰어 올라왔다.

"병력이 부족합니다! 놈들이 곧 화전 방어선을 뚫을 것 같습니다!"

"현재 병력은?"

"정확히는 모르나 삼백 명이 간신히 넘습니다."

무명에게 당한 자들과 중상을 입은 청성을 부축해서 대피한 자들을 빼면 현재 거리에 진영을 편 금위군은 삼백 명이 가까스로 넘는 숫자였다. 잠시 침음하던 조장이 입을 열었다.

"우리는 도성을 지킨다."

그러자 부관이 반문했다.

"하지만 총대장님 말씀은 망자가 확산되는 것을 막으면서 후퇴하라고……."

"지금 지휘자는 나다."

"예……."

조장은 일언지하에 부관의 조언을 거부했다. 그때 조장이 무엇을 보았는지 날카로운 눈빛으로 말했다.

"잠깐. 거기 핏자국은 뭐지?"

조장이 검지를 들어 척후병을 가리켰는데, 그의 어깨 주위는 옷감이 갈기갈기 찢겨 있었으며 시뻘건 핏물이 흠뻑 묻어 있었다. 순간 부관이 환도를 뽑아서 척후병의 목을 겨누었다.

척!

조장이 말했다.

"어깨에 난 상처를 보여라."

"전 멀쩡합니다! 이 핏물은 제가 흘린 게 아닙니다!"

"어서."

조장이 냉랭하게 말하자 척후병은 침을 꿀꺽 삼킨 뒤 옷을 찢어서 어깻죽지를 드러내 보였다. 척후병의 말은 거짓이 아니었다. 핏물이 잔뜩 묻었지만 그의 어깨는 생채기 하나 없이 깨끗했다. 망자에게 물리거나 할퀸 흔적은 전혀 찾을 수 없었다.

금위군은 주작호에서 패퇴한 이후 망자 대비를 철저히 했다. 작전에 나간 자가 회군하면 철저한 몸 검사를 통해 상처 입은 자를 격리하고 있었다. 한 명이라도 혈선충에 감염되면 걷잡을 수 없을 테니까. 부관이 조장을 보며 말했다.

"이상 없습니다."

"검을 거두어라."

조장이 고개를 끄덕이자 부관이 척후병에게 겨눈 환도를 치웠다.

그때였다.

척후병이 팔다리를 기이하게 비틀며 입에서 신음성을 지르기 시작했다.

"끄으끅······."

"왜 그러냐?"

부관이 의아한 눈빛으로 척후병을 쳐다봤다. 척후병은 계속해서 침을 질질 흘리며 신음을 흘렸다. 또한 눈동자가 위로 올라가서 두 눈이 희번덕거리며 흰자만 나왔다. 갑자기 척후병이 부관을 향해 고개를 홱 돌리더니 입을 쩍 벌렸다.

째애애액!

검은 구멍 속에서 수십 다발의 혈선충이 튀어나왔다.

"……!"

부관은 깜짝 놀라 환도를 치켜들었지만, 척후병이 이미 달려들어서 그의 목덜미를 물어뜯은 뒤였다.

콰드득!

"아아아악!"

하필 혈관이 지나가는 곳을 물렸는지 부관의 목에서 세차게 핏줄기가 뿜어져 나왔다.

촤아아악!

조장은 왼손으로 환도를 뽑아 들었지만 좀처럼 휘두르지 못했다. 그대로 환도를 내려쳤다가는 부관의 목까지 벨 수 있었기 때문이다. 순간 검광이 번쩍이더니 척후병의 목이 공중에 떠올랐다. 촤악! 이어서 빙글빙글 돌며 떨어지는 척후병의 목을 누군가 발로 차서 창문 밖으로 날려 버렸다.

탁!

목이 떨어진 척후병의 몸뚱이가 비틀거리며 바닥에 쓰러졌다.

그러자 어느새 계단을 올라왔는지 척후병의 뒤에 청의인 하나가 서 있었다.

"망자가 물거나 할퀴어서 상처를 입히면 혈선충이 감염된다는 것은 잘 알고 있군."

청의인이 말했다.

"하지만 상처를 입지 않아도 혈선충이 감염되는 경로가 하나 있지. 바로 입이오."

환도를 휘둘러서 척후병의 목을 벤 청의인. 그는 다름 아닌 무명이었다. 부관이 목에서 피를 철철 흘리며 말했다.

"네, 네놈은 사파의 마두……."

무명이 냉소하며 반문했다.

"사파의 마두? 청성이 나를 그렇게 불렀소?"

황궁 내원에 침입한 뒤 도망치다가 금위군 총대장에게 중상을 입힌 청의인. 무명의 정체를 확인하자 부관이 환도를 치켜들었다. 하지만 척후병에게 물어뜯긴 상처가 너무 심했다. 경동맥이 물어뜯겨서 피를 콸콸 흘리는 몸으로는 무명을 공격하기는커녕 제 몸 건사하기도 힘들었다.

"조장님, 죄송……."

결국 부관은 한마디 말을 남긴 채 바닥에 쓰러져서 절명했다.

순간 조장이 무명에게 환도를 휘둘렀다.

부웅!

부관이 죽어서 거칠 것이 없어진 그는 무명의 정수리를 향해 환도를 내리쪽었다. 무명이 냉소를 흘렸다.

"부하 사랑이 지극하군."

그는 몸을 날리거나 환도를 들어 막는 대신 제자리에 그대로 서 있었다. 그리고 환도가 그리는 궤적을 피해 머리와 상체만 살짝 비틀어서 검초를 흘려 버렸다.

조장이 감히 범접할 수 없는 무공 수위. 하지만 조장은 이미 두 번째 초식을 연이어 출수한 뒤였다. 그가 몸을 회전하며 오른팔을 뻗자 소맷자락이 깃발처럼 펄럭이며 무명의 얼굴로 날아왔다.

"땀이라도 닦아주려는 건가?"

소맷자락을 보며 냉소하던 무명은 금세 표정을 바꾸었다.

"무당면장?"

조장은 무당면장의 수법을 응용해서 소맷자락에 내력을 실어 무명에게 날렸던 것이다.

츠츠츠츠!

소맷자락에 실린 내력이 상당한 수준이라 무명도 쉽게 볼 수 없었다. 그는 손바닥을 슬쩍 들어 소맷자락에 갖다 댔다. 그리고 손바닥과 소맷자락이 붙는가 싶은 찰나, 손바닥으로 반원을 그린 다음 어느 순간 허공에 박수를 치듯이 튕겼다.

퉁.

그러자 부드러우면서 강맹한 내력이 실려 있던 소맷자락은 평범한 천이 되어 맥없이 축 늘어져 버렸다. 그런데 조장의 일초식을 가볍게 파훼한 무명이 두 눈썹을 일그러뜨렸다. 그의 오른 손목이 없었기 때문이다. 손목이 없어서 소맷자락에 무당면장의 수법으로 내력을 실어 공격한 조장. 무명은 그가 누군지 잘 알고 있었다. 청성의 무당파 사질이며, 주작호에서 망자에게 당해 손목을 베어야 했던 금위군.

'백운……!'

백운은 회심의 일초가 실패로 돌아가자 다시 환도를 휘두르려고 했다.

척. 무명이 전광석화처럼 환도를 들었다. 그러자 백운이 몸을 날리기도 전에 환도의 끝이 그의 목젖에 닿아 있었다.

"경거망동하지 마시오."

"……"

"금위군 총대장도 내 손에 무릎 꿇었소. 한데 사백을 이긴 자에게 사질이 덤빌 셈이오?"

"물론이오."

검 끝이 목에 닿아 있는데도 백운은 기세가 꺾이지 않고 대답했다.

"부총관태감 장량, 당신은 사파의 세작으로 황궁에 잠입하여 온갖 사건을 벌이고 도망쳤소. 당신은 엄청난 고수가 분명하지만, 금위군은 반드시 당신을 붙잡을 것이오."

"의기가 하늘을 찌르시는군."

무명이 쓴웃음을 흘리며 말했다. 청성이 무명에게 씌운 누명은 따지고 보면 거짓말이라고 할 수 없었다. 하지만 한 가지, 그가 백운과 금위군에게 떳떳하게 밝히지 않은 것이 있었다.

'망자비서.'

무명이 얼굴에서 웃음기를 지운 뒤 재차 물었다.

"청성은 어디 있소?"

"말할 수 없소."

"목이 떨어져도?"

"그렇소. 죄인에게 금위군의 기밀을 누설하는 것은 황상께 큰 불충이자 중죄요."

무명은 백운의 말에 냉소하는 동시에 속으로 한숨을 쉬었다. 망자에게 당해서 손목이 잘린 뒤 청성은 백운을 등한시했다. 그런데 당사자인 백운은 여전히 충성을 논하고 있지 않은가?

무명은 그의 순수함이 어이가 없었던 것이다.

그때였다.

"조장님!"

창문 밖의 거리에서 금위군이 백운을 부르는 소리가 들렸다.

"방어선이 무너졌습니다! 망자 떼가 거리로 쏟아져 나오고 있습니다!"

"……!"

무명과 백운의 시선이 마주쳤다.

무명은 그의 눈빛을 마주하다가 고갯짓으로 창문을 가리켰다. 하지만 환도는 여전히 백운의 목을 겨눈 채였다.

무명의 뜻은 분명했다. 대답해도 좋다. 그러나 딴생각을 했다가는 즉시 목을 벨 것이다. 백운이 창가로 가서 고개를 내밀며 말했다.

"화전 사격은?"

"망자들이 지붕 위까지 올라오고 있어서 더 이상 화전 사격은 불가합니다!"

그 말을 듣고 무명은 생각했다.

'이제 퇴각하겠군. 목숨이 아까울 테니까.'

그는 냉소를 흘리며 환도를 움켜쥐었다.

'금위군이 퇴각하면 백운을 뒤따라가서 청성을 끝장낸다. 그런 다음 무림맹 놈들을……'

그때 백운이 거리를 보며 명령했다.

"백병전을 준비하라!"

무명은 깜짝 놀랐다.

백병전? 그 말은 망자와 맞서 끝까지 싸우겠다는 뜻이 아닌가?

'대체 왜?'

무명이 어리둥절해하고 있을 때, 백운이 계속해서 명을 내렸다.

"망자들을 처치하며 사람들을 구해라! 사람들이 모두 피신하면 그때 퇴각한다!"

"알겠습니다!"

명을 받은 금위군이 몸을 돌려서 진영으로 돌아갔다.

백운의 뒷덜미에 환도를 대고 있던 무명.

수평으로 들고 있던 환도가 조금씩 아래로 처지고 있었다.

'청성이 이런 작전을 계획하고 자리를 비웠다고? 아니다. 청성은 그럴 자가 아니다.'

그렇다면 지금 망자 떼를 척결하고 사람들을 구하라는 말은…….

'백운이 자기 임의대로 내린 명령.'

그것 말고는 설명할 길이 없었다. 곧이어 백운의 명을 받았던 금위군이 뿔피리를 입에 대고 힘차게 불었다.

뿌우우우우!

그러자 거리와 지붕 곳곳에 흩어져 있는 금위군들이 강궁을 등으로 돌리며 일제히 환도를 뽑아 들었다.

처억!

이제 거리는 도망치는 사람들과 망자 떼가 뒤섞여서 아수라장이 따로 없었다.

"돌격하라!"

백운이 명령을 내리자 금위군들이 환도를 들고 망자들을 향해 달려들었다.

금위군과 망자 떼의 백병전이 시작된 것이었다.

멀리 거리를 유지한 채 화전을 쏘아 망자 떼를 막던 금위군.

하지만 더 이상 화전 사격은 불가능했다. 망자 떼가 어느새 금위군의 진영 안으로 들어왔던 것이다. 도망치는 사람들과 망자 떼가 뒤섞여서 아수라장이 된 거리.

금위군들이 환도를 들고 그곳으로 뛰어들었다.

"하아아압!"

백병전이 시작되었다.

금위군들은 일사불란한 움직임으로 망자 떼를 공격했다.

선두에 선 일렬이 환도를 휘둘러서 망자를 베었다. 망자들의 목과 사지가 땅에 떨어졌다. 하지만 죽지 않는 시체인 망자들은 환도를 두려워하지 않고 계속 덤벼들었다.

그때 뒤에 있는 이 열이 앞으로 나오며 환도를 휘둘렀다.

좌악, 좌악!

금위군의 환도는 강호인이 쓰는 것보다 날이 넓고 무거웠다.

파괴력이 높은 대신 연속 공격이 쉽지 않은 환도. 대신 금위군은 교대로 반복해서 앞으로 나가 망자들을 베는 섯으로 공격 중에 생기는 틈새를 없앴던 것이다.

백운이 거리를 향해 두 번째 명령을 내렸다.

"경 자 진영을 펼쳐라!"

"예!"

명을 받은 금위군이 뿔피리를 입에 대더니 짧게 두 번, 길게 한 번을 불었다.

뿌우뿌우뿌우우우!

그러자 거리에 있는 금위군 수십 명이 가로로 일렬로 늘어섰다.

동시에 좌우 양면에 열을 만들어서 진영을 완성시켰다. 글자 그대로 멀 경(冂) 자 모습을 하고 늘어선 것이다.

반원을 그리듯이 둘러서서 삼면을 방어하는 진영.

지금 거리에 있는 금위군은 전부 삼백여 명.

반면 망자 떼는 수백을 훌쩍 넘어 보였다. 게다가 어디선가 계속해서 속속 출몰하고 있으니…….

백운은 적은 숫자로 다수를 상대하는 효과적인 진영을 펼친 것이었다. 골목과 지붕에 있는 금위군들도 이쪽으로 달려와서 진영에 합류했다. 그러자 잠시 숫자에 밀리던 금위군이 조금씩 망자 떼에 밀리지 않게 되었다.

키에에엑!

촤악촤악!

끝없이 몰려드는 망자들을 향해 금위군은 정신없이 환도를 휘둘렀다. 무명과 백운은 건물 삼 층에서 거리를 내려다보고 있었다. 갑자기 백운이 고개를 돌리며 말했다.

"어떻게 할 셈이오?"

"……."

백운의 목덜미에 환도를 대고 있는 무명.

그러나 백운이 당당한 눈빛으로 묻는 것에 반해 무명은 무슨 말을 해야 할지 몰라서 침음했다. 모르는 자가 보면 무명이 하수이며 백운은 환도쯤은 신경도 안 쓰는 고수로 착각할 만한 장면이었다. 무명이 말없이 있자 백운이 재차 물었다.

"당신은 어느 문파 소속이오?"

"…문파 같은 건 없소."

"아무리 사파인이라지만 문파도 없다고? 그럼 돈과 관직을 탐하는 세작이오?"

"그건 아니오."

무명은 이상하게도 사실대로 말할 수 없었다.

'나는 진짜 황제를 지키는 이매망량의 광명상사다. 네가 모시는 자는 가짜 황제다.'

그러나 머릿속에서만 생각이 맴돌 뿐 입 밖으로 말이 나오지 않았다.

"그 대단한 무공으로 사람들을 구하기 싫다면 당장 떠나시오. 중원군이 올 때까지 우리는 싸워야 되니까."

"사람들을 구한다고?"

무명이 반문했다.

"언제부터 금위군이 백성들에게 관심을 두었지? 황제의 안위만 신경 쓰는 게 금위군 아니었던가?"

"헛소리군."

뜻밖에도 백운이 냉소하며 대답했다.

"백성을 구하는 것은 천자의 군대라면 마땅히 해야 할 일이오."

"마땅히 해야 할 일?"

이번에는 무명이 안광을 번뜩이며 냉소했다.

"과거 도성에 불을 지르고 도망친 게 누구지? 그 사람들은 백성이 아닌가?"

"무슨 소리를 하는 거요?"

백운이 영문을 모르겠다는 눈으로 말했다. 아직 이십 대의 청년인 백운은 무명이 갑자기 십 년 가까이 된 과거 얘기를 꺼내자 무슨 뜻인지 이해할 수 없었던 것이다.

백운이 침음하고 있자 무명이 재차 물었다.

"그럼 강호의 정리 때문인가?"

백운은 무당파의 속가제자이니, 케케묵은 강호의 정리 따위를 운운하며 사람들을 구해야 한다고 띠드는 것이리라. 명문 정파 놈들이 항상 그렇듯이.

그런데 백운의 대답은 무명이 전혀 생각지 못한 것이었다.

"강호의 정리? 아니오. 나는 그렇게 대단한 인물이 못 되오."

그는 잠깐 머뭇거리다가 말을 이었다.

"실은 아내와 딸이 이 근처에 있소."

순간 무명은 하마터면 환도를 놓칠 뻔했다. 아내와 딸을 잃고 울부짖던 장량의 기억이 되살아났기 때문이다.

"지금 도성은 곳곳에 망자 창궐 소식이 들어오고 있소. 아내와 딸은 아직 멀리 피신하지 못했을 것이오."

"아내와 딸을 구하기 위해 금위군을 마음대로 명령한다고? 그건 중죄에 해당할 텐데?"

"틀렸소."

백운이 강한 눈빛으로 무명을 쏘아보며 말했다.

"백성이 있어야 군왕도 존재하오. 사람들을 지키는 건 그어떤 명령보다 우선하오."

"……."

무명은 무슨 까닭인지 한마디 반박도 할 수 없었다.

"가시오. 지금은 당신을 잡을 힘도 시간도 없소."

백운이 더는 무명을 신경 쓰지 않겠다는 듯이 백병전의 동태를 살폈다.

"망자 떼를 척결하고 사람들을 구출한 뒤 다시 당신을 쫓을 것이오."

그리고 몸을 돌려서 계단을 내려갔다.

백운이 막 사라지는 찰나, 소맷자락 속에서 삐져나온 잘린 손목의 단면이 보였다. 무명은 그의 손목에 고정된 시선을 좀 처럼 뗄 수 없었다. 갑자기 백운의 부관이 몸을 꿈틀거리기 시작했다.

"키에에엑……."

망자에게 목덜미를 물어뜯긴 바람에 혈선충에 감염된 것이리라. 무명은 환도를 높이 치켜들어 부관의 목을 내려쳤다. 촤악. 제대로 혈선충의 심맥을 갈랐는지 목이 떨어진 부관의 몸뚱이는 더 이상 꿈틀대지 않았다.

"……."

그는 한동안 자리에 서 있다가 곧 창문 밖으로 몸을 날렸다.

지붕 위에 발을 딛고 서자 거리 전체가 한눈에 들어왔다.

금위군 삼백여 명이 만든 경(冂) 자 진영은 견고했다. 망자 떼는 점점 숫자가 늘고 있었지만 금위군의 철통같은 방어를 뚫지 못했다. 거리로 도망쳐 나온 사람들은 금위군 뒤에서 안도의 한숨을 쉬고 있었다.

남녀노소가 한데 섞인 인파. 그중에는 장량의 아내와 딸처럼 서로를 부둥켜안고 있는 모녀도 보였다. 무명은 손에 든 환도를 보며 생각했다.

이제 무엇을 해야 되지? 시황 폐하와 만련영생교를 위해서 금위군과 무림맹을 처단해야 한다. 하지만 그렇게 하면 저 사람들이 모두 죽을 것이 아닌가? 무명은 이러지도 저러지도 못한 채 거리에서 벌어지는 백병전을 지켜봤다.

그때였다. 금위군의 진영 뒤에 피신해 있는 사람들 중 한 명이 갑자기 킬킬거리며 웃기 시작했다.

"으헤헤, 히히, 히히히……."

무명은 무심코 시선을 돌리다가 깜짝 놀라고 말았다.

죽은 시체처럼 검푸른 것도 모자라 수많은 검상이 난 얼굴의 사내. 그는 인피면구를 쓰고 다니는 육룡채의 악인 청면이었다.

짝짝짝짝!

청면이 호들갑을 떨며 손뼉을 쳤다.

"이야, 금위군이 정말 대단하구만! 이러니 황제가 비빈을 옆에 끼고 편히 잠자는 것 아니겠어?"

흉측한 얼굴의 사내가 갑자기 시끄럽게 떠들자 사람들은

영문을 모르고 쳐다봤다. 먼저 육룡채의 악인 무리는 망자라는 걸 숨기고 있던 청면에게 당해서 혈선충에 감염되었다. 청면은 이번에도 정체를 숨긴 채 피난민 속에 숨어 있다가 금위군 진영 안으로 들어온 것이리라. 무명은 청면에게 던지기 위해 환도를 돌려서 거꾸로 잡았다.

빙글.

그러나 환도를 투척하려는 찰나 움찔하며 손을 멈췄다.

'내가 왜 금위군을 도와야 하지?'

금위군을 도울 수는 없다. 하지만 사람들을 구해야 한다.

모순된 감정 속에서 망설이는 찰나, 청면이 금위군 한 명에게 몸을 날려 손날로 옆구리를 찔렀다.

푹!

"아아악!"

망자를 상대하던 금위군은 등 뒤에서 청면이 급습하자 속절없이 당하고 말았다.

"히히히히! 엄살은!"

청면이 쓰러지는 금위군의 얼굴을 두 손으로 붙잡고 입을 벌렸다. 그리고 자신의 입을 갖다 대며 혈선충을 토했다.

쐐애애액!

혈선충 다발이 입과 입을 통해 옮아가자 금위군의 몸뚱이가 두 발을 앞뒤로 마구 차며 경련했다. 그제야 옆에 있던 동료들이 사태가 터진 것을 깨달았다.

"여기 망자가 있다!"

금위군 둘이 몸을 돌려서 환도로 청면을 찌르고 베었다.

촤아악!

청면의 목이 절반쯤 갈라지고 등에는 기다란 검상이 죽 그어졌다. 그러나 두 군데 검상에서는 붉은 피 분수가 흐르지 않았다. 대신에 혈선충이 뿜어져 나와서 환도를 휘두른 금위군에게 쏟아졌다.

좌르르르!

"으아아악!"

금위군들은 마구 손을 휘저으며 혈선충을 떨구어내려 했지만 소용없었다. 수백 마리의 지렁이 범벅이 그들의 콧속과 귓구멍으로 들어갔다.

"히히히! 다들 나와라! 식사 시간이다, 히히, 히히힛!"

순간 사람들 틈에 숨어 있던 망자들이 여기저기에서 튀어나왔다.

"크하하하하!"

청면에 의해 망자가 된 육룡채의 흑도 무리.

그들이 일제히 금위군에게 달려들었다. 현재 금위군의 진영은 서로 등을 맞대서 다수의 적을 방어하는 모습이다. 그런데 등 뒤를 아군이 지켜주지 못하고 급습을 받는다? 차라리 그냥 싸우니만 못한 상황이 된 것이다.

"……!"

금위군들은 정신없이 환도를 휘두르며 망자와 싸웠다.

그러나 망자들은 목이 베이고 사지가 떨어져도 다시 일어나서 덤볐다. 게다가 앞에는 망자 떼, 뒤에는 육룡채 혹도 무리가 동시에 덤벼들었으니⋯⋯.

결국 금위군의 진영은 무너졌다.

아군과 적군이 마구 뒤섞여서 벌이는 전투. 말 그대로 백병전.

이런 백병전에서는 숫자 싸움을 이길 수 없다.

금위군이 조장 백운에게 소리쳤다.

"조장님! 진영이 무너졌습니다!"

"모두 망자를 처치하며 퇴각하라!"

백운의 명에 따라 금위군이 뿔피리를 불었다.

뿌우우우뿌우우우⋯⋯.

길게 두 번 이어지는 뿔피리 소리. 퇴각 명령.

하지만 뿔피리 소리는 중간에서 끊어졌다. 망자 하나가 뿔피리를 부는 금위군에게 달려들어 물어뜯었던 것이다.

"아아악⋯⋯."

금위군이 뒤로 물러나자 안도하던 사람들도 공포에 질려서 다시 도망치기 시작했다. 거리에 지옥도가 펼쳐졌다.

백운은 침을 꿀꺽 삼킨 뒤 금위군 하나를 불러서 말했다.

"총대장님을 뵙고 당장 증원군을 보내달라 청해라."

"명수는 얼마나?"

"많으면 많을수록 좋다고 말씀드려라."

"예."

금위군이 몸을 돌리더니 사람들 틈을 재빠르게 돌파하며 달렸다. 갑옷을 걸치지 않은 데다 비수 한 자루를 차고 있는 것으로 보아 척후병인 것 같았다. 척후병은 망자 혹도 무리가 난동을 피우는 곳에 도착하자 지붕으로 뛰어올랐다. 그리고 지붕과 지붕을 건너뛰며 이동했다.

그러나 사태는 백운이 생각했던 것보다 심각했다.

척후병이 어떤 지붕으로 뛰어내리는 순간, 처마 너머에서 환도가 날아와 그의 발목을 베었던 것이다.

"아아악!"

척후병이 쓰러지자 망자 몇 명이 지붕 위로 올라왔다.

"크흐흐흐! 어딜 도망치려고?"

사파인조차 눈살을 찌푸린다는 간악한 육룡채 흑도 무리.

그들은 일부러 처마에 매달려 있다가 척후병이 지나갈 때를 노려 환도를 휘둘렀던 것이다.

"이게 웬 진수성찬이냐? 하하하하!"

흑도 망자들 몇 명이 달려들어 척후병을 마구 물어뜯었다.

순간 환도 한 자루가 날아와 망자의 등에 박혔다.

퍽!

"크어억! 어떤 놈이냐?"

망자는 등에 환도가 박혀도 죽지 않고 뒤로 고개를 돌렸다.

그때 그림자 하나가 하늘에서 떨어지더니 환도를 다시 뽑아서 망자의 목을 날려 버렸다.

촤악!

이어서 그림자는 환도를 가로로 그어서 순식간에 망자들의 목을 모두 베었다. 그리고 발을 한 번 휘둘러 망자들의 몸뚱이를 지붕 아래로 걷어찼다. 단숨에 망자들을 처치한 자는 무명이었다. 쓰러진 척후병을 본 무명은 눈썹을 찡그렸다. 망자들에게 심하게 물어뜯긴 그는 이미 숨통이 끊어질락 말락 하고 있었다.

"다, 당신은 내원을 침입한……."

척후병이 무명을 보고 죄인이라는 것을 알아차렸다.

그가 숨이 멎기 전에 무명이 물었다.

"청성이 있는 곳이 어디냐?"

무명이 숨이 끊어지려고 하는 척후병에게 물었다.

"청성은 지금 어디 있나?"

"당신은 아까 그 마두……."

척후병은 무명의 정체를 알아봤다. 그가 검붉은 선혈을 한 모금 토해내며 말했다.

"쿨럭… 절대 말할 수 없다……."

"말해라. 내가 증원군을 보내라고 청성에게 전하겠다."

"뭐라고?"

척후병이 믿을 수 없다는 눈으로 무명을 쳐다봤다. 그러다가 두 눈에 흉흉한 기색을 띠며 대답했다.

"그 말을 믿으라고? 총대장님을 암살하려는 수작이군."

"믿든 말든 나야 상관없지."

무명이 냉소를 흘렸다.

"너는 곧 죽거나 아니면 혈선충에 감염되어 망자가 된다. 네가 죽고 나서 조장은 한참을 기다리다가 다시 증원군을 청하러 병사를 보내겠지."

"……."

"그때쯤이면 금위군은 모두 전멸해 있을 거다."

척후병의 눈빛이 흔들렸다. 무명의 말이 설득력이 있었기 때문이다.

"선택해라. 말하고 죽든지, 그냥 죽든지."

척후병은 잠시 주저하다가 곧 입을 열었다.

"도성에서 북동쪽으로 반 시진이 안 되는 거리에 금위군의 본영이 있다. 그곳에……."

"암호는?"

"천지개벽(天地開闢)."

그는 말을 하다가 뚫어지게 무명을 노려봤다.

"네놈이 약속을 안 지키는 날은 천벌을 받을……."

그러다가 말을 다 끝내지 못하고 숨이 끊어졌다.

"천벌? 벌써 받았다."

무명이 그를 내려다보며 냉소했다.

"하늘이 정말 있다면 말이지."

무명은 척후병의 겉옷을 벗겨서 청의 위에 걸친 다음 투구도 벗겨서 머리에 썼다. 그리고 품을 뒤져서 목패를 꺼냈다.

붉은 글씨로 금(禁) 자와 직위가 새겨진 목패. 금위군의 신분 표식. 투구와 겉옷만으로 신분을 위장하는 것은 미봉책에 불과했다. 하지만 아직 해가 뜨지 않아서 자세히 살피지 않으면 몰라볼 가능성이 높았다.

무명은 아수라장으로 변한 거리를 뒤로하고 북동쪽으로 몸을 날렸다.

황궁이 있는 도성 주위는 고관대작이 살고 전국의 상인들이 몰려와서 번잡했다. 하지만 지금 도성의 외곽은 사람 그림자를 찾아볼 수 없었다. 도성에 망자가 창궐했다는 소문에 남쪽으로 피난 줄이 이어졌기 때문이다.

무명은 도성의 거리를 바람처럼 달렸다. 조금 있으면 해가 뜰 시각이었다. 그러나 짙은 안개가 자욱하게 끼어서 불과 일 장 앞도 제대로 보이지 않았다. 곧이어 무명은 금위군 본영을 발견했다. 금위군 본영은 척후병의 말대로 북동쪽 외곽에 있는 넓은 들판에 있었다. 수백 개가 넘는 횃불이 들판을 대낮처럼 밝혔고, 수십여 개의 막사가 세워져서 작은 마을을 방불케 했다. 또한 셀 수 없이 많은 방천극이 땅에 가시가 돋은 것처럼 수직으로 선 채 횃불을 받아 반짝이고 있었다. 그리고 족히 이삼만 명이 되어 보이는 금위군들이 말 등에 안장을 올리며 이동을 준비하고 있었다. 무명은 차갑게 냉소했다.

'수만 명이 있으면서 고작 삼백육십 명을 보냈군.'

황제 한 명을 지키는 금위군은 수만 명인 반면, 망자가 창 궐한 곳에 급파한 금위군은 삼백여 명에 불과하다. 황제가 백 성을 어떻게 생각하는지는 불 보듯 뻔했다. 본영에 접근하자 무명은 일부러 속도를 늦췄다. 척후병은 경신법이 뛰어난 자 로 뽑았겠지만 무명은 그와 비교도 되지 않았다. 무명이 달리 는 속도는 말에 필적할 만큼 빨랐던 것이다. 바람처럼 달리는 모습을 들켰다가는 분명 의심을 받으리라. 곧 경비를 선 금위 군들이 무명을 발견하고 소리쳤다.

"멈춰라! 암호!"

"천지개벽."

무명은 암호를 대답하며 품속에 손을 넣어 목패를 꺼내 보 였다. 암호를 듣고 목패까지 확인하자 금위군들이 무명에게 겨누었던 방천극을 옆으로 치우며 물었다.

"무슨 일이냐?"

"조장 백운이 총대장님께 증원군을 청하는 전갈을 전하러 왔소."

"들어가라."

무명은 살짝 고개를 숙인 채 금위군의 경비선을 통과했다. 안개가 짙게 끼어서 복장이 수상쩍다는 것을 들키지 않은 게 다행이었다.

"이쪽이다."

금위군 두 명이 무명을 안내했다. 한 명은 총대장이 있는 막사를 향해 앞장을 섰고, 한 명은 무명의 뒤를 따라오며 만일의 사태에 대비했다. 물론 무명은 그대로 금위군에게 포위된 채 청성을 만날 생각이 없었다. 금위군 수만 명이 만든 본영은 들판을 거의 차지하다시피 했다. 때문에 경비선을 지나친 후에도 한참을 걸어야 했다. 곧 총대장의 막사에 도착했다.

"암호!"

"천지개벽!"

총대장 막사에서도 경비병이 암호를 묻자 안내병이 대답했다.

"이자는 누구인가?"

"총대장님을 뵙고 증원군을 청하러 온 연락책……."

금위군들이 무명을 돌아보는데 순간 그의 신형이 감쪽같이 사라졌다.

이어서 옷소매가 바람을 가르는 파공음이 연이어 들렸다.

파파파팟!

경비를 서던 금위군 둘과 무명을 안내한 경비군 둘이 그 자리에 선 채 뻣뻣이 굳었다.

"……!"

무명이 순식간에 금위군 네 명을 점혈했던 것이다. 게다가 금위군이 동작을 멈춘 자세가 다른 사람이 봐도 이상하게 생각하지 않을 만큼 절묘하게 자연스러웠다. 금위군을 제압한 무명은 발소리를 죽인 채 막사로 접근했다.

그때였다.

"…비서는 결국 못 얻었다는 말씀이군요?"

막사에서 목소리가 들리는 순간 무명은 자기도 모르게 발을 멈췄다. 수만 명의 금위군이 지키는 한가운데에 위치한 총대장의 막사. 그런데 그 안에서 여인의 목소리가 들려오다니?

"…께서 실망하실 겁니다."

틀림없었다. 목소리의 주인은 여인이었다.

굵직한 저음의 목소리가 여인의 물음에 대답했다.

"망자비서는 위서일지 모른다고 하지 않았나?"

무게감 있으면서 위엄 섞인 목소리. 그러나 예전과 달리 기운이 없으며 중간에 숨을 가쁘게 몰아쉬는 것으로 볼 때 목소리의 주인은 중상을 입은 것이 분명했다.

그랬다, 청성의 목소리였다.

"그 말을 정말 믿으십니까?"

여인이 날카롭게 반문했다.

"제갈성이 어떤 자인데 망자비서를 얻었다고 순순히 말하겠습니까?"

"그 말은 맞군."

"지하에서 가져온 서책이 비서인지 아닌지는 누구도 모릅니다. 비서를 찾을 때까지 절대 마음을 놓아서는 안 됩니다."

"그렇게 해야지… 쿨럭!"

청성이 피를 토하는지 말을 멈추자 여인이 싸늘하게 말했다.

"먼저 상처부터 치료하시죠."

여인의 목소리가 어쩐지 기이했다.

그녀는 말을 한 뒤에 살짝 "홍" 하고 코웃음을 쳤는데, 천하를 호령하던 금위군 총대장이자 무당파의 고수가 중상을 입어 사경을 헤매는 것을 보고 비웃는 게 틀림없었다.

"비서는 제가 알아서 하겠습니다. 그보다 도성에 남은 금위군은 어떻게 하실 겁니까?"

"망자가 창궐해서 숫자가 부족하니 증원군을 보내야……."

"얼마나요?"

"이미 삼백육십 명이 있으니 삼백육십을 디……."

"아하하하! 지금 농담하십니까?"

여인이 앙칼진 목소리로 웃음을 터뜨렸다. 하지만 금위군 총대장인 청성은 상처가 깊어서인지 아니면 다른 이유 때문인지 아무 말도 하지 못했다.

"삼백육십이나 칠백이십이나 그게 그거죠. 보내지 마십시오."

"그럼 그들은 모두……."

"그야 전멸할 테지요."

여인이 차갑게 청성의 말을 잘랐다.

"처음부터 그게 목적이셨지 않습니까? 이번 기회에 백운이란 자를 버리려고 하지 않았는지요?"

"…자네는 정말 모르는 게 없군."

"그걸 이제야 아셨습니까?"

여인이 코웃음을 친 뒤 말을 이었다.

"오른팔처럼 부리던 부하이자 사질이 멍청하게 망자한테 당해서 오른 손목이 잘렸다? 무당파는 물론 금위군 총대장의 얼굴에 먹칠을 했으니 차라리 없는 편이 낫겠죠."

"……."

"하물며 황제를 위해 망자와 싸우다가 전사한다면 그나마 명예를 되찾는 셈이고요."

"그렇다……."

"그럼 금위군도 빨리 북동으로 이동하십시오."

"요령의 북병이 오고 있는가?"

요령 땅은 중원의 북동쪽 변방에 위치한 곳으로, 무림의 명문세가 중 하나인 모용세가가 있는 곳이었다. 또한 중원 북동을 지키는 북병은 엄청난 수의 대군이었다.

"그렇습니다. 황상은 북병의 호위를 받으며 사태를 지켜볼 것입니다."

"파천하시는 건가?"

"고작 생각하시는 게 그겁니까?"

"그럼……."

"황상께선 천도를 생각하고 계십니다."

"천도……!"

노련한 백전노장 청성이 꿀꺽 침을 삼켰다.

군왕이 변란에 대비해 도성을 나가 피신하는 것이 파천이다. 반면 천도는 아예 수도를 옮기는 것이 아닌가?

황제는 불과 십 년 전에 이미 천도를 했다. 그때는 도성이 불타고 옛 황제가 실종되었다는 대의명분이 있었기에 천도가 가능했다. 그런데 아무리 망자가 창궐했다고 해도 다시 천도를 한다면 백성들이 천자를 보는 시선이 어떠할 것인가?

하지만 황제의 뜻을 거역할 수는 없는 법.

청성이 천천히 고개를 끄덕이며 나직하게 말했다.

"알았다. 금위군 본영은 북병과 합류하겠다."

여인이 마지막으로 인사했다.

"그럼 편히 쉬세요."

그녀의 작별 인사는 얼음장처럼 차가워서 마치 곧 죽을 사람에게 명복을 빌어주는 것같이 들렸다. 황궁을 지키는 금위군 총대장보다 황상의 뜻을 더욱 잘 알고 있는 여인. 그녀는 작별 인사를 끝으로 뒤도 돌아보지 않고 몸을 돌렸다. 그리고 막사 정문이 아니라 후문으로 나갔다. 만약 여인이 정문으로 나왔다면 금위군 네 명이 점혈당한 것을 들켰으리라.

'일이 잘 풀리는군.'

무명은 피식 웃으며 안도했다.

곧 여인이 말에 오르는 소리가 들렸다.

"이랴!"

히히힝! 말이 힘차게 울부짖으며 달려 나갔다. 금위군들이 여인이 탄 말을 막지 않고 오히려 옆으로 비키며 길을 내줬다. 그녀가 높은 신분임을 짐작할 수 있는 장면이었다. 무명은 여인을 미행하기로 결심했다. 단, 먼저 할 일이 있었다.

'서두르자.'

무명은 바람처럼 움직여서 여인이 방금 나온 후문을 통해 막사로 들어갔다. 침상에 누운 채 기침을 하던 청성이 고개를 돌리다가 무명을 보고 깜짝 놀랐다.

"네놈이 어떻게……."

"소리를 질러도 상관없소. 그 전에 목숨이 떨어질 테니까."

"……."

무당파의 고수 청성.

고수는 고수를 알아본다. 무명에게 중상을 입은 청성은 무명의 말이 허세가 아님을 잘 알았다. 경비를 부르는 순간 무명이 검지만 뻗어도 자신은 죽은 목숨이리라. 게다가 무명이 막사에 들어온 이상 경비가 살아 있을지도 의심스러운 상황. 청성은 경비 부르는 것을 포기했다.

"웬일이냐?"

"웬일? 내 목숨을 빼앗으려던 자가 할 말은 아닌 것 같군."

"날 죽이러 왔으면 어서 죽여라."

순간 무명은 자기도 모르게 멈칫했다. 분명 자신은 청성을 끝장내려고 금위군 본영에 잠입했다. 하지만 그가 죽는다면 육룡채에서 사투를 벌이는 금위군은? 중원군을 보내라는 백운의 전갈을 전해야 되지 않는가?

그러다가 무명은 피식 냉소를 지었다.

'내가 왜 금위군 걱정 따위를 하고 있지?'

어차피 청성은 중원군을 보낼 생각이 조금도 없지 않은가.

무명은 슬쩍 청성의 상태를 살폈다. 그가 순순히 죽이라고
한 이유를 알 수 있었다. 청성은 무명에게 당한 상처가 깊어
서 한동안 자리에서 일어나지 못하는 것은 물론, 회복해도 다
시는 무공을 쓸 수 없는 몸이 되었던 것이다.

고통스럽게 살 바에 깨끗이 죽겠다는 뜻.

'그렇게 해줄 수야 없지.'

무명이 냉소를 흘리며 말했다

"마지막으로 한마디 하지."

"뭐냐?"

"손목이 잘렸다고 사질 백운을 내친 건가?"

"네놈이 알 바 아니다."

"이제 무당파가 폐인이 된 당신을 내칠 차례로군."

"네놈······!"

청성이 흉흉한 눈빛으로 무명을 노려봤다.

하지만 무명은 태연하게 막사 안을 둘러보다가 서책 몇 권
이 쌓여 있는 것을 보고 한 권을 집어서 품에 챙기며 말했다.

"죽은 시체나 다름없이 망자만도 못한 꼴로 평생을 살아라."

무명은 차갑게 한마디를 던지고는 후문을 통해 막사를 빠

져나왔다. 무명은 막사와 막사 사이에 드리워진 그림자 속에 숨어서 이동했다. 횃불이 곳곳을 대낮처럼 밝혔지만 아직 해가 뜨지 않아 무명의 신형은 흐릿하게 보였다.

아니, 그의 움직임을 제대로 볼 수 있는 자는 아무도 없었다.

스스스스.

마침 청성의 막사에서 나온 여인이 탄 말이 저 앞에 보였다.

금위군 경비들이 여인의 신분을 확인한 다음 방천극을 치우며 길을 열었다. 여인이 말에 박차를 가하며 다시 달리기 시작했다. 말이 달리자 오랜 가뭄으로 마른 땅에서 흙먼지가 자욱하게 일었다.

'지금이다.'

무명은 그림자에서 튀어나와 먼지 속으로 몸을 날렸다.

막 여인을 통과한 금위군들이 깜짝 놀라며 방천극을 내렸다.

"어떤 놈이냐?"

하지만 그들이 정신을 차렸을 때 이미 무명은 경비선을 통과해서 사라진 뒤였다. 말발굽이 일으키는 먼지바람 때문에 금위군들이 무명의 신형을 한순간 놓쳤던 것이다.

그때 금위군 하나가 땅에서 무언가를 발견했다.

"저게 뭐지?"

그가 가리킨 곳으로 고개를 돌리던 금위군들은 다시 한번 놀라고 말았다. 땅에 덩그러니 뒹굴고 있는 것은 무명이 벗어 던지고 간 금위군의 투구와 겉옷이었다. 금위군 본영을 빠져

나온 무명은 일부러 옆으로 빠졌다.

'바로 뒤를 쫓다가 들키면 곤란하지.'

그는 들판 옆에 수풀이 우거진 곳을 골라서 달리며 여인의 말을 추격했다. 멀리 돌아가는 바람에 말과의 거리가 점점 멀어졌다. 하지만 무명은 걱정하지 않았다.

'아마 그곳으로 가겠군.'

지금 말이 달리는 방향이라면 분명 여인은 그곳으로 향하리라. 여인의 목적지를 예상한 무명은 말이 갈 수 없는 지름길을 택해서 달렸다. 숲이 나오자 그는 나무와 나무 사이를 징검다리처럼 건너뛰며 이동했다.

곧 도성 근처에 있는 다른 마을이 나왔다. 그 마을의 외곽에 있는 관제묘가 무명이 향하는 곳이었다. 창천칠조가 연락을 주고받기 위해 회동을 가졌던 관제묘. 무명이 관제묘에 접근했을 때, 아나나 다를까 여인도 말을 몰고 관제묘에 도착했다.

'모든 게 예상대로군.'

여인은 말고삐를 관제묘 옆에 묶은 다음 안으로 들어갔다.

무명은 관제묘가 잘 보이는 덤불 속에 숨어서 누군가를 기다렸다. 여인을 만나기 위해 관제묘로 올 사람을.

밥 한 끼 먹을 시간이 지났다.

히히힝!

짙은 안개를 뚫고 말 한 마리가 나타났다. 말이 관제묘 앞에서 멈추더니 남자 한 명이 내렸다. 그자는 화려한 복장을 걸친 것으로 보아 외출복으로 갈아입을 틈도 없이 급하게 달려온 것 같았다. 그때 남자가 무명이 숨어 있는 곳을 향해 몸을 돌렸다. 그자의 얼굴을 확인한 순간 무명은 이미 예상하고 있었음에도 불구하고 두 눈을 날카롭게 떴다.

'역시 그랬었군.'

남자가 말고삐를 묶은 뒤 관제묘로 몸을 돌렸다. 무명은 재빨리 덤불 속에서 나와 관제묘로 소리 없이 접근했다.

동이 막 트고 있는 시각. 하지만 짙은 안개가 낀 데다가 기름불 하나 없어서 관제묘 안은 어두컴컴했다. 그때 터벅터벅하고 발소리가 들렸다. 여인이 몸을 돌리며 말했다.

"전하, 이제 오십니까?"

몸을 돌려서 방문객을 맞이한 여인은 곤륜파의 제자이며 창천칠조의 일원인 송연화였다. 그녀가 전하라고 부른 남자가 앞으로 걸어왔다. 외출복을 걸칠 겨를도 없이 화려한 곤룡포 차림으로 급하게 말을 달려온 남자. 곤룡포는 황제와 황자에게만 허락된 옷이다. 남자의 정체는 다름 아닌 영왕이었던 것이다. 송연화가 영왕에게 물었다.

"황상은 어떠십니까? 역시 파천으로 끝내지 않고 천도하실 것 같습니까?"

영왕이 대답했다.

"그래."

"하긴, 황상은 한번 마음을 먹으시면 절대 결정을 바꾸지 않으시죠."

송연화도 황제의 성정을 익히 알고 있다는 듯이 고개를 끄덕였다.

"그나저나 보는 이의 눈길이 많을 텐데 잘도 오셨군요."

"간신히 몸을 빼냈다. 내 꼴이 이게 뭐냐?"

영왕이 곤룡포 차림으로 온 자신을 가리키며 말했다.

평소 자애롭고 부드러운 목소리로 유명한 그가 지금은 거칠고 퉁명스럽게 말을 내뱉었다. 그도 그럴 것이, 곤룡포는 군데군데 진흙물이 튀어 있었고 상투머리는 관모를 쓰지 못한 탓에 바람에 휘날려 마구 헝클어져 있었다. 해기 뜨지 않은 밤중에 먼 길을 혼자서 말을 타고 달려왔으니, 황자인 그는 급히 만나자는 송연화의 연락이 영 못마땅했으리라. 송연화가 그런 영왕을 위로했다.

"청성이 중상을 입어서 폐인이 되었습니다."

그녀는 못 참겠다는 듯이 피식 웃음을 흘렸다.

"청성이 그 꼴이 되었으니 무당파는 당분간 힘을 못 쓸 것입니다."

"그게 정말이냐?"

"예."

"듣던 중 좋은 소식이구나."

"저도 앓던 이가 빠진 것 같습니다. 무당파는 다시는 전하의 일에 감 놔라 배 놔라 하지 못할 것입니다."

송연화가 입가에 가득 미소를 머금고 말을 이었다.

"게다가 화산파도 몽땅 불귀의 객이 되었습니다."

"화산파? 화산쌍로 두 명이 모두?"

"예. 화산쌍로뿐 아니라 그들의 사질인 화산사표 역시 숨통
이 끊어졌습니다."

"대체 어쩌다가?"

"부총관태감 장량이란 자를 기억하십니까?"

"물론이다. 내가 문방사보를 하사했던 환관 아니냐?"

"그자는 그냥 환관이 아니라 세작이에요."

"뭐라고? 무림맹의 세작이냐?"

"그게 확실치 않습니다. 어쨌든 그자가 사술을 써서 엄청난
고수가 되었죠. 화산파 여섯 명이 그자에게 손 한 번 못 쓰고
죽었습니다."

"대단한 고수로군."

"실은 청성을 때려눕힌 자도 그자입니다."

"그게 정말이냐?"

"예."

송연화가 고개를 끄덕이며 대답했다.

"화산파는 겉으로는 전하를 따르는 척하지만 언제 배신할
지 모르는 능구렁이입니다. 그런데 사파의 세작이 놈들을 몽
땅 죽여줬으니 이 어찌 기쁘지 않겠습니까?"

"나 또한 속이 시원하다."

"두말하면 잔소리지요."

송연화가 두 눈을 반짝이며 말했다.

"무림맹의 세는 과거만 못합니다. 또한 태자도 멋대로 주작
호에 나갔다가 사라졌으니 남은 것은 전하뿐이죠. 황상께서
붕어하시면 천하는 전하의 것이옵니다!"

"하하하, 고맙다. 내 너의 수고를 잊지 않으마."

영왕이 입을 크게 벌리며 웃음을 터뜨렸다. 권력욕에 이성
을 잃어서인지 어둠 속에서 드러난 그의 얼굴이 기이하게 일
그러져 있었다. 곧 영왕이 웃음을 그치며 말했다.

"실은 나도 한 가지 사실을 알아냈다."

"무엇인지요?"

"큰형님이 죽은 것을 확인했다."

"정말입니까?"

송연화가 깜짝 놀라며 물었다.

영왕이 말한 큰형님은 과거 죽었다고 알려진 황장자였다.
황장자가 죽은 뒤 삼 일 후에 시신이 사라진 일은 도성이 불
탄 사건과 함께 절대 풀리지 않는 수수께끼로 세간에 알려져
있었다.

"대체 그 사실을 어떻게 알아내셨습니까?"

"할마마마의 말씀을 듣고 알았다."

영왕이 말한 할마마마는 황태후를 뜻했다. 그의 설명은 이

랬다. 최근 노망이 드신 황태후가 간혹 정신이 돌아올 때가 있는데 영왕을 보고 황장자로 착각한다는 것이었다. 황장자와 영왕은 황후가 낳은 친형제이니 얼굴이 닮은 것도 무리가 아니었다.

"전하를 황장자로 착각하신다는 말씀입니까?"

"그래. 내가 지금 딱 죽기 전의 큰형님 나이가 됐는데, 얼굴이 판박이처럼 닮았다고 하는 소리를 비빈들한테서도 몇 번씩 들었다."

"그것 참 공교롭군요."

"그뿐만 아니라……."

영왕은 황태후가 황장자의 시신을 훔쳐 간 자들에 대해 중얼거렸다고 말했다.

"그자들이 이매망량? 비슷한 이름이었는데……."

"제가 알고 있습니다! 이매망량은 옛 황제의 명을 따르는 살수 조직이에요."

"그랬군."

그동안 시신이 사라진 일 때문에 황장자가 어딘가에 살아 있지 않을까 하는 소문이 나돌았다. 하지만 이매망량이 황장자의 시신을 훔쳐 갔다면, 그가 살아 있을지 모른다고 걱정할 필요가 없어진 셈이 아닌가? 즉, 황장자와 태자가 모두 죽었으니 영왕이 다음 황제가 되는 것은 불 보듯 뻔했다.

"마지막 걱정거리가 사라지셨군요. 감축드리옵니다."

"그래, 고맙구나."

천하를 막 손아귀에 막 틀어쥐려는 두 남녀.

송연화와 영왕은 서로를 쳐다보며 씨익 웃었다. 그런데 영왕이 무슨 생각이 들었는지 고개를 갸웃거리며 말했다.

"그럼 마지막 남은 문제를 어떻게 할 생각이냐?"

"어떤 문제 말씀입니까?"

"몰라서 묻느냐? 그 부총관태감 놈 말이다."

영왕의 얼굴이 기분 나쁘게 보일 정도로 일그러졌다.

"그놈이 그렇게 고수냐?"

송연화도 영왕의 걱정이 무엇인지 깨닫고 진지하게 대답했다.

"…백 년에 한 번 나올까 말까 한 절정고수로 보입니다."

"그게 문제 아니냐! 그놈이 자기가 알고 있는 일을 떠벌리면 막을 수 없지 않느냐?"

"무공만 높다고 모든 게 되는 건 아니죠."

송연화가 피식 웃음을 흘리며 말했다.

"마음 놓으세요. 그자는 제가 충분히 조종할 수 있습니다."

"자신 있느냐?"

"물론이죠."

송연화가 다시 한번 웃었는데, 그녀의 미소는 나라 하나를 무너뜨렸다는 경국지색 서시의 미소처럼 청초한 동시에 요염했다.

"그자의 마음은 이미 제 것이나 마찬가지입니다. 마음을 빼앗았으니 수족처럼 부리라고 명하시면 보여 드릴 수도 있습니다."

"대단하구나. 대체 어떤 방법을 썼느냐?"

"여인이 사내의 마음을 뺏는 방법이 뭐가 있겠습니까?"

"색(色)이냐?"

"그렇습니다."

"후후후, 네년 색기에 배겨낼 사내가 없긴 하지."

그런데 영왕이 금세 미소를 지우더니 말했다.

"그럼 내가 황위에 올라도 당장 너를 황후로 삼을 수는 없겠군."

"네? 무슨 말씀이신지요?"

송연화의 얼굴에 당황한 기색이 역력했다.

영왕이 해명했다.

"만약 내가 이미 너를 취했다는 사실을 그놈이 알게 되면 난동을 피우며 배신하지 않겠느냐?"

"……"

그 말에 송연화가 눈썹을 찡그리며 고개를 끄덕였다.

"옳은 말씀입니다. 전하를 만나는 걸 당분간은 그자에게 절대 들키면 안 되겠군요."

"그래야지. 한데 이건 어떠냐?"

영왕이 뜻밖의 말을 꺼냈다.

"차라리 이번 기회에 그놈을 죽여 버려라."

"죽이라고요?"

"그래."

영왕이 뒷짐을 지고 관제묘 안을 배회하며 말을 이었다.

"내 생각에 그놈은 너를 뺏긴 걸 알면 반드시 배신한다. 놈이 색에 걸려들었다고 하니 환관도 아니겠지? 그동안 거세를 받은 척 속인 게 아니냐?"

"예……."

"멀쩡히 양물이 있는 사내가 여인을 남에게 빼앗기고 가만히 있겠느냐? 괜히 후환을 남길 바에는 지금 깨끗이 죽이는 게 상책이다."

"생각해 보겠습니다."

송연화가 굳은 얼굴로 대답했다.

"네 말을 믿어도 좋겠느냐? 놈과 정을 통해서 오히려 나를 배신한다면?"

"설마 그럴 리가 있겠습니까?"

그녀가 요염한 미소를 흘렸다.

"전하는 천자의 자리에 오르실 분입니다. 한낱 세작과는 비교할 수 없지요."

"흐음, 그러냐?"

영왕이 미심쩍은 눈길로 송연화를 쳐다봤다.

그러자 송연화의 눈빛이 살짝 흔들렸다. 그녀는 영왕에게 눈빛을 들키지 않기 위해 생각을 하는 척하며 슬쩍 고개를 돌렸다. 하지만 시간을 오래 끌 수는 없었다. 영왕의 의심을 샀다가는 다 끓인 죽에 코 빠뜨리는 격이 될 테니까.

겉으로는 자애로운 성정인 척 연기하지만 실제 속마음은 교활하고 질투심 많은 영왕이 아닌가?

송연화가 결심하고 말했다.

"알겠습니다. 기회를 봐서 그자를 죽이겠습니다."

"아니. 지금 당장 손을 써라."

"예?"

그녀가 난감하다는 목소리로 대답했다.

"말씀드리지 않았습니까? 그자는 청성을 어린애 손목 비틀 듯이 제압한 절정고수입니다. 저 혼자서는 역부족이에요."

"그러냐?"

영왕이 차갑게 말했다.

"그것 참 아쉽겠소."

그가 턱 아래로 손을 가져가더니 밑에서부터 얼굴 가죽을 잡아 뜯었다.

쭈우우욱.

얼굴 가죽, 아니, 인피면구를 벗자 나온 얼굴은 바로 무명이 었다.

2장.

드러나는 진실

쭈우우욱.

영왕이 턱 아래로 손을 뻗어 얼굴에 찰싹 붙어 있던 인피면
구를 뜯었다. 그러자 무명의 얼굴이 나왔다.

"왜 그러고 있소? 지금 당장 손을 쓰라고 하지 않았소?"

"……!"

영왕이 인피면구를 벗을 때만 해도 의아한 표정을 짓던 송연
화는 그가 무명이었다는 사실을 깨닫자 말을 못 잇고 경악했다.

"싫다면야 할 수 없지."

무명이 냉랭하게 말했다. 이제 그의 목소리는 영왕의 것이
아니었다.

"그나저나 제갈성에게 환술부터 배워야겠군. 남의 목소리와 말투를 흉내 내는 것이 이렇게 힘들 줄은 몰랐소."

"무명… 당신이 어떻게……."

"흉내는 내봤으나 자세히 들으면 영왕의 목소리가 아니란 것을 알았을 텐데 얼굴만 보고 속아줘서 일이 한결 수월했소."

송연화는 다시 한번 침음했다. 그녀는 그제야 영왕의 목소리가 평소와 달랐다는 것을 눈치챘다. 영왕이 거칠고 퉁명스럽게 말을 뱉은 것은 먼 길을 달려와서가 아니라 무명이 정체를 속이기 위해서였던 것이다. 하지만 목소리는 그렇다고 쳐도 송연화가 감쪽같이 속은 이유는 따로 있었다.

"그 얼굴! 아니, 그 인피면구는 어디서 난 거죠?"

넋을 잃고 있던 그녀가 갑자기 앙칼지게 소리쳤다.

인피면구를 쓴 무명은 영왕의 얼굴과 흡사했다. 게다가 안개가 짙게 끼고 관제묘 안이 어두운 바람에 더욱 구분이 어려웠던 것이다.

"인피면구가 어디서 났냐고? 모두 말하지 않았소?"

"웃기지 말아요! 언제 그런 말을……."

"이 인피면구는 황장자의 얼굴 가죽을 벗긴 것이오."

"……!"

"옛 황궁이 불탔을 때 이매망량은 황장자의 시신을 손에 얻었소. 그리고 이 인피면구를 만들었지."

"대체 왜 그런 짓을……."

"몰라서 물으시오?"

무명이 피식 냉소를 흘렸다.

"이매망량의 적, 옛 황제를 배신한 적은 크게 둘이오. 무림 맹과 황궁."

척! 그가 검지를 들어 송연화를 가리키며 일갈했다.

"황장자의 인피면구를 만든 이유는 신분을 숨긴 채 황궁에 잠입하여 적을 색출하기 위해서요. 바로 당신 같은 세작을 말이오!"

송연화는 경악한 채 입을 다물지 못했다.

무명이 그녀에게 인피면구에 대한 일을 말했다. 그가 인피면구를 쓰고 있을 때 황태후를 만난 적이 있는데, 그녀는 영왕의 애칭인 '아방'으로 부를 만큼 무명을 염왕으로 착각했다.

"사람들이 노망이 들었다고 하지만 황태후의 정신은 생각보다 멀쩡하오. 영왕으로 착각할 만큼 판박이처럼 닮은 인피면구? 그럼 그 인피면구의 주인이 누구겠소?"

인피면구는 죽은 시신의 얼굴로 만든다.

"영왕은 아직 살아 있으니, 그의 인피면구를 만드는 것은 불가능하오."

하지만 영왕과 얼굴이 닮은 자가 세상에 한 명 있었다.

바로 죽은 황장자.

"황장자와 영왕은 황후가 낳은 형제요. 둘은 나이 터울이 있으나, 사람들은 쌍둥이처럼 닮았다고 얘기하지."

"그래서 인피면구를 쓰고 나를 속인 건가요?"

"그렇소."

무명이 냉랭하게 대답했다.

"당신이 영왕과 손을 잡았다는 것은 짐작하고 있었소."

"어떻게요?"

"태자와 영왕 모두 무림맹에 세작을 두었는데 남궁유가 태자 편이었으니 당신은 자연히 영왕의 편이 아니겠소?"

송연화는 재차 입을 열지 못했다. 무명이 꺼내는 말이 모두 정곡을 찌르고 있었기 때문이다. 그때였다.

"아하하하하! 정말 우습군요!"

송연화가 갑자기 광소를 터뜨리더니 곧 웃음을 뚝 그치고 말했다.

"내가 영왕에게, 아니, 인피면구를 쓴 당신에게 한 말을 믿나요? 그건 몽땅 영왕을 속이려고 한 거짓말이에요."

"지금까지 한 말이 모두 거짓이라고?"

"그래요!"

송연화가 턱을 치켜들고 팔짱을 끼며 말을 이었다.

"좋아요. 내가 당신과 영왕을 둘 다 이용해 온 건 사실이죠."

"솔직해서 좋군."

"하지만 당신은 절정의 내공을 얻은 고수예요. 청성이 입은 상처를 보고 알았어요. 무림맹주인 소림 방장도 지금 당신에게는 불과 백 초를 버티지 못한다고."

"백 초? 삼십 초면 충분하오."

"대단하군요. 반면 영왕은 아직 새 태자 책봉을 받지 못했어요."

"태자가 감쪽같이 사라졌으니 새로 태자가 될 자는 영왕밖에 없을 텐데?"

"영왕 말고 황자는 더 있어요. 영왕처럼 권력이 없을 뿐."

"그 말은 맞군."

"황상은 변덕이 심하고 의심이 많아요. 영왕의 세가 높아지면 어떤 생각을 할지 모르죠."

"그래서 결론이 무엇이오?"

"무림의 절정고수와 태자 책봉도 받지 못한 일개 황자. 둘 중 제가 누구를 선택할지는 뻔한 일 아닌가요?"

"그런가?"

"그래요."

송연화가 단호한 얼굴로 고개를 끄덕였다.

그러나 무명은 고개를 저었다.

"나는 당신을 믿지 않소. 거짓말이 한두 번이어야지."

"아니에요! 절대 그렇지 않……."

"황궁 문화전 서고에서 우리가 처음 만난 날."

무명이 중간에 그녀의 말을 잘랐다.

"얼마 안 있어 자객 무리가 나를 납치했소."

"그래요! 그때 제가 구하지 않았다면 당신은……."

"내가 언제 어디로 납치되었다는 사실은 어떻게 알았소?"

"그건……."

"당신은 한 가지 실수를 저질렀소."

"……."

"이강과 객잔에 묵고 있을 때 당신이 나를 찾아왔었지. 그때 나는 자객 무리가 납치한 날 난쟁이가 있었다고 했소."

송연화가 굳은 얼굴로 입을 다물자 무명이 말을 이었다.

"그때 당신은 난쟁이를 두고 나를 고문하려던 자냐고 말했지."

"그게 어떻다는 거죠? 맞는 말이잖아요."

"난쟁이가 고문사라는 건 어떻게 알았소? 나는 당신 앞에서 난쟁이가 고문사라는 말은 꺼낸 적이 없는데?"

"……!"

무명의 눈초리가 얼음장처럼 차갑게 송연화에게 고정됐다. 그녀가 침을 꿀꺽 삼키더니 억지웃음을 지으며 말했다.

"난쟁이를 매수해서 불렀으니 고문사라고 생각하는 게 당연하잖아요?"

"난쟁이를 매수한 것은 어떻게 알고 있지? 청일에게 들었나?"

"……."

송연화의 얼굴에서 다시 웃음기가 싹 사라졌다.

"특이한 마혈을 점혈하면 전신에 개미가 물어뜯는 듯한 고통을 줄 수 있지. 청일 정도 되는 고수가 굳이 고문사를 부를 필요는 없소. 그런데 난쟁이를 부른 까닭은 무엇일까?"

송연화는 계속해서 묵묵부답 말이 없었다.

"대답이 없으니 내가 말해보지. 정말 고문하려는 게 아니라 내게 공포심을 심어주려던 것이었겠지."

무명의 말은 점점 송연화를 옥죄어 들어갔다.

"실은 나를 납치한 것도 당신이 청일에게 부탁한 게 아닌가?"

"처음부터 나를 의심하고 있었군요."

"당연하지 않소? 같은 세작인데."

그의 목소리는 이제 차갑기는커녕 아무 감정도 섞여 있지 않았다.

"내가 공포에 떨고 있을 때 당신이 구해준다. 청일 같은 고수를 이겼다고 하면 내가 의심할까 봐 그는 일부러 자리를 비웠겠지. 그런 다음 당신이 졸개 몇 명을 치치하고 나를 구해서 신뢰를 얻은 거고."

계속해서 무명의 추궁이 연속으로 이어졌다.

"당신은 망자비서를 얻으려고 그동안 철저히 나를 속이고 이용했소. 또 말해볼까? 동창의 수장 우수전이 나를 겁박해서 망자비서를 얻으려고 했지. 바로 당신이 정보를 넘긴 것이 아니오?"

"내가 왜요? 우수전에게 망자비서를 넘기는 꼴이 될 텐데요?"

"우수전과 손잡고 청성에게 대항하려고 했겠지."

"……"

"청성은 관음보살상을 폭파해서 당신을 죽이려 했으니, 그때만 해도 청성과 당신의 사이는 개와 고양이 같았겠지. 우수전과 손잡으면 청성을 압박하고 내게 망자비서를 빼앗을 수 있으니 일석이조 아니오?"

송연화가 말없이 있자 무명은 한 가지 사실을 더 지적했다.

"또한 내가 가는 곳마다 화산쌍로가 나타난 것도 당신이 정보를 주어서겠지."

"무슨 소리예요? 내가 화산쌍로랑 싸운 걸 잘 알잖아요?"

"관음보살상 위에서 싸웠던 것은 연기, 이번에 황궁 내원에서 싸운 것은 진짜라고 생각하오."

"그것까지 눈치챘나요?"

"그렇소. 화산파는 당신에게 끌려다니는 게 싫어서 당신을 없애고 영왕과 직접 연줄을 맺을 생각이었겠지."

"……."

"마지막으로 하나 더. 지하 도시를 막 탈출한 제갈성과 이조가 어떻게 육룡채로 와서 나를 잡으려고 했을까? 그들에게 정보를 준 자가 누구일까?"

무명이 싸늘한 음성으로 추궁을 끝냈다.

한참을 침음하던 송연화가 나직한 목소리로 입을 열었다.

"내가 그랬단 증거는 하나도 없어요."

"물론 증거는 없소. 하지만 모든 정황이 당신을 가리키고 있소."

"…증거는 없어요."

"당신을 만난 뒤로 이상한 사건이 하나둘이 아니었소. 모든 일을 조종한 자가 누구인지 짐작하기 어려웠지. 그런데 당신이 배후에 있었다고 가정하면 모든 게 설명 가능하오."

무명이 손가락을 하나씩 접으며 말했다.

"하나, 내 향방을 잘 알고 있는 자."

"둘, 황궁과 무림맹 두 군데에서 정보를 캘 수 있는 자."

"셋, 무공은 뛰어나나 중원까지 세를 펼치기엔 문파가 너무 멀어서 남을 이용할 수밖에 없는 자."

"그런 자는 단 한 명뿐이오. 먼 서역 땅의 곤륜파에서 온 고수."

무명이 검지로 송연화를 가리켰다.

"바로 당신이오."

"……"

"그동안 심계를 파서 황궁과 무림맹의 인물들을 조종하느라 수고했소. 참으로 대단하오."

무명은 씨익 미소를 지었는데, 그 미소가 정말 감탄해서인지 아니면 비웃음인지는 알 수 없었다.

송연화는 망연자실한 눈으로 무명을 쳐다봤다.

그러다가 무슨 생각이 들었는지 입술을 꽉 깨물면서 말했다.

"좋아요. 모두 사실이에요. 하지만."

그녀가 눈물을 글썽거리며 말했다.

"한 번은 용서해 주실 수 있잖아요? 당신은 날 사랑하잖아요?"

"사랑?"

무명의 얼굴에서 웃음기가 싹 사라졌다.

"사랑하지 않소. 전혀."

"거짓말!"

송연화가 악다구니를 쓰며 추궁했다.

"그날 밤 부용림에서 입을 맞춘 것은 뭐죠? 당신은 나를 사랑하고 있어!"

"……."

이번에는 무명이 잠시 입을 다문 채 침묵했다.

두 눈을 앙칼지게 치켜뜬 송연화의 얼굴이 사뭇 요염했다.

이강, 정영과 함께 객잔에 묵은 날, 송연화가 홀연히 무명을 찾아왔다. 백설처럼 흰 얼굴, 꽃처럼 붉은 입술, 눈부시게 빛나는 백의 차림의 그녀는 무명의 마음을 뒤흔들어 놓기에 충분했다.

무명이 천천히 입을 열었다.

"모두 연기였소."

"뭐라고요?"

송연화가 입을 딱 벌리고 놀라다가 어이가 없다는 듯 고개를 저었다.

"헛소리! 그럴 리가 없어! 그럴 리가……."

"내 연기도 꽤 괜찮았나 보군."

"당신은 날 사랑해! 그날 밤 내 몸을 탐하고 있었다고!"

"한때는 사랑했을지도 모르지. 하지만 지금은 아니오."

"말도 안 돼!"

"날 한 번도 사랑한 적 없는 건 당신이오. 그날 밤 온 것도 잠행 전에 내 마음을 단단히 틀어쥐려고 한 것이었겠지. 나는 유혹에 넘어가는 척했을 뿐이오."

"거짓말……."

"너무 신경 쓰지 마시오. 산 자도 망자도 모두 연기에 능통하지 않으면 언제 목이 떨어질지 모르는 세상 아니오?"

무명의 목소리에는 일말의 감정도 섞여 있지 않았다.

송연화는 넋이 빠진 눈빛으로 고개를 내렸다.

곧이어 한참을 말없이 있던 그녀가 얼굴을 들었는데, 지금까지 요염하게 유혹하던 눈빛은 온데간데없이 사라지고 냉랭하면서 표독스러운 눈빛으로 바뀌어 있었다.

"좋아요. 사랑 따윈 집어치우죠."

"동감이오."

"그럼 남녀가 아니라 강호인으로 제안을 할게요."

"무엇이오?"

"황상은 심신이 피폐한 지 오래됐어요. 나랑 손을 잡고 영왕을 새 황제로 만들어요."

"무엇 때문에? 내가 왜 영왕을 편들어야 하지?"

"몰라서 물어요?"

송연화가 무명을 향해 손을 내밀었다.

"영왕을 꼭두각시 황제로 만든 다음 우리 둘이 천하를 다스려요!"

송연화가 탐욕스러운 눈빛으로 말했다.

"영왕을 꼭두각시 황제로 세우면 천하는 우리 것이나 다름

없어요."

"천하를 다스리자고? 우리 둘이?"

"그래요."

"우리 둘은 기껏해야 무공 좀 할 줄 아는 강호인이오."

무명이 냉소를 흘리며 말했다.

"그게 아니면 환관과 궁녀를 가장한 세작이지. 환관과 궁녀가 천하를 다스린다는 얘기는 들어본 적 없소."

"어리석군요."

이번에는 송연화가 차가운 미소를 지었다

"원래 황궁은 환관과 궁녀의 것이에요. 십상시와 무측천을 모르나요?"

십상시(十常侍)는 한나라 영제 때 권력을 잡고 조정을 농락한 십여 명의 환관이다. 또한 무측천(武則天)은 당나라 고종의 황후로, 십오 년간 중원을 통치한 여인 황제다.

즉, 송연화는 환관과 여인도 얼마든지 권력을 잡을 수 있다고 십상시와 무측천을 예시로 든 것이었다.

무명도 고개를 끄덕이지 않을 수 없었다.

"날카로운 지적이군."

"십상시와 무측천도 한 일을 우리라고 못 할 이유는 없잖아요? 아하하하하!"

송연화가 길게 웃음을 터뜨렸다.

무명은 잠자코 그녀의 웃음소리를 듣다가 말했다.

"하지만 한 가지 걱정이 되는군."

"뭐죠?"

"나도 영왕처럼 당신의 꼭두각시가 될 것 같은데?"

"아하하, 말도 안 되는 소리!"

송연화가 다시 요염한 미소를 되찾았다.

"당신 무공 수위를 빤히 아는데 내가 수작을 부릴 리 없잖아요? 나는 화산쌍로나 청성처럼 개죽음하고 싶지 않다고요."

"그렇군."

"예전에 한 말 기억나요?"

"무슨 말?"

"당신이라면 날 거느려도 좋이요. 난 강한 사내가 좋기든."

송연화가 무명에게 바싹 다가섰다.

한 발짝만 더 다가서면 서로 입술이 닿을 만큼.

"영왕은 어떻소?"

"뭐가요?"

"새 태자로 책봉될 가능성이 높은 영왕이야말로 강한 사내가 아니오?"

"웃기지 말아요. 영왕은 약골 중의 약골이에요."

"낮에 볼 때는 제법 당당한 사내던데?"

"천만에. 영왕은 낮은 물론 밤에도 허세만 가득한 샌님이야."

"환관만도 못한 남자라는 말인가?"

"맞아요. 환관은 아예 양물이 없기라도 하지 그놈은… 아하하하!"

송연화는 뭐가 우스운지 한바탕 웃음을 터뜨린 뒤 말을 이었다.

"자, 나를 가져요. 그리고 우리 둘이 천하를 집어삼켜요."

그녀가 한 발짝 더 가까이 다가왔다.

이제 둘의 입술은 닿을락 말락 해서 그대로 고개만 내밀면 입을 맞추게 될 거리가 되었다.

무명이 살짝 고개를 비틀어서 그녀의 귓가에 대고 말했다.

"싫소."

"자, 애태우지 말고 어서… 뭐라고요?"

"거절한다는 말이오."

스윽. 무명이 한 발짝 뒤로 물러섰다.

송연화는 한참을 멍하니 있다가 곧 앙칼진 목소리로 외쳤다.

"대체 왜요?"

"나는 천하 따위에는 관심 없소."

"거짓말! 천하를 다스리고 싶어 하지 않는 자가 있을 리 없어!"

"정말 우리 둘이 천하를 얻는다고 치지. 하지만 당신은 결국 나를 죽이고 일인자가 되려고 할 게 뻔해."

"당신도 영왕처럼 겁쟁이야? 무공도 심계도 당신이 나보다 한 수 위잖아!"

"독살을 하든 음모를 꾸미든 죽일 방법이야 많지. 지금까지 그렇게 살아왔으면서 뭘 숨기지?"

"……."

"어려서부터 친했다던 남궁유가 죽었는데도 당신은 눈 한

번 깜빡이지 않았지."

"그거야 그녀가 망자였으니까……."

"과연 그럴까? 당신은 사람들을 이용하다가 쓸모가 없어지면 배신하기를 반복했어."

"하지만 당신은 배신하지 않을게요! 약속해요!"

"진심이오?"

"예!"

송연화의 말에 무명이 두 눈을 가늘게 뜨며 고개를 끄덕였다.

"하긴, 나보다 먼저 영왕부터 배신해야겠군."

"그건 염려하지 않아도 돼요. 영왕은 이미 내 마음속에 없는 사람이니까."

송연화는 마음이 놓이는지 배시시 웃었다.

"그 말을 기다리고 있었소."

획. 갑자기 무명이 뒤쪽을 향해 몸을 날렸다.

관제묘의 단상에는 촉나라의 무신 관우의 위패가 모셔져 있고 그 뒤에 나무를 깎아 만든 관우상이 위엄 서린 자태로 서 있었다.

팔십이 근짜리 청룡도를 들고 부리부리한 눈매로 아래를 쏘아보는 관우상.

무명이 몸을 날린 곳은 관우상의 뒤쪽이었다.

"무명, 대체 뭘 하는 거죠?"

송연화가 의아해하며 물었을 때 무명이 몸을 날려 다시 그녀의 앞으로 돌아왔다.

휙.

그런데 그는 혼자가 아니었다.

"본인한테 직접 말하시오. 꼭두각시 황제가 되어 당신 손에 평생 농락당할 거라고."

"……!"

송연화는 입을 딱 벌리며 경악했다.

무명이 관우상의 뒤에서 데리고 온 자는 점혈되어 움직이지 못하는 영왕이었던 것이다.

송연화가 침을 꿀꺽 삼키고 조용히 영왕을 쳐다봤다. 영왕은 몸을 움직이진 못했지만 의식이 있는지 두 눈을 부릅뜨고 그녀를 노려보고 있었다.

송연화가 목소리를 떨며 물었다.

"저, 전하… 설마 지금까지 저 뒤에 있던 것은 아니시죠……?"

"지금까지 저 뒤에 있었소."

무명이 코웃음을 치며 대답했다.

"물론 우리가 나눈 대화를 모두 들었을 것이오."

무명이 송연화의 뒤를 이어 관제묘에 도착했을 때, 그는 덤불 속에 숨어서 뒤이어 올 누군가를 기다렸다.

짙은 안개를 뚫고 나타난 자는 곤룡포를 걸친 영왕이었다.

영왕을 확인한 순간 무명은 모든 일의 배후에 송연화가 있다는 것을 확신했다.

그는 소리 없이 접근해서 영왕을 점혈했다.

손가락 하나 까닥거리지 못하고 입도 뻥긋할 수 없는 마혈.

그러나 혼절시키지 않고 의식을 남겨두었다. 또한 영왕의 곤룡포를 벗기고 자신의 옷 위에 겹쳐 입었다.

그런 다음 관제묘를 빙 돌아가 개구멍을 통해 안으로 들어와서 영왕을 관우상 뒤에 세워두었던 것이다.

앞으로 송연화가 할 얘기를 똑똑히 들을 수 있도록.

그리고 다시 구멍을 빠져나와서 인피면구를 쓴 다음 태연하게 관제묘 정문으로 들어왔던 것이다.

송연화는 당황해서 입을 다물지 못했고, 영왕은 그런 그녀를 활활 타오르는 눈길로 노려봤다.

둘을 쳐다보던 무명이 시큰둥한 목소리로 툭 말을 뱉었다.

"당신에겐 두 가지 방법이 있소."

"……"

송연화는 거듭된 무명의 심계에 넋이 나갔는지 입을 살짝 벌린 채 멍하니 있었다. 무명이 고갯짓으로 영왕을 가리키며 말했다.

"첫째, 영왕의 점혈을 풀어드리고 사죄하시오. 용서할지 말지는 그가 알아서 하겠지."

그 말에 송연화가 "흥" 하고 작게 코웃음을 쳤다.

그녀가 영왕을 두고 한 말들.

꼭두각시 황제, 낮에도 밤에도 형편없는 사내.

영왕이 절대 용서하지 않으리라는 것은 굳이 지금 그의 눈빛을 보지 않아도 송연화 자신이 잘 알고 있었던 것이다.

송연화가 무겁게 가라앉은 목소리로 물었다.

"두 번째 방법은 뭐죠?"

"둘째, 당신 손으로 영왕을 죽이고 황제를 모시면 되오."

그녀가 고개를 홱 치켜들며 바락 소리쳤다.

"황제를 모시라고? 다 죽어가는 그 늙은이를?"

"어차피 황후가 되면 당신 목적이 절반은 성공하는 것 아니오?"

"말도 안 돼!"

"늙어도 음욕은 남아 있다는 게 사내요. 정혜귀비를 따라다니다가 황제의 눈에 들어서 황은을 입으시오. 이후 황자를 낳고 태자로 만들면 훗날 황제의 어머니가 되어 천하를 손에 넣을 수 있지 않소?"

"그게 가능하면 진작 그렇게 했지! 밥도 제대로 못 삼키는 늙은이한테 무슨 수로 씨를 받으라고!"

"하나만 알고 둘은 모르는군."

무명이 차갑게 말했다.

"곧 죽을 황제라면 더더욱 좋지."

"무슨 소리야?"

"아무 사내의 씨를 받은 다음 황은을 입었다고 속이고 아이를 낳으시지. 그럼 그게 황제의 씨인지 망나니의 씨인지 누가 알지?"

"……."

무명의 말은 천하를 얻겠다는 송연화마저 입을 다물게 할 만큼 무시무시한 것이었다.

송연화가 망연자실한 눈으로 말을 못 잇고 있을 때, 무명이 품에 손을 넣어 한 권의 서책을 꺼냈다.

"이게 무엇인지 알겠소?"

흐리멍덩하던 송연화의 눈빛이 금세 생기를 되찾았다.

"…설마 망자비서?"

서책은 청성의 막사에서 무명이 아무거나 한 권 집어 온 것이었다.

하지만 송연화가 그 사실을 알 리 없었다.

"망자비서를 찾았군요! 당신이 해낼 줄 알았어!"

"별말씀을."

무명은 싸늘하게 말을 내뱉은 뒤 품에서 화섭자를 꺼냈다. 백운의 척후병 품에서 챙겨 온 화섭자.

그가 망설임 없이 서책에 대고 화섭자를 불었다.

후욱! 화르르르!

낡은 서책에 불꽃이 튀자 금세 불길이 종잇장을 태우기 시작했다.

송연화가 경악해서 소리쳤다.

"지금 뭐 하는 거야?"

"몰라서 묻소? 나는 옛 황제를 모시던 이매망량의 수장이오."

"당신 미쳤어? 빨리 불을 꺼!"

"옛 황제는 망자가 되었소. 나는 아직 망자는 아니지만 망자를 모시는 몸이라고 할 수 있지."

"안 돼! 제발!"

"그러니 망자비서 따위가 내게 무슨 소용이겠소? 오히려 반 드시 불태워야 할 물건일 뿐."

"불을 끄라니까!"

송연화가 발광하면서 악을 쓰다가 갑자기 두 눈에 불을 켜 고 무명에게 달려들었다.

"이리 내놔!"

그녀가 두 팔을 뻗어 서책을 빼앗으려고 했다.

하지만 무명은 보법을 밟아서 주위를 빙빙 돌며 피했다. 그 녀의 두 손은 아슬아슬하게 서책을 비껴 지나갔다.

그러는 사이 서책은 절반가량이 활활 타들어갔다.

송연화가 악귀처럼 비명을 지르며 달려들었다.

"아아아악! 그만둬!"

쉬이이익!

그녀가 몸을 날리며 두 손을 꼿꼿이 세워서 손날을 출수했다. 무명의 숨통을 끊어버린 뒤 서책을 빼앗겠다는 뜻.

"본색을 드러내시는군."

무명이 보법을 밟으며 피하자 손날은 옷자락 한 번 스치지 못하고 지나가 버렸다.

순간 공중에 도약한 송연화가 몸을 빙글 뒤집더니 화살처 럼 빠르게 날아왔다.

곤륜파의 경천동지할 신법, 운룡대팔식.

스스스스!

"망자비서를 내놔!"

그녀가 어느새 허리춤에서 뽑은 검을 광포하게 내질렀다.

곤륜파 최강의 검법, 태허도룡검(太虛屠龍劍).

부웅부웅부웅!

송연화의 양날검이 마치 광명우사가 대도를 휘두르는 것처럼 파공음을 냈다. 용을 도륙한다는 뜻의 태허도룡검. 중원 문파의 검법이 표홀하고 변화무쌍함을 추구한다면 곤륜파의 검법은 힘과 패도함을 추구했다.

목을 베는 게 아니라 사지를 찢어발기려는 검초.

그때 무명이 곤룡포 속에 숨겨둔 환도를 꺼낸 다음 거꾸로 잡았다.

빙글.

파괴력을 높이기 위해 날이 보통보다 넓고 둥글게 휘어진 금위군의 환도.

금위군의 환도는 묵직해서 백병전에 좋은 반면, 화려한 초식이 난무하는 강호인의 일대일 결투에는 어울리지 않았다.

그러나 명필이 붓을 가리던가.

까앙!

검이 도에 부딪쳐서 멈췄다. 송연화의 광포한 검세를 무명은 슬쩍 환도를 드는 것만으로 파훼해 버린 것이다.

이어서 무명이 검지를 뻗었다.

팟. 검지가 살짝 흔들리는가 싶었는데 송연화는 점혈당해서 제자리에 선 채 목인상처럼 굳어버렸다.

송연화가 혼신의 힘을 다한 일초는 허무하게 막혔다.

그녀는 명문정파의 후기지수 중 단연 군계일학이었다. 그러나 화산쌍로와 청성을 어린애 손목 비틀듯이 찍어 누른 무명에게는 상대가 될 수 없었다. 어느새 무명의 손에 들린 서책은 기의 타버려서 재가 흩날리고 있었다.

송연화는 불타는 서책을 망연자실한 눈으로 하염없이 바라봤다. 곧 서책은 깡그리 타서 재가 되었다.

무명이 잿더미를 아무렇게나 바닥에 내던졌다. 그리고 송연화의 손에서 검을 뺀 다음 바닥에 꽂았다.

푹!

검이 꽂힌 자리는 딱 송연화와 영왕의 중간이었다. 공교롭게도 송연화가 점혈당해서 굳어버린 곳이 영왕과 일 장 거리를 두고 마주 보는 위치였던 것이다.

중원을 집어삼킬 궁리를 하기 위해 관제묘에서 만난 두 남녀.

하지만 지금 송연화와 영왕은 서로를 잡아먹지 못해 흉흉한 눈빛으로 노려보고 있었다. 무명이 송연화에게 말했다.

"당신의 내공 수위라면 한 시진쯤 지나면 점혈이 풀릴 것이오."

이어서 고개를 돌려 영왕에게 말했다.

"당신은 무공을 모르니 일부러 내력을 조금만 불어 넣었소."

그 말에 두 남녀의 눈에 살기가 돌았다. 먼저 점혈이 풀리는 자가 상대를 검으로 찌르면 자신은 살 수 있지 않은가!

무명이 마지막 말을 내뱉고 몸을 돌렸다.

"둘 중 누구 먼저 점혈이 풀릴지는 나도 모르겠군."

그리고 한 번도 뒤를 돌아보지 않고 관제묘를 떠났다.

관제묘 밖에는 말 두 마리가 있었다.

각각 송연화와 영왕이 타고 온 말. 무명은 곤룡포를 벗어 던진 뒤 그중 한 마리에 올라타고 관제묘를 떠났다.

"이랴!"

관제묘가 짙은 안개 너머로 점점 사라졌다.

"남아 있는 한 마리면 충분하지 않겠소?"

송연화와 영왕 중 오직 한 명만 살아서 관제묘 밖으로 나올 것이다. 공교롭게도 영왕의 점혈이 먼저 풀려서 검을 찌른 뒤에 곧이어 송연화의 점혈이 풀린다면? 둘은 사투를 벌이다가 모두 세상으로 나오지 못할지도 모른다. 아무려면 어떤가?

"나와는 일절 상관없는 일이오."

무명은 싸늘하게 가라앉은 얼굴을 하고 말을 달렸다.

도성으로 돌아오는 도중에 동이 터서 해가 하늘에 걸렸다.

햇살이 밝게 비치는 아침. 건물이 들어선 초입에 가까워질수록 곳곳에 시체가 보이기 시작했다. 그중에는 몸을 꿈틀거리는 시체도 있었는데, 망자에게 물어뜯겨서 감염된 바람에 같은 망자로 탈바꿈하는 것이었다.

무명은 땅에 내려 말에게 휘휘 손짓을 했다.

"너 좋을 대로 가라."

말도 망자가 된다. 주작호에서 시황이 살이 썩어 들어가는 말을 타고 나타나지 않았던가.

"도성으로 들어가면 너도 망자가 될지 모른다."

하지만 말은 좀처럼 가지 않고 무명 주위를 배회했다.

태어나자마자 사람의 손에 자라 길들여진 말이니 사람 곁을 떠날 수 없는 것이리라. 무명이 답답해서 말했다.

"나를 따라오면 망자가 될지 모른다니까?"

그러나 말은 가만히 선 채 무명을 물끄러미 쳐다봤다.

망자가 되는 게 차라리 낫단 말인가? 사람에게 버림받아서 들판을 헤매며 떠도는 것보다는?

무명은 안 되겠다 싶어서 땅에 발을 굴러 세차게 진각을 밟았다.

쿠웅! 히히힝!

그제야 깜짝 놀란 말이 한 번 울부짖더니 들판으로 달려갔다. 무명은 말이 사라진 뒤에도 한참을 멍하니 서서 들판을 바라봤다. 이윽고 혼자가 된 무명은 망자 판이 된 도성으로 들어가기 시작했다. 도성은 수많은 상점이 즐비한 중원 최고의 대도시다. 하지만 지금은 끔찍한 지옥이었다.

거리는 남녀노소 구분할 수 없는 시체로 가득했다. 백성뿐 아니라 금위군의 시체도 눈에 띄었다.

청운에게 버림받은 삼백여 명의 금위군.

그들은 도성을 지키다가 결국 망자 떼에 포위되어 전멸한 것이었다. 거리 주변은 곳곳이 활활 불타고 있었다.

금위군이 쏜 화전에 맞은 망자들은 불붙은 몸으로 난동을 부렸으리라. 완전히 타서 재가 되기 전에는 망자의 숨통이 끊어지지 않기 때문에 불길이 건물에 옮겨붙은 것이다.

"아아아악……."

어딘가에서 비명 소리가 끊임없이 들려왔다.

곧 도성에서 가장 번화했던 거리에 도착했다.

무명은 싸늘하게 가라앉은 눈으로 참상을 바라봤다.

"……."

골목은 죽은 시신들로 가득했다.

아직도 몸에 불이 붙은 망자들이 화살이 꽂힌 채로 비틀거리며 걸어 다녔다. 그러다가 간신히 목숨이 붙어 있는 자를 찾으면 여지없이 달려들었다.

키에에엑!

무명이 그 광경을 보고 중얼거렸다.

"우습군."

수십 명의 망자들이 산 자 한 명에게 달라붙어 물어뜯는 모습. 마치 황궁과 무림맹의 인물들이 서로 망자비서를 차지하려고 벌이는 아귀다툼 같지 않은가?

시체의 수가 너무 많아서 어느 게 산 자이고 어느 게 망자인지 알아보기 힘들 정도였다.

무명은 이미 지옥을 봤다. 아내와 딸이 죽었을 때 그는 이미 생지옥을 한 번 경험했다. 그런데 지옥을 두 번이나 보게 될 줄이야……

그때 뒷덜미에서 격통이 울렸다.

우우웅… 떠어엉!

"크윽!"

제갈성의 부적을 찢었을 때 받았던 고통이 다시 한번 머리를 강타한 것이었다. 이어서 살 속에 깊숙이 박힌 백령은침이 강하게 진동하는 것을 느꼈다.

찌르르르!

과도한 내공진기를 머리로 운용한 후유증은 심각했다.

그때 거리에 희미하게 사람 그림자가 보였다.

"살려줘요! 도와주세요!"

무명은 신음을 참으면서 그림자를 쳐다봤다.

'또 이매망량의 환각인가?'

환각은 어느 젊은 여인이었다. 여인은 머리가 산발이 된 채 정신없이 도망치다가 무명을 발견하고 이쪽으로 달려왔다.

"제발 도와주세요!"

여인의 목소리가 애처로웠다. 망자 떼가 들이닥치자 그녀를 도와준 사람은 아무도 없었으리라.

당연하지 않은가? 자기 한 목숨 구하기 바쁜 세상인데.

그때 여인이 품에 안고 있던 아이를 무명 쪽으로 내밀었다.

"아기라도 제발……."

아직 돌이 안 돼 보이는 갓난아이. 그제야 무명은 정신이 번쩍 들었다. 여인도 아기도 환각이 아니었다.

"……!"

무명은 자기도 모르게 반사적으로 몸을 날렸다.

하지만 때는 늦은 뒤였다. 그가 달려들었을 때는 뒤를 따라온 망자들이 여인의 사지를 붙잡고 늘어졌던 것이다.

"아아악… 내 아기를……."

여인이 망자들에게 물어뜯기면서도 두 팔을 뻗어 아기를 내밀었다.

퍼퍼퍼퍽! 무명이 허리춤에 찬 환도를 들 겨를도 없이 마구잡이로 주먹을 휘둘러서 망자들을 날려 버렸다.

그는 한 손으로 망자들을 두들기면서 다른 손으로 아기를 건네받았다. 곧 십여 명의 망자들이 몽땅 나가떨어졌다.

그러나 여인은 스르르 땅에 쓰러졌다.

"고맙습니다……."

그녀는 말 한마디를 중얼거린 뒤 그대로 숨을 거뒀다.

전신이 피투성이인 것으로 보아 무명에게 오기 훨씬 전부터 망자들에게 수없이 물어뜯긴 것 같았다. 그 몸으로 망자들을 피해서 달려온 게 기적이었다. 그런데 무심코 고개를 내리던 무명은 경악하고 말았다. 아기는 이미 죽어 있었던 것이다.

"……."

무명은 어찌할 줄 모르고 멍하니 아기를 쳐다봤다. 얼굴이 검푸른 것으로 보아 죽은 지 꽤 시간이 흐른 것 같았다.

게다가 죽은 여인의 얼굴이 무명을 더욱 얼어붙게 만들었다.

여인의 얼굴은 희미하게 미소를 띠고 있었는데, 아기가 죽은지도 모르는 채 망자들을 피해 사력을 다해 도망쳤던 것으로 보였다. 무명이 넋이 나간 얼굴로 중얼거렸다.

"아기는 벌써 죽었소……."

물론 여인이 대답을 할 리 없었다. 차라리 사실을 모르고 죽은 게 그녀로서는 다행일지도…….

갑자기 여인이 고개를 홱 치켜들더니 무명을 보고는 입을 쩍 벌렸다.

크어어엉!

이미 오래전에 감염되었는지 죽자마자 망자로 바뀐 것이었다.

여인이 달려들어서 무명의 목덜미에 이빨을 박아 넣었다. 멍청히 있던 무명은 목이 물어뜯기기 바로 직전에야 퍼뜩 정신을 차리고 쌍장을 뻗었다.

퍼엉! 끄에에엑!

여인이 괴성을 지르며 멀리 날아갔다.

하지만 다급히 양손을 뻗는 바람에 무명은 죽은 아기를 땅에 떨어뜨리고 말았다.

그때 벽공장 소리를 듣고 주위에서 망자들이 몰려왔다.

무명은 지붕 위로 뛰어오른 다음 숨을 멈췄다. 그러자 망자들은 목표를 잃고 다시 거리를 배회했다.

그는 죽은 아기를 보며 생각했다.

'땅에 묻어주기라도 해야…….'

그러나 다시 돌아가기가 두려웠다.

만약 아기까지 망자가 되어서 눈을 뜬다면…….

무명은 더는 아기를 보지 못하고 시선을 돌렸다. 그리고 멍하니 있다가 자리를 떴다. 육룡채 근처의 상황은 더욱 참담했다.

금위군이 망자 떼에 대항해서 진영을 펼치던 곳에 도착하자 곳곳에서 망자가 된 금위군을 발견할 수 있었던 것이다.

무명은 이해할 수 없었다.

'끝까지 도주하지 않았단 말인가?'

자기 목숨을 버려서까지 왜?

금위군은 황제 하나만 지키는 자들이었지 않은가?

금위군이 퇴각하지 않았다면 모두 전멸하여 망자가 되었으리라. 고작 삼백여 명의 숫자로 수천수만이 넘는 망자 떼를 상대한다는 것은 자살행위나 마찬가지니까.

환도나 강궁을 든 채 먹이를 찾아 헤매는 금위군 망자들.

무명은 숨을 멈춘 채 그들을 바라봤다.

"……."

망자에게 들키지 않으려면 숨을 참고 무표정하게 있어야 한다.

아무리 무공이 높다고 해도 사람이 영영 숨을 쉬지 않을 수는 없다. 그러나 무명은 숨을 멈추는 것보다 무표정하게 있는 것이 더욱 쉬웠다.

이제 어떤 희극(喜劇)을 봐도 웃지 못하고 어떤 비가(悲歌)를 들어도 울지 못하리라. 그런데 멀리서 눈에 띄는 금위군 망자가 하나 있었다.

'저자는 설마?'

무명은 안광을 돋워서 거리를 살피다가 흠칫 놀랐다. 금위군 망자의 오른손 소맷자락이 바람을 맞아 심하게 펄럭이고 있었던 것이다. 다른 팔다리는 멀쩡한데 오른손만 없는 망자.

'백운······.'

금위군이자 무당파의 속가제자인 백운.

사람들을 구하려고 끝까지 결사항전을 펼친 그는 결국 망자가 되어 구천지하를 떠돌고 있는 것이다.

황제와 청성 등의 고관대작은 나 몰라라 하고 도망쳤는데.

무명은 갑자기 웃음이 터져 나왔다.

"하하하··· 하하하하하······."

어쩌면 이렇게 그때 그날과 똑같단 말인가?

사람들이 죽고 거리가 불타는데 높으신 나리들은 달라진 게 하나도 없지 않은가? 그때였다.

"다시 만날 줄은 몰랐다. 네놈과의 악연은 끝이 없군."

세상의 모든 것을 비아냥거리는 목소리.

무명이 고개를 돌리자 이강이 팔짱을 낀 채 기왓장을 굳건히 밟고 서 있었다. 세상이 망해가고 있으나 그의 몰골은 여전했다. 흑의를 걸치고 두 눈가에 빙 둘러서 검은 천을 질끈 묶은 모습.

"제갈성의 부적을 떼어냈구나."

"그렇소."

"네놈한테 안 좋은 감정은 없다. 단지 소림사에게 빚진 게 있어서 이번 기회에 청산했을 뿐이다."

"그 빚 한번 질기고 오래갔군."

"쉽게 갚을 수 없는 빚이었지. 다 갚은 건지도 잘 모르겠다."

뜻밖에도 이강의 목소리가 진지하게 들렸다.

하지만 그는 곧바로 원래의 비웃는 듯한 목소리로 돌아왔다.

"시황 놈이 어디로 나왔는지 결국 못 찾았다. 무림맹 놈들 뒤를 몰래 밟아서 생가을 읽었는데 제갈성도 아직 못 찾은 것 같더군. 육룡채에 출구가 있는 게 맞냐?"

"육룡채일 가능성이 높다고 했지, 틀림없이 있다고 하진 않았소."

"우문현답이군, 후후후."

이강이 킬킬거리며 말을 이었다.

"제갈성이 무사들을 풀어서 찾았지만 육룡채에선 청면 놈이 망자로 만든 흑도 놈들만 쏟아져 나왔지. 그 꼴이 얼마나 우습던지!"

"재미도 있었겠군."

"근데 부적은 어떻게 찢은 거냐? 제갈성은 네놈 무공 수위가 엄청나서 그냥 싸웠다간 박살 날 걸 알고 있었지. 그래서 단 한 번 기회를 노려 간신히 붙인 거였는데?"

"잘난 능력으로 읽어보시지."

무명이 검지로 자신의 관자놀이를 가리키며 말했다.

"후후후, 그놈 잠깐 안 본 사이에 더 냉랭해졌군."

이강은 무명의 생각을 읽고 있는지 웃음을 흘리며 혼자 중얼거렸다.

"어이쿠! 황제는 또 도망쳐서 도성을 옮긴다고? 황제 놈 명줄이 기니 세상이 바람 잘 날 없구나. 잠깐… 네놈 설마 송연화를……."

그가 관제묘에서 있었던 일을 읽은 것 같았다.

"송연화 년, 망자도 아니면서 유독 생각을 읽기 힘들다 싶었더니……."

이강의 목소리가 얼음장처럼 싸늘했다.

"허구한 날 생각하는 게 눈앞의 일이 자기한테 이득인가 아닌가만 따지고 있으니 생각이랄 게 없었던 거군. 지 욕심만 가득 찬 요물 같으니."

"그녀가 요물이면 우리는 괴물인가?"

무명이 차갑게 말을 받았다.

"우리 둘도 다를 게 없지 않나? 어차피 과거의 빚을 받아내려고 혈안이 된 둘인데."

"오호라, 네놈도 이제 악인이라는 사실을 인정하는 거냐?"

그가 검지로 무명을 가리키며 말했다.

"나는 평소 강호제일악인을 자처하고 다녔건만 네놈 앞에서는 악인이라 칭하기도 부끄럽군."

"악인? 대체 누가 악인이지?"

무명이 싸늘하게 물었다.

"나도 당신처럼 당한 것을 되갚아줬을 뿐이다. 도움을 받으면 갚고, 피해를 입으면 복수한다. 더도 덜도 말고 딱 당한 만큼. 그게 잘못인가?"

"잘못? 그거야 나도 모르지. 한데 말야, 세상에서는 그런 놈들을 두고 악인이라 부른단 말이다! 크하하하하!"

이강은 웃음을 그치지 않고 한참 동안을 광소했다.

이강의 광소는 좀처럼 멈출 줄 몰랐다.

"더도 말고 덜도 말고 딱 당한 만큼 빚을 갚는다. 그게 바로 천하의 악인이라는 거다, 하하하하!"

하지만 무명은 무표정한 얼굴로 조용히 있었다.

"혼자 웃으니 재미없군."

이강이 웃음을 멈추더니 고개를 삐딱하니 기울이며 말했다.

"흐음, 천하의 악인 주제에 고작 그딴 일을 마음에 두다니."

그가 생각을 읽은 것 같았다.

"우습군. 어차피 죽은 아기였는데 뭘 그리 신경 쓰냐?"

"너랑 나 같은 인간과는 다르지. 아무 죄 없는 아기였다."

"죄가 없다고? 있는데?"

"무슨 죄가 있지?"

무명이 날카롭게 반문하자 이강이 얼굴에서 웃음기를 싹 지우며 대답했다.

"비정한 세상에 태어난 죄."

"……."

"이따위 세상에 태어난 죄가 있으니 언제 어떻게 죽어도 할 말은 없는 거다. 근데 세상이 멸망하는 것을 두 눈으로 지켜보는 게 네 소원 아니었냐?"

"죄 없는 사람들이 죽길 바란 건 아니다. 위선을 행하는 황궁과 무림맹, 소위 명문정파들이 몰락하길 바랐을 뿐이지."

"지나가던 개가 웃을 소리군."

"뭐가 그렇게 우습지?"

"죄가 없다고 해서, 착하고 선량하다고 해서 죽지 말라는 법은 세상에 없다."

이강의 목소리가 점점 싸늘하게 식어갔다.

"아침에 붉게 핀 꽃이 폭풍우에 꺾여서 하루도 못 지나 땅에 떨어지는 건 무슨 죄를 지어서냐?"

"……."

"평생 밭을 갈고 젖을 짜이다가 늙어서 잡아먹히는 소는 또 무슨 죄를 지었지?"

"그 둘은 사람이 아니다."

"사람이라고 다를 것 같냐? 사람이나 벌레나 목숨은 하찮은 거다. 네 아내와 딸은 무슨 죄를 지었다고 불에 타서 죽……."

"말조심하시지."

무명이 이강의 말을 자르며 손을 출수했다.

쉬이익!

무명이 가슴팍을 향해 손날을 날리자 이강이 피식 웃으며 양손을 들어 대응했다. 순간 손날이 빙글 뒤집혀서 이강의 손을 흘려 버리더니 새의 발톱처럼 활짝 펴지며 목울대를 움켜쥐려고 했다. 하지만 이강도 만만한 상대가 아니었다.

"절묘한 금나수 수법이잖아!"

그는 허공을 짚은 양손을 억지로 회수하려 들지 않고 몸을 비스듬히 옆으로 돌렸다. 그러자 무명의 손아귀가 이강의 어깨에 막혀서 옆으로 미끄러졌다.

사람의 어깨는 상당량의 근육이 자리하고 있어서 외공을 연마한 강호인은 바위처럼 단단하다. 이강은 그걸 이용해서 무명의 금나수를 보기 좋게 파훼한 것이었다.

휙!

이강이 일 장 뒤로 몸을 날려서 연이은 공세를 피했다.

무명이 차가운 목소리로 말했다.

"당신도 대단한 임기응변의 수법이군."

"네놈 내공 수위가 제갈성이 짐작한 것보다 한 수 높구나."

이강이 그답지 않게 쓴웃음을 지었다.

"살짝 스친 것뿐인데 어깨가 시뻘겋게 달군 부지깽이에 닿은 것 같다니."

"악인 주제에 엄살이 심하군."

"흡성신공으로 여러 사람의 내공을 빨아 처먹은 놈이 할 말은 아닌 것 같은데?"

"잘 아는 것 같으니 입조심해라. 네놈쯤은 삼초면 작살낼
수 있으니까."

"후후후, 무서워서 오줌을 지리겠군."

그때였다.

"어라? 이게 누구지?"

이강이 눈썹을 찡그리면서 옆으로 고개를 돌렸는데, 멀리
지붕 위에 한 명의 그림자가 우두커니 서 있었다.

그림자가 높이 뛰어올라 무명과 이강이 있는 지붕에 착지했다.

그림자의 정체는 정영이었다.

"무명, 살아 있었군."

항상 당차던 그녀의 목소리가 어딘가 날카로우면서 서글프
게 들렸다.

이강이 킬킬거리며 독설을 퍼부었다.

"서생 놈을 걱정한 거냐? 내공 수위가 몇 갑자 되는 고수에
심계마저 악독하기 짝이 없는 놈을?"

"그는 당신 같은 악인이 아니오."

"휴우, 말을 말아야지."

정영이 날카롭게 퍼붓자 이강이 어깨를 으쓱하더니 무명에
게 고개를 돌리며 말했다.

"악인이 아니라고? 네놈한테 당한 창천칠조만 해도 셋이나
되는데. 아냐, 더 있을지도 모르지."

"닥치라고 경고했다."

"후후후, 알았다, 알았어."

다행히 정영은 자기 생각에 골몰해 있는 바람에 이강의 말을 듣지 못한 것 같았다.

그녀가 나직한 목소리로 말했다.

"지하 도시의 망자 군대가 밖으로 나왔소."

수천 명, 아니, 숫자를 알 수 없는 망자 군대가 세상에 나왔다. 듣는 이의 심장을 얼어붙게 만드는 말.

하지만 무명과 이강은 별다른 반응을 보이지 않았다. 무명은 인피면구를 쓴 것처럼 무표정했고 이강은 시큰둥하게 코웃음을 칠 뿐이었다. 정영은 그런 줄도 모르고 말을 이었다.

"제갈성이 부리는 무사가 척후에 나서 정보를 얻어 왔소. 망자 군대는 근처 마을에 진영을 갖추었는데 곧 도성으로 진격해 올 것 같다고 하오."

그랬다. 제갈성과 무사들보다 만련영생교 흑의인들이 한발 빨랐던 것이다. 망자 군대가 지상으로 나온 것은 물론, 흑의인들도 혈선충 단지를 짊어진 채 한 명씩 세상에 등장하고 있었다. 도성에 망자가 창궐하는 것도 가장 먼저 나온 흑의인이 혈선충을 퍼뜨려서였다. 이강이 피식 웃으며 말했다.

"무림맹의 망자 멸절 계획은 철저히 실패로 돌아갔군."

평소라면 불같이 화를 냈을 정영.

그러나 심신이 지쳤는지 그녀는 이강이 그러든 말든 조용히 말을 계속했다.

"부맹주님이 퇴각하라는 신호탄을 쏘았소. 무림맹은 피난민이 모두 합류할 때까지 도성 서쪽에서 잠시 대기 중이오."

"피난? 갈 데라도 있냐?"

"소림사로 갈 예정이오. 맹주님과 십팔나한도 지하 도시를 나와서 합류했소. 임윤과 편복선생도 함께 있소."

"소림사가 미어터지겠군, 후후후."

소림사는 도성에서 멀리 떨어진 하남 땅에 있다. 엄청난 수의 피난민들이 말을 탈 수는 없으니 소림사까지 가는 데는 수십 일 이상이 걸리리라.

즉, 무림맹은 도성을 포기했다는 뜻이었다.

정영은 모든 얘기가 끝났는지 우두커니 있었다.

이강이 쓴웃음을 지으며 말했다.

"몰골이 영 아니군."

이강의 말마따나 그녀는 분을 바르지 않아도 흰 얼굴이 흙먼지가 묻어 지저분했고 옷은 군데군데 찢어진 데다가 핏물이 잔뜩 묻어 있었다.

"사람들을 하나라도 더 구하려고 동분서주했구나?"

"······."

"이걸 어쩌나? 나랑 이 서생 놈은 묵은빚 받아내는 데 정신이 없었거든."

이강의 독설은 가슴을 후벼 파는 것이었다.

하지만 정영은 넋이 나간 사람처럼 별다른 반응을 보이지 않더니 무명을 보며 말했다.

"당신 얼굴을 감싼 부적이……."

"제갈성의 환술 말이오?"

"그렇소. 부맹주님이 환술에서 쉽게 빠져나오지 못할 거라고 하셨는데……."

"제갈성이 자신을 과대평가하는군. 부적은 내가 찢었소."

"…미안하오."

정영이 침을 꿀꺽 삼키며 말했다.

하지만 무명은 여전히 인피면구를 쓴 것처럼 무표정했다.

"뭐가 미안하오?"

"뭐라니, 당신을 혼자 놔두고 가서……."

"정영, 앞으로 내 일에 신경 쓰지 마시오."

"무명……."

"나는 천하의 악인이오. 당신 같은 명문정파인이 어울릴 자가 못 되오."

무명의 목소리에는 어떤 감정도 실려 있지 않았는데, 그것이 더욱 정영의 심장을 얼어붙게 만드는 것이었다.

그러자 이강이 옆에서 끼어들었다.

"그놈 말 한번 매정하군. 저년이 여기 왜 왔는지 모르겠냐?"

"내가 알 바 아니지."

"흐음, 어디 보자. 제갈성한테 웬 여자애를 찾으러 간다고 둘러대고 왔군."

그가 생각을 읽고 말하자 정영이 대답했다.

"변명이 아니라 정말이오."

"뭐, 그렇다고 치고."

이강이 말을 막더니 정영에게 한 발짝 다가서며 물었다.

"그럼 일부러 육룡채 근처를 돌아다닌 건 무엇 때문이냐?"

"그건……."

"내가 말해볼까? 네년 마음속은 누구보다 똑똑히 잘 들리거든."

이강이 검지로 자신의 가슴팍을 두드리며 말했다.

"이제 소림사로 떠나면 정인을 다시는 못 볼 것 같아서 육룡채에 왔다가 우리랑 떡하니 마주친 게 아니냐? 후후후."

"말도 안 되는 소리!"

지금까지 나직한 목소리로 말하던 정영이 강한 어조로 부인하며 고개를 돌렸다. 이강은 더는 말을 잇지 않고 입가를 씨익 올리며 미소 짓는 것이었다.

그러다가 정영이 무명을 돌아보며 물었다.

"무명, 대체 당신은 누구요?"

"이미 말했지 않소? 옛 황제를 모시던 이매망량의 수장 광명상사요."

무명의 담담한 대답에 정영이 입술을 깨물며 고개를 숙였다.

"믿을 수 없소……."

"믿으시오. 망자비서에 얽힌 모든 일은 내가 계획한 심계였소."

이강이 킬킬거리며 끼어들었다.

"그럴 땐 심계가 아니라 흉계라고 하는 거다, 후후후."

그때 정영이 고개를 홱 치켜들었다.

지금까지와는 달리 어떤 결의가 담긴 비장한 눈빛.

"이런, 미안. 두 연인이 사랑을 속삭이는데 악인 놈이 눈치 없게 끼어들었군."

이강이 비아냥댔지만 정영은 그를 무시하며 말했다.

"당신이 정말 세상을 망자 판으로 만들려는 악인이라면 내 손으로 당신을 죽이겠소."

"……."

무명은 잠시 말없이 그녀를 바라보다가 입을 열었다.

"해보시오."

그의 목소리가 담담하기만 하자 정영은 침을 꿀꺽 삼켰다.

하지만 곧 눈빛이 날카로워지는 것과 동시에 전신에서 섬뜩한 기운이 뿜어 나왔다.

살기. 정말 검을 출수하려는 결의였다.

탓!

정영이 보법을 밟으며 손을 내려 허리춤에서 검을 뽑으려 했다. 그런데 어느새 무명이 코앞에 바싹 다가와서 검지로 그녀의 가슴팍을 가리키는 것이 아닌가?

스스슥.

"내가 손을 썼다면 당신은 이미 세 군데의 요혈을 점혈당했을 것이오."

"……!"

"옛정을 생각해서 삼 초를 양보하지."

미처 검을 들지도 못한 정영은 입을 살짝 벌리며 경악했다.

"후후후, 제갈성이 저놈을 조심하라고 모두에게 말했을 텐데?"

이강이 냉소를 흘리며 말했다.

"보통 검은 휘거나 양날이 있어서 뽑는 것과 동시에 베는 공격이 가능하지."

그가 정영의 허리춤에 있는 척사검을 가리켰다.

"하지만 그 검은 날이 좁고 비정상적으로 길기 때문에 일단 손에 들어야 공방이 가능하다. 다음에 싸울 때는 그 점을 명심해라."

평생 검법을 수련한 정영도 이강의 말에 수긍하지 않을 수 없었다. 그러나 지금은 척사검이 아니라 어떤 명검을 들고 있더라도 무명을 당해낼 수 없었으리라. 그의 신법 속도가 번개가 떨어지는 것보다 빠르게 느껴졌던 것이다.

말 그대로 전광석화.

사람 몸으로 이런 속도를 내는 것이 가능한가?

휙. 무명이 가볍게 삼 장 밖으로 물러나며 말했다.

"일 초 양보했소."

"……."

잠깐 얼이 빠졌던 정영은 곧 냉정을 되찾았다.

이강이 그녀의 생각을 읽고 고개를 절레절레 흔들었다.

"이런, 이런. 마음속에 정을 둔 사내를 정말 찌르려고?"

그녀가 이번에는 척사검을 손에 든 뒤 사나운 기세로 몸을 날렸다.

"하앗!"

그런데 정영이 척사검을 찌르는 찰나 무명이 오히려 앞으로 달려들었다.

탓.

그는 몸을 살짝 기울여서 검이 가슴팍을 비껴 겨드랑이 사이로 미끄러지게 만들었다. 그리고 발을 뻗어 정영의 복숭아뼈를 가볍게 찼다.

타악

"으윽!"

막 보법을 밟으려던 발이 걸어차이자 정영은 균형을 잃고 뒤로 벌렁 넘어갔다.

이강이 참을 수 없는지 이번에도 끼어들었다.

"정면으로 몸을 날려 거리를 좁히는 것으로 사일검법을 출수하지도 못하게 만들었군. 점창파 검법의 유일한 약점이지."

무명이 막 쓰러지는 정영의 허리를 한 손으로 받아서 안았다.

"이 초 양보했소."

둘의 얼굴은 코끝이 닿을 만큼 가까웠다.

"치잇!"

정영이 그의 품에서 벗어난 다음 뒤로 뛰어서 삼 장 밖으로 물러났다.

"마지막 삼 초요."

"하아아앗!"

그녀가 기합을 길게 토하며 척사검을 찔렀다.

이강이 말했다.

"완벽한 사일검법의 일초군."

그의 말이 다 끝나기도 전에 척사검의 검 끝이 무명의 가슴팍으로 날아들었다.

슈우우웃!

척사검이 정영의 몸과 일직선을 이루며 날아왔다.

슈우웃!

검 끝이 가슴팍을 꿰뚫으려는 찰나, 무명의 두 눈에서 한 줄기 안광이 번뜩였다.

팟!

순간 그의 눈이 사일검법의 모든 구성 원리를 파악했다.

보법을 밟으며 몸을 대각선으로 길게 뻗는다. 검과 팔과 몸이 일직선이 되도록.

검을 찌르는 순간 몸을 옆으로 비튼다. 어깨가 돌아가고 팔꿈치와 손목이 회전해서 검이 한 자 이상 멀리 뻗을 수 있도록.

적이 섣불리 사일검법의 사거리를 계산할 때 검은 이미 그의 심장을 관통한 뒤다.

그의 눈은 사일검법을 구성하는 보법과 호흡법은 물론 세

부적인 근육의 움직임까지 모든 것을 해석했다.

스윽.

무명은 그제야 손을 내려 환도를 쥐었다.

그때 척사검은 무명과 정영 사이의 절반도 채 오지 못하고
있었다. 검초 한 번에 망자 하나씩을 쓰러뜨려서 일검일살이
란 별호까지 붙은 정영.

그러나 무명의 눈에는 그녀의 검초가 나무 위를 기어가는 달
팽이처럼 느리게 보이는 것이었다. 무명이 환도를 빙글 돌린 다
음 가볍게 몸을 날렸다. 지붕 위에서 맹렬한 금속음이 터졌다.

까앙!

정영은 무명의 검초를 보고 경악을 금치 못했다.

그는 그냥 환도를 휘둘러서 척사검을 쳐낸 것이 아니었다.
그와 정영은 거울로 비춘 것처럼 서로 똑같은 자세로 검을 뻗
고 있었다. 즉, 무명은 환도를 뻗어 그 끝으로 척사검의 검 끝
을 막아낸 것이었다.

평생 검을 잡고 살았지만 본 적도 들어본 적도 없는 묘기.

"……!"

정영은 놀라서 입을 다물지 못했다.

이강 역시 그녀의 생각을 읽고 쓴웃음을 지었다.

"검 끝으로 검 끝을 막는다고? 이번 일초는 소림 방장도 감
히 흉내 못 내겠군."

스슥.

무명의 신형이 흐릿해지더니 어느새 원래 자리로 돌아가 있었다.

"삼 초 끝났소."

그가 냉랭한 목소리로 말했다.

"다음부터는 방어하지 않고 공격할……."

그때였다.

떠어어엉!

머릿속에서 범종을 친 것 같은 굉음이 울렸다.

"크으윽……."

무명은 신음을 내질렀다. 제갈성의 부적을 찢느라 머리로 이어지는 혈맥에 과도하게 내력을 운용한 후유증이 다시 재발한 것이었다. 순간 누군가 귓가에 대고 속삭였다.

[눈은 기억한다.]

환청.

이미 몇 번씩 들었던 전음 같은 목소리.

문득 무명은 고통이 어디에서 오는지 알아차렸다.

처음에는 내공진기가 백령은침을 건드려서일 거라고 생각했다. 실제로 고통이 터질 때마다 백령은침이 찌르르 울리지 않았는가. 하지만 다시 생각해 보니 아니었다.

문제는 눈이었다. 상대의 무공을 보자마자 단번에 원리를 파악해서 똑같이 펼치는 능력.

그 능력의 원천은 바로 두 눈이다.

한꺼번에 과도한 내력을 쓸 때면 항상 두 눈이 터질 듯이 아팠다. 고통의 여파는 머리를 통째로 뒤흔들었고 그 바람에 백령은침이 꽂힌 뒷덜미까지 격통이 전달되었던 것이다.

이 하나가 아프면 모든 이가 다 아프게 느껴지는 것처럼.

그때였다. 몸이 나른해지면서 의식은 반대로 또렷해졌다. 동시에 괴이한 광경이 눈앞에 떠올랐다.

'과거의 기억?'

틀림없었다. 황궁에서 광명하사의 내공을 흡수하자 과거 기억이 생생하게 되살아나던 때와 증상이 똑같았다.

그런데 기억은 이미 돌아오지 않았나?

'대체 왜?'

무명이 영문을 알지 못하고 있는 동안 괴이한 광경은 안개가 걷히듯이 점점 또렷해졌다.

정신이 흐릿해지는데 정영과 이강의 대화가 어렴풋이 들렸다.

"무명, 괜찮소?"

"서로 죽일 듯이 검을 출수할 때는 언제고 이제 와서 걱정하다니, 하여간에 정인들이란 짜증 나는 족속……."

순간 황궁에서 봤던 과거 기억의 영상이 다시 이어지기 시작했다. 마치 책 한 권을 읽고 다음 권을 연속해서 보는 것처럼.

장량은 생각했다. 무림맹에 잠입하려면 이강이란 자를 피해야 한다. 그렇다면…….

"백령은침을 빼내서 기억을 지워 버리자."

기억을 잃은 채 작전을 수행할 수 있을까? 게다가 곽평의 한빙진기가 혈맥을 얼려 버리기까지 시간이 많이 남지 않았을 것이다. 그는 궁리에 궁리를 거듭했다.

얼마 후, 장량은 새 계획을 완성했다.

"완벽하군."

장량은 탁자에 앉아 광명하사에게 보낼 서찰을 썼다.

'황궁과 무림맹을 무너뜨리기 위한 계획을 세웠소.'

시황을 다시 천자로 모시기 위한 계획.

또한 그 계획은 아무 죄 없이 죽은 아내와 딸을 위한 진혼 가이기도 했다.

이어서 장량은 곽평의 품속과 방을 샅샅이 뒤졌다. 그의 품에서 둘둘 만 종잇장이 나왔는데, 이상한 암호가 적혀 있었다.

장량은 암호가 무엇인지 잘 알았다.

"돈을 맡긴 전장의 암호군."

재산을 중원 대도시의 여러 곳에 나눠서 보관한 곽평. 그곳을 모두 돌아다니기엔 시간이 부족했다.

"도성 근처에 있는 태안의 황가전장만 들러야겠군."

또한 방바닥에 옷장으로 교묘하게 가려놓은 뚜껑이 있었다. 뚜껑을 열자 지하로 향하는 계단이 나왔다.

나중에 안 사실이지만 그곳은 불가의 방에서 이어지는 출구였다. 지하 도시에서 탈출할 수는 있어도 들어갈 수는 없는 곳.

며칠 후, 장량은 황가전장에서 곽평이 맡긴 돈을 찾았다.

은자로 수백 냥이 되는 거금. 앞으로 계획을 착수하는 데 큰 도움이 될 터였다.

도성으로 돌아온 그는 이미 포섭해 둔 환관에게 큰돈을 쥐여준 뒤 도성을 떠나보냈다. 남은 은자는 방에 숨겼다.

그리고 다음 날부터 황궁 생활을 시작했다.

환관 장량.

이전 환관과 이름도 같고 외모도 비슷했기에 아무도 장량을 의심하지 않았다. 말단 환관의 얼굴을 평소 눈여겨보던 자가 있을 리도 없었다. 이어서 장량은 황궁에 소문을 퍼뜨렸다.

곽평의 방에서 귀신이 나온다는 소문. 환관과 궁녀는 갑자기 사라진 곽평이 귀신이 된 것이리고 수군기리며 그의 방에 얼씬도 하지 않았다. 장량은 본격적으로 계획에 착수했다.

황가전장의 암호가 적혀 있던 것은 평범한 종잇장이 아니라 지하 도시의 지도였다.

"환관 아니랄까 봐 꼼꼼하군."

지도는 지하 도시 모든 방의 위치가 그려져 있으며, 방의 특징에 따른 명칭이 기록되어 있었다. 곽평은 상세한 지도를 만들어서 지하 도시를 제 집처럼 드나들었던 것이다.

특이한 점은 방의 명칭이 모두 서책 제목이라는 것이었다.

"곽평 놈, 돈 말고 탐한 게 또 있었나?"

남녀 운우지정의 기쁨을 모르는 환관은 재물이나 음식을 탐한다. 지하 도시의 설계자인 곽평은 지식에 대한 욕구가 상당했으리라.

"기억이 없는 동안 지도를 숨겨놓자."

남에게 빼앗기지 않도록. 누군가 봐도 무슨 내용인지 모르도록. 서책 제목으로 된 지도. 그렇다면 숨길 곳은 한 군데였다.

"황궁 서고."

장량은 기회를 봐서 서고의 책장 하나를 지도와 똑같이 만들어놓기로 했다.

"나무를 숨기려면 숲에 숨겨라."

그는 이미 황궁에 망자비서가 있다는 소문을 퍼뜨렸다. 기억을 잃었다고 해도 자신은 망자비서의 행방을 쫓아 서고부터 확인하리라. 만약 같은 생각을 품고 서고에 잠입하는 자가 있다면?

"망자비서를 노리는 세작을 색출할 수 있으니 일거양득이겠지."

그런 다음 책장의 위치를 표시한 전혀 다른 지도를 만든다. 설령 누군가가 지도를 빼앗더라도 무슨 뜻인지 알 수 없으리라.

말 그대로 이중 암호.

며칠 뒤, 심부름을 한다는 핑계로 서고에 잠입한 장량은 책장의 배치를 기억한 뒤 지도를 만들었다.

모르는 이가 보면 도장 자국으로 착각할 법한 지도.

그런 다음 백령은침을 숨길 계획을 시행했다.

장량은 흑점으로 가서 손재주가 뛰어난 양상군자를 찾았다.

양상군자, 흑점에서 도둑을 일컫는 말.

도둑은 기관진식 파훼와 금고털이의 전문가다. 장량이 찾은 도둑은 기관장치 제조로 강호에서 이름 높은 자였다.

"나무를 깎아서 속이 텅 빈 조각을 만들게. 중간에 긴 침을 넣을 공간이 있도록."

"다른 사항은요?"

"침은 나중에 넣을 것이니 두 조각으로 나뉘어 있다가 닫을 수 있어야 하네. 또한 힘으로는 절대 부러뜨릴 수 없고 내공을 주입하면 박살 나게 만들게."

"크크크, 분부대로 합지요."

강호인들은 무언가를 숨길 때 내공을 써야 부서지는 장치를 좋아한다. 그 사실을 잘 아는 도둑이 음흉한 미소를 흘리며 말했다.

"그럼 침을 보여주시죠. 생김새를 알아야 하니까요."

장량은 녹슨 백령은침 하나를 꺼내 도둑에게 보였다.

"괴이한 침이군요. 열쇠입니까?"

도둑이 백령은침을 유심히 들여다보며 물었다.

"열쇠나 마찬가지지."

"어느 부잣집 세가의 금고를 털 열쇠인가요?"

"이매망량이라고 들어봤나?"

"강호에 떠돌던 살수 조직 아닙니까? 요즘은 통 소식이 없더군요."

"그 침은 이매망량이 살수를 만들 때 쓰는 물건이다. 사람 목

뒤에 구멍을 뚫고 뼈를 깎은 다음 침을 쑤셔 넣고 세뇌를 하지."

"……!"

"오늘 일을 누설하면 네놈은 죽는다."

장량이 엄지를 들어 자신의 목을 가로로 긋는 시늉을 했다. 겁먹은 도둑은 침을 꿀꺽 삼키며 고개를 끄덕였다.

그리고 물건을 찾기로 약속한 날. 흑점을 찾은 장량에게 도둑이 건넨 것은 나무를 깎은 비녀였다.

장량은 나무 비녀를 보자 잠시 말을 잇지 못했다.

"……"

과거 그의 아내는 항상 소박한 나무 비녀를 꼈다. 그런데 도둑이 건넨 비녀가 아내가 쓰던 것과 무척 닮았던 것이다.

장량이 잠자코 있자 도둑이 불안한 눈으로 물었다.

"왜 그러시죠?"

"왜 조각을 비녀로 만들었지?"

"그거야 강호인은 나무 비녀 따위는 신경 안 쓰지 않습니까? 물건을 숨기기에 딱 알맞아서 일부러 비녀로 만들었는데… 마음에 안 드시나요?"

"아니다. 수고했다."

장량은 약속했던 은자를 도둑에게 건네고 흑점을 떠났다.

백령은침을 숨겨두는 계획은 이랬다. 목 뒤에서 빼낸 침을 나무 비녀 속에 숨긴다. 처음에는 비녀를 부수지 못해서 백령은침을 발견할 수 없으리라.

비녀를 부수고 백령은침이 나왔을 때, 또는 침을 시술받아 기억을 되찾았을 때 이강과 마주쳐서 정체를 들킨다면?

"그때는 아무래도 상관없다."

비녀를 부쉈다면 흡성신공으로 여러 고수의 내공을 흡수했다는 뜻이니까 이강쯤은 문제도 아니었다.

장량은 만반의 준비를 갖추며 광명하사가 오길 기다렸다.

석 달 후, 광명하사가 도성에 도착했다.

시황의 비빈이었던 광명하사.

흰 살결과 고운 선을 지녔던 그녀는 십 년 가까이 세월이 흐르는 동안 나이가 들어 있었다. 중원과 흑랑성을 오가며 숱한 고생을 겪어서이리라. 하지만 목소리마운 예전과 똑같았다.

"서찰에서 말씀하신 것을 모두 준비해 왔습니다."

"수고했소."

이매망량은 중원 전역의 전장에 보관함을 두어 소식을 전달했다. 이매망량이 서찰이나 짐을 맡기면 전장은 표국을 써서 다른 지역에 옮기는 식이었다.

장량과 광명하사는 이미 몇 차례 서찰을 주고받았다.

"흑랑성 일을 하던 표국이 자신들을 멸천대라 칭하며 반란을 일으켰어요."

"서찰에서 읽었소."

장량과 광명하사로서는 뼈아픈 일이었다. 시황은 젊은 남자의 목을 베고 자신의 목을 붙일 계획이었다. 오랜 세월 숱한 영단을 먹여서 관리한 남자. 그런데 망자가 된 멸천대주가 그 자의 몸을 강탈해서 자신의 목을 붙여 버린 것이다.

"이후 무림맹이 흑랑성을 멸문시켰죠."

하지만 흑랑성을 완전히 궤멸한 자들은 무림맹이 아니라 어느 이름 없는 잠행조라는 소문이 있었다.

중원 지배를 꿈꾸던 멸천대는 그렇게 세상에서 사라졌다.

그러나 흑랑성의 그림자는 아직 남아 있었다.

"그들을 찾아냈소?"

"물론이에요."

멸문되기 전의 흑랑성 뇌옥에는 십여 명의 인물들이 감금되어 있었다.

흑랑성이 남긴 마지막 유산.

각종 영약과 독공을 사용하고 인체를 시술하여 기이한 능력을 부여한 살수들이었다.

3장.

흑랑성의 두 살수

당시 강호에 떠도는 소문이 있었다.

흑랑성이 신체를 시술하여 괴이한 능력을 지닌 살수들을 육성한다는 소문. 실은 살수를 만들고 조종하는 것은 이매망량이었다. 광명하사가 칠 년 동안 중원과 흑랑성을 오가며 진행한 계획을 설명했다.

"살수 두 명을 세뇌하는 데 성공했어요."

그녀가 말한 살수, 새 이매망량의 일원이 된 망자는 바로 광명좌사와 광명우사였다.

흑랑성의 신체 개조 시술을 받은 망자 살수들.

"광명좌사는 지력이 뛰어나고 신법이 빨라서 만련영생교의 수장을 맡겼어요. 반면 광명우사는 문제가 있어요."

흑랑성은 멸문하기 전, 명문정파 고수들의 팔다리를 잘라서 한 몸에 붙이는 시술을 감행했다. 그 결과 신체 능력은 엄청나지만 정신이 이상한 괴인이 탄생했다.

즉, 실험은 절반만 성공한 셈이었다.

"광명우사는 평소 혼백이 없지만 주술을 써서 조종할 수 있어요."

그밖에 다른 살수들은 대부분 흑랑성이 멸문될 때 어디론가 도망쳐 버렸다.

"두 눈을 뽑는 시술을 받은 자가 바로 이강이에요."

인간은 감각기관 하나가 없으면 다른 기관이 발달한다. 눈이 없는 자는 청각과 촉각에 예민하다는 원리를 응용한 시술.

장량이 고개를 끄덕이며 얘기를 듣다가 물었다.

"내가 준비하라고 시킨 것은 어떻게 됐소?"

"물론 완수했어요."

장량은 최강의 살수 능력을 원한다고 서찰에 썼던 것이었다.

"수고했소."

"정말 능력을 얻으려고 기억을 지우실 건가요?"

광명하사가 불안한 눈빛으로 말했다.

"광명좌사와 만련영생교는 당신의 존재를 몰라볼 거예요. 너무 위험한 계획이에요."

새 황제에게 숙청당한 고관대작과 명문정파의 자제들.

그들은 황제에게 앙심을 품고 만련영생교의 신도가 되는

데 주저하지 않았다. 때가 되면 모두 망자가 되어 작전을 수행하리라.

문제는 기억이 없는 장량이 만련영생교와 마주쳤을 때였다.

그들이 장량이 누군지 모르고 공격해 온다면?

"상관없소."

장량이 싸늘하게 대답했다.

"수단과 방법을 가리지 않고 계획을 완수할 것이오."

"……."

광명하사는 조용히 고개를 끄덕일 뿐 반대하지 않았다.

장량은 기억을 잃은 뒤 자신이 행할 계획을 설명하고 광명하사에게 처리를 맡겼다.

"이 물건들을 태안의 황가전장에 맡기시오."

서고의 책장 위치가 표시된 지도.

예전 광명상사가 지니고 있던 황장자의 인피면구.

그리고 흑점 도둑이 만든 나무 비녀.

"내 백령은침을 뺀 다음 여기에 넣어서 달으시오."

"예……."

광명하사가 품에서 무언가를 꺼냈다.

"흑랑성에서 입수한 무림패예요. 이것도 함께 보관할게요."

"좋소."

순금으로 만들어진 무림맹의 신물, 무림패.

무림패가 있으면 무림맹의 인물들도 환관으로 가장한 세작을 함부로 대하지 못하리라. 또한 무림패의 위세를 빌려 그들을 속일 수 있을지도 모른다. 다음에 할 일은 무림맹에 잠입하는 데 걸림돌이 되는 이강을 처리하는 것이었다.

"이강은 남의 생각을 읽는 것은 물론 무공과 지력이 뛰어나서 속이기 힘든 자라고 들었어요."

"이강을 피할 생각은 없소."

"그럼?"

"오히려 그를 이용해서 무림맹에 들어갈 생각이오."

장량의 생각은 중원에서 악명 높은 사대악인을 이용하자는 것이었다.

"사대악인을 지하 도시의 밀실에 가둬놓읍시다."

정신을 잃고 눈을 떠보니 처음 보는 괴이한 장소다.

그곳에 있는 자들은 중원 사대악인.

"사대악인이 한자리에 모였다는 데 정신이 팔려서 이강도 무슨 의도인지 눈치채지 못할 것이오."

지하 도시에는 괴이한 기관진식 방이 즐비했다.

밀실에서 탈출하지 못하는 이강은 누군가의 기척을 읽으면 접근할 것이다. 그리고 그자를 이용해서 방을 빠져나가려고 하리라.

자신이 거꾸로 이용당하고 있다는 것은 꿈에도 모르는 채……

둘은 도성 주위의 마을과 흑점을 샅샅이 뒤지고 다니며 정보를 입수했다. 그리고 사대악인을 한 명씩 납치하기 시작했다.

먼저 당랑귀녀.

상당한 고수인 그녀는 반항이 심했다.

하지만 그녀보다 더 뛰어난 고수인 장량과 광명하사의 합공에는 견디지 못했다. 둘은 그녀를 점혈한 뒤 수혼약을 써서 며칠 동안 잠들게 만들었다. 다음은 인육숙수였다.

그는 당랑귀녀보다 무공이 약했으나 심계를 써서 도망치려고 했다. 그러나 심계를 꿰뚫어 본 장량에게 무릎을 꿇고 말았다.

이어서 문제의 이강. 이강은 무공으로 제압하거나 점혈할 수 없었다. 복면이나 인피면구로 얼굴을 숨긴다고 해도 그가 장량과 광명하사의 생각을 읽을 경우 모든 계획이 들통 나기 때문이었다.

"이강한테는 독을 쓰죠."

"좋소."

황제의 적을 암살하는 이매망량에게 은신해서 독을 쓰는 것은 일도 아니다. 하지만 이강에게는 독을 쓰는 것도 불가능했다. 화살처럼 독을 쏘아 맞힌다면 모를까, 그에게 접근하는 순간 생각을 들킬 테니까. 그러나 장량과 광명하사가 입수한 정보에는 이강의 약점이 있었다.

그는 매일 밤 여인이 없으면 잠을 못 잔다는 것이다.

"강호 최강 악인의 약점이 색이었군요."

"그렇군."

그런 경우 대개 기녀를 함부로 대하기로 악명이 높다. 이상하게도 이강은 기녀들에게 평판이 좋았다. 두 눈이 없어서 처음에는 무섭지만 어떤 손님보다 따뜻하게 대해준다는 것으로……

장량은 심계 하나를 떠올렸다.

"이화접목을 쓰면 되오."

적의 힘을 이용해 다른 적을 치는 이화접목의 수법.

장량은 이강이 아니라 기녀가 먹는 음식에 독을 풀었다.

기녀는 저녁을 먹고 입속에 독 기운이 남은 채로 이강과 한방에 들었다. 그 사실을 알 리 없는 이강은 기녀와 밤새도록 운우지정을 나누었으니……

기녀의 입을 통해 전해진 무색무취의 독이 이강을 혼수상태에 빠뜨렸던 것이다. 가장 힘든 이강 납치가 성공적으로 끝났다.

그런데 마지막 사대악인이 문제였다.

어두운 밤에 나타나 강호의 유명한 인물이나 기인이사만 골라 납치한다는 괴인. 괴인이 관복을 입는다는 소문으로 볼 때, 그는 황궁의 관리나 환관으로 여겨졌다. 다른 세 악인은 도성 근처에 있었기 때문에 찾는 데 시간이 걸렸을 뿐 큰 문제는 없었다. 그러나 황궁은 문제가 다르지 않은가?

"사대악인 중 한 명이 황궁 인물일 줄은 몰랐군요."

"상관없소."

장량은 따로 생각이 있었다.

강호인은 모두 자신의 위명이 대단하다고 떠들고 다닌다. 악인 역시 마찬가지였다. 악명이 높을수록 흑도인이 환대를 하고 고개를 숙이니 다들 억지 별호를 만들어 자신을 떠받들기 바빴다.

사대악인, 사대마인, 사대흉수, 사대음적 등등. 위명이 높든 악명이 높든 이름값이 없으면 살아남을 수 없는 세상.

"사대악인을 사칭하고 다니는 자가 분명 있을 것이오."

장량의 예측이 맞았다.

마침 스스로 사대악인이라 칭하는 도검수가 근처 마을에 나타났다. 장량과 광명하사는 그를 잡아서 수혼약으로 잠재운 뒤 끌고 왔다. 모든 준비가 끝났다. 장량 일행은 지하 도시로 들어갔다.

일행은 제갈무후가 발명한 목우유마(木牛流馬)를 씨시 악인들을 날랐다. 외바퀴 수레인 목우유마는 험지가 많은 지하 도시에 적합했다. 장량은 방의 뚜껑 밑에 숨겨두었던 곽평도 빼놓지 않고 챙겼다.

"당신이 어울리는 장소로 데려다주지."

그는 장량이 목을 베고 혈선충을 넣어 망자로 만들었다. 하지만 내력을 깡그리 흡수당한 터라 망자라도 죽은 시체처럼 움직이지 못했다. 물론 핏물을 흡수한다면 망자가 되어 다시 살아나리라. 잠든 사람은 평소보다 더욱 무겁기 때문에 수혼약에 잠든 악인들을 지하 도시 깊은 곳까지 운반하는 것은 보통 일이 아니었다. 천신만고 끝에 지하 도시에 도착했다.

장량은 기관진식 방들이 연속으로 이어지는 곳에 오자 말했다.

"다른 악인들을 통로에 따로 내려놓으시오."

사대악인은 수혼약에서 깨어나면 통로를 헤매다가 서로를 발견하리라. 하지만 약장의 방 기관진식을 열지 못하는 이상 어디로도 갈 수 없었다. 장량은 곽평을 둘러메고 불가의 방으로 갔다. 연속으로 이어지는 기관진식 방들.

화무십일홍의 방, 약장의 방, 불가의 방.

다른 두 방은 기관진식을 열 실마리가 있지만 불가의 방은 쉽게 탈출구를 찾기 힘든 곳이었다.

"끝도 없는 암흑으로 몸을 던지는 게 사는 길이라고? 우습군."

장량은 냉소를 흘렸다.

어떤 강호인이 제 발로 죽는 게 뻔한 곳에 가겠는가?

그만큼 불가의 방의 기관진식은 절묘했다.

장량은 곽평을 벽 한쪽에 앉힌 뒤 가부좌를 틀게 만들었다. 그리고 뻣뻣하게 굳은 두 손을 꺾어서 부처의 수인을 취하도록 했다. 어두운 공간에 등신불처럼 앉아 있는 곽평.

"거기서 영영 불공을 닦으시지. 누가 아나? 정말 부처가 될지."

그때였다.

꾸어어억…….

곽평이 입을 벌리며 신음을 토하기 시작했다.

장량은 다시 한번 냉소를 흘렸다. 흡성신공으로 내력이 완전히 소진됐는데도 움직이다니, 망자의 생명력은 가히 끈질겼다.

"아니, 이미 죽은 시체이니 생명이라고 할 수는 없겠군."

장량은 검지를 뻗어 그의 가슴팍을 찔렀다.

픽!

가볍게 검지를 뻗은 것 같은데 가슴팍 뼈가 우그러지며 구멍이 뻥 뚫렸다. 마치 소림사의 대력금강지 같은 수법.

하지만 장량은 딱히 어떤 초식을 쓴 게 아니라 그냥 검지를 들어 찌른 것뿐이었다. 칠 년간 강호를 종행하며 숱한 고수의 내력을 흡수한 장량이기에 가능한 수법.

꾸웨에엑!

엄청난 힘이 가슴팍을 뚫어버리자 곽평은 망자임에도 그대로 주저앉았다. 그리고 숨이 끊어진 것처럼 꿈쩍도 하지 않았다.

"다시 올 때까지 얌전히 있으시지"

장량은 냉소를 던진 뒤 불가의 방을 떠났다.

그가 화무십일홍의 방에 도착했을 때 일을 끝마친 광명하사가 먼저 와서 기다리고 있었다.

"이제 마지막 단계만 남았소."

"예……"

장량이 세운 계획의 마지막 단계.

기억을 지우고 새로 태어나는 것.

"내 백령은침을 빼면 비녀에 넣어 황가전장에 맡기시오."

"알았어요……"

광명하사의 목소리가 여느 때와 달리 떨리고 있었다.

어린 나이에 황궁에 들어가 궁녀가 된 광명하사.

그녀는 시황의 눈에 띄어 비빈이 되었다. 그러나 실제 황은을 입어서 비빈이 된 것이 아니었다. 이매망량이 그녀의 재능을 알아보고 살수로 키우기 위해 비빈으로 만들었던 것이다.

그녀와 광명상사는 오랜 세월 함께하는 동안 연모의 정이 싹텄다. 하지만 비빈 신분으로 다른 남자와 사랑에 빠지는 것은 큰 죄다. 둘은 서로의 마음을 알면서도 절대 가까이할 수 없었다. 그리고 광명상사의 기억을 이어받은 장량마저 이제 사라지는 것이다. 이번 작별은 영원히 계속되리라.

그녀의 눈빛을 보면서 장량이 말했다.

"그럼 잘 있으시오."

유일하게 자신을 알고 있는 한 명이 세상에서 사라지려는 순간. 남은 것은 복수의 결의뿐.

"예."

장량과 광명하사는 잠시 서로에게 눈빛을 고정한 채 조용히 있었다. 곧이어 둘은 마지막 계획을 착수했다.

장량이 웃옷을 벗고 앉자 광명하사가 그의 뒤로 가서 백령은침 제거 시술을 시작했다. 무공과 의술이 빼어난 그녀는 예전에 곽평이 하던 것보다 더 신속하게 살을 가르고 백령은침을 빼냈다. 백령은침을 빼면 얼마 있지 않아 기억이 소실된다. 시간이 많지 않지만 광명하사의 솜씨라면 충분하리라.

장량은 목덜미에 피를 흘리는 채로 몸을 돌렸다.

그런데 그의 뒤에 어떤 젊은 남자 한 명이 장량과 똑같은 자세로 앉아 있는 것이었다.

장량과 광명하사와 함께 악인들을 옮기는 것을 도왔던 일행.

장량이 그에게 말했다.

"이제부터 너는 내가 된다."

"……."

멍한 눈빛으로 말없이 고개를 끄덕이는 남자.

그는 광명하사가 흑랑성의 지하 뇌옥에서 데려온 살수였다.

장량의 뒤에 앉아 있는 한 남자.

그는 흑랑성에서 신체 개조 시술을 통해 만들어낸 살수였다.

광명하사가 흑랑성에서 찾아낸 살수는 모두 세 명이었다. 만련영생교를 이끄는 광명좌사, 신체도 정신도 이상한 괴인 광명우사. 그리고 마지막이 이 남자였다.

과거 흑랑성은 전쟁으로 부모를 잃고 강호를 떠도는 아이들을 닥치는 대로 잡아들였다. 그리고 아이들에게 신체 개조를 실험했다. 수없는 아이들이 실험을 견디지 못하고 죽었다.

그렇게 실험과 실험이 거듭된 결과, 흑랑성은 엄청난 능력을 지닌 살수를 육성하는 데 성공했다.

눈앞에 있는 남자가 바로 그 살수였던 것이다.

"흑랑성 사상 최강의 살수예요."

광명하사가 남자에 대해 설명했다.

"그는 눈 능력을 시술받았어요."

"눈 능력?"

"생전 처음 보는 무공이라도 그의 눈에 들어오는 순간 초식의 구성 원리를 파악해서 극성까지 출수할 수 있어요."

이매망량은 중원 명문정파의 무공을 연구하고 파훼법을 수련했다. 하지만 그녀의 말에 따르면 남자는 이매망량을 뛰어넘는 살수임이 틀림없었다. 생전 처음 보는 무공을 보자마자 따라 한다? 그것도 무공을 시전하는 당사자보다 더욱 뛰어나게?

"또한 사람들의 표정과 대화를 빼놓지 않고 기억한 다음 심계를 파서 그들을 조종할 거예요."

"대단하군."

장량이 고개를 끄덕였다.

그 말대로라면 남자는 최강의 살수이면서 동시에 세작이라는 것이 아닌가? 시황을 구출하는 계획에 딱 어울리는 자였다.

"그러나 한 가지."

광명하사가 눈썹을 찡그리며 말했다.

"이 남자에게는 큰 단점이 있어요."

"어떤 단점이오?"

"흑랑성은 남자가 어렸을 때 기억과 성정을 지웠어요. 혼백이 없는 것이나 마찬가지예요."

장량도 그 말에 수긍했다. 광명하사와 함께 온 남자는 지금까지 한마디 말도 하지 않고 시키는 명령만 수행했다. 밥을 먹고 잠을 자는 것은 보통 사람과 다를 게 없었지만 따로 명령하지 않으면 온종일 멍하니 앉아 있기만 했다.

기억도 욕망도 없이 명령만 수행하는 꼭두각시 살수.

백지와 같은 인간. 그러나 장량은 고개를 저었다.

"그건 단점이 아니오. 나는 이런 자를 원했소."

장량이 원하는 것은 사람이 아니었다. 복수를 완성시킬 기계였다.

"이자에게 내 백령은침을 시술하시오."

"알았어요."

광명하사가 남자의 뒤로 돌아간 다음 시술을 시작했다.

쭈우우욱. 까드득까드득…….

살을 자르고 뼈를 뚫은 뒤 백령은침을 집어넣는 시술.

시술은 곧 끝났다. 순간 멍한 눈으로 허공을 바라보던 남자가 스르르 고개를 들었다. 장량이 남자에게 말했다.

"이세부터 너는 내가 될 것이다."

"…예."

남자가 대답했다. 도성에 온 이후 처음으로 꺼내는 말.

이어서 광명하사는 남자 팔오금의 안쪽에 문신을 새겼다.

갑을, 인묘, 알 수 없는 숫자로 된 문신. 바로 황가전장의 암호였다. 광명하사가 장량이 계획한 물건들을 황가전장에 맡길 것이다. 이후 눈을 뜬 남자가 문신을 보고 황가전장을 찾는 순간 본격적으로 계획이 실행되리라.

장량이 남자의 두 눈을 보며 말했다.

"너는 곧 기억을 잃지만 본능에 따라 내가 계획한 대로 움직일 것이다."

그는 자신이 계획한 모든 일을 얘기했다.

황가전장에 맡긴 물건을 찾고 무림맹에 잠입한다.

무림맹의 잠행조를 조종하여 시황을 빙옥환 호수에서 빼낸다.

기억을 되찾으면 만련영생교와 힘을 합쳐 시황을 천자의 자리에 올린다. 그러면 세상에 대한 복수가 끝날 것이다.

"계획을 실행할 힘은 흡성신공으로 얻어라."

백령은침에 담긴 기억이 남자에게 장량의 모든 무공과 흡성신공의 요결을 전했으리라.

그리고 가장 큰 힘.

"너의 두 눈은 모든 것을 기억할 것이다."

"예."

남자가 고개를 끄덕였다.

"명심해라. 눈은 기억한다."

장량이 굳은 눈초리로 남자를 보며 말했다.

갑자기 그가 심하게 기침을 했다.

"쿨럭!"

"괜찮으세요?"

광명하사가 걱정하며 물었다.

"괜찮소."

말은 그렇게 했지만 장량의 몸은 전혀 괜찮지 않았다. 흡성신공으로 빨아들인 곽평의 한빙진기가 혈맥을 얼어붙게 하고 있었던 것이다. 장량이 덜덜 떨리는 목소리로 물었다.

"지하라서 그런지 춥군."

"…그래요."

광명하사가 힘없이 대답했다.

실은 거짓말이었다. 춥기는커녕 습기가 차고 더웠던 것이다.

한빙진기는 날이 갈수록 심해지더니 최근에 혈맥을 얼리는 속도가 부쩍 빨라졌다. 만약 계획이 일주일 이상 지체되었다면 장량은 그 전에 쓰러졌으리라.

백령은침을 시술받은 남자가 장량의 기억을 모두 전해 받는 데는 시간이 걸렸다. 둘은 잠시 시간을 두고 기다렸다.

"남자가 정신이 생기면 백령은침을 다시 빼서 비녀에 넣으시오."

"알고 있어요."

광녕하사가 고개를 끄덕이더니 뜻밖의 질문을 했다.

"만약 모든 기억이 전해진다면요?"

"모든 기억?"

"나중에 남자가 기억을 되찾을 때 실은 자신이 당신이 아니라 흑랑성의 살수였다는 것까지 깨달을 때가 올 텐데요?"

"상관없소."

장량이 단호하게 대답했다.

"설령 내가 아니라 다른 사람이 된다고 해도 상관없소. 흑랑성에서 태어난 살수라면 나처럼 세상에 대한 복수를 꿈꿀 것이 아니오?"

"그렇군요."

광명하사가 천천히 고개를 끄덕였다.

장량이 자리에서 일어나 작별을 고했다.

"나를 찾지 마시오."

"…예."

그는 광명하사를 남겨둔 채 뒤도 돌아보지 않고 방을 나왔다.

장량은 최후를 혼자 맞이하고 싶었다. 그 이유는 두 가지.

하나는 광명하사가 옛정을 잊지 못해서 장량에게 다시 백령은침을 시술할지 몰라서였다. 그럴 경우 장량은 수십 일은 그녀와 행복하게 살 수 있으리라. 그러나 결국 한빙진기가 몸을 얼려 버리고 계획은 실패로 돌아가리라.

다른 하나는 아내와 딸을 생각하면 죽고 싶어서였다.

장량은 몸을 벌벌 떨며 미로처럼 얽힌 통로를 걸었다.

쌔애애액…….

어디선가 망자의 숨소리가 들려왔다.

백령은침을 제거했으니 곧 정신이 혼미해지고 기억을 잃으리라. 또는 그 전에 망자에게 물어뜯겨서 같은 망자가 되어 끝없는 무간지옥을 떠돌지도 모른다.

아무려면 어떤가? 아내와 딸이 억울하게 죽은 원한은 갚아 주었는데. 빛 한 점 없는 지하 도시의 어두운 통로 속.

장량은 희미하게 미소 지으며 끝없이 이어지는 통로를 걸었다.

그때 방에서는 남자가 고개를 홱 치켜들며 두 눈을 크게 떴다.

"여기가 어디지?"

"지하 도시의 기관진식 방이에요. 당신 이름은?"

"…장량."

"앞으로 할 일은 알고 있겠죠?"

"물론이오."

남자가 고개를 끄덕였다.

그러자 광명하사가 그의 목덜미를 시술하여 백령은침을 다시 빼냈다.

"그럼 다시 만날 때까지 몸조심하세요."

광명하사가 남자와 재회하는 날.

그날이 그녀 인생의 마지막 날이 되리라. 그에게 모든 것을 주기로 결심했으니까. 광명하사는 잠시 남자를 바라보다가 등을 돌려 가버렸다. 백령은침으로 기억을 이식받은 남자.

그는 광명상사도 장량도 아닌 다른 인간이었다. 게다가 남자는 원래 가지고 있던 기억도 성정도 없었다.

이름도 기억도 없는, 아무도 아닌 자. 백령은침을 빼냈지만 남자의 머릿속에는 아직 장량의 기억이 남아 있었다.

그는 본능적으로 일어나 문 앞으로 갔다. 그리고 밭 전 자두 개가 나란히 있는 모습(田田)의 쇠자루를 눌러서 기관진식 문을 닫았다.

쿠르르릉.

곧 기억이 사라질 것이다.

다시 눈을 떴을 때 남자는 기관진식 암호인 화무십일홍을 까맣게 잊어버리리라. 그러면 누가 문을 닫았는지 모르고 자신이 밀실에 갇혔다고 생각하리라.

스스로 문을 닫은 사실은 절대 상상하지 못한 채.

남자는 문득 장량과 광명하사가 자신의 앞에서 나누던 대화가 기억났다.

'흑령성 사상 최강의 살수……'

'지하 뇌옥 십삼호의……'

'시술……'

남자는 분명 그들이 나누던 얘기를 들었다. 그런데 머릿속에서 점점 대화가 지워지고 있어서 무슨 얘기였는지 잘 기억이 나지 않았다. 그때 눈앞에 희미하게 사람 그림자가 보였다.

사람 그림자는 모두 두 명이었다. 동시에 그들이 말하는 소리가 어렴풋이 들렸다.

"…무명, 괜찮소?"

"서로 죽일 듯이 검을 출수할 때는 언제고 이제 와서 걱정하다니 하여간에 정인들이란 짜증 나는 족속이라니까."

무명?

그는 머리가 어지러운 와중에 생각했다.

무명. 많이 들어본 이름이었다. '이름이 없는 자'라는 뜻의 이름.

순간 무명은 정신을 차렸다.

"……!"

눈앞에 보이던 두 명의 그림자는 정영과 이강이었다. 정영은 걱정스러운 눈으로, 이강은 못마땅한 듯이 비아냥거리는 눈으로 그를 쳐다보고 있었다.

그제야 무명은 무슨 일이 벌어졌는지 깨달았다.

'눈 때문이다.'

모든 것을 기억하는 눈의 능력.

무명이 과도하게 내공진기를 운용할 때마다 두 눈에서 격통이 일었다. 이어서 고통은 백령은침까지 전달되었고, 크게 진동한 백령은침은 저장해 둔 모든 기억을 남김없이 재생했다.

그 결과, 무명은 잃어버린 기억을 모두 되찾은 것이었다.

놀라운 것은 기억을 찾는 동안이 눈 깜빡할 순간조차 안 되었다는 점이다. 정영과 이강의 말을 들으면서 과거 기억이 재생되었는데, 다시 정신을 차리자 그때야 둘이 말을 끝내지 않았는가. 주마등(走馬燈). 모든 게 덧없이 빠르게 변하는 것을 일컫는 말. 과거의 기억은 실로 주마등처럼 흘렀다.

문제는 기억의 내용이었다.

'내가 장량이 아니라고?'

그럼 나는 대체 누구란 말인가?

물론 무명은 대답을 알고 있었다. 흑랑성이 신체 개조를 통해 만들어낸 살수. 자신이 이매망량에게 세뇌된 세작이라는 것은 대강 짐작하고 있었다.

하지만 진실은 너무도 어이가 없었다. 아내와 딸을 잃은 장량도 아니라 어디서 무얼 하며 살았는지도 모르는 남자였다니…….

오히려 다행인가? 자신이 아내와 딸을 잃은 게 아니니까?

아니. 무명은 고개를 저었다.

한때나마 아내와 딸이 있었던 장량이 지금 자신보다 백배는 나으리라. 자신은 정말 아무것도 없이 살아왔으니까.

아니, 살아본 적이 있기나 한가? 과연 이런 인생을 살았다고 말할 수 있을까? 무명은 고개를 돌려 이강을 봤다.

그가 지어준 이름, 무명.

실로 절묘한 이름이 아닐 수 없었다.

그때 이강이 고개를 살짝 치켜들더니 무명을 향한 채로 움직이지 않았다.

"네놈……."

두 눈이 없어서 검은 천으로 눈가를 싸맨 이강.

그런데 검은 천 속에서 그의 눈빛이 무명을 무섭게 쏘아보는 것같이 느껴졌다. 그만큼 이강의 분위기가 살벌했다.

무명 역시 싸늘하게 식은 눈으로 그를 쳐다봤다.

자신이 되찾은 기억을 지금 이강이 모두 읽고 있는 게 틀림없었다. 무림맹에 잠입하기 위해 이강을 역이용한 작전. 지모가 뛰어난 그를 속이기 위해 기녀의 밥에 독을 풀었던 심계. 사대악인을 납치해서 지하 도시의 기관진식 방에 떨구어놓은 일 등등. 이강이 무명에게 증오심을 품는 것도 당연했다.

갑자기 분위기가 흉흉해지자 정영은 영문을 몰라서 둘을

번갈아 봤다.

그때 이강이 정영에게 물었다.

"저놈 정체가 뭔지 아냐?"

"망자 편을 드는 악인……."

"악인? 나는 그런 거 모른다. 강호인은 지들 입맛대로 선악을 구분하니까."

그러더니 다시 무명 쪽으로 고개를 돌리며 말했다.

"저놈은 흑랑성에서 신체를 개조한 살수다."

"설마……."

"흑랑성은 사람들을 잡아다가 신체를 바꿔서 개조했지. 이놈 팔을 떼서 저놈에게 붙이고 저놈 다리를 떼서 이놈에게 붙이고 하는 식으로."

"말도 안 되는 소리……."

"말도 안 돼? 좋다, 그럼 서생 놈에게 묻지. 네놈은 흑랑성 지하 뇌옥 십삼호에 갇혀 있던 자의 신체를 시술받지 않았냐?"

"그렇소."

무명이 대답했다.

"지하 뇌옥 십삼호에 있던 자가 바로 나다!"

이강이 정영보고 들으라는 듯이 일갈했다.

"흑랑성 놈들이 내 두 눈을 빼 갔지. 그래서 어디에 썼는지 아냐?"

척! 이강이 검지로 무명을 가리키며 일갈했다.

"바로 네놈에게 박아 넣었다. 네놈의 두 눈은 내 것이다!"

펄럭펄럭!

이강의 흑의가 광포하게 나부꼈다.

전신에 내공진기를 끌어올리고 있다는 뜻.

"설마 그런 일이……."

정영은 이강의 말을 반신반의하다가 무명을 보며 물었다.

"이강의 말이 사실이오? 무슨 오해가 있는 것 같은데……."

"모두 사실이오."

"……!"

무명이 일언지하에 못을 박자 정영은 벌린 입을 다물지 못하고 침묵했다. 이강이 읽어낸 무명의 기억은 다음과 같았다.

남자에게 백령은침을 시술하고 기억이 전달되기를 기다릴 때, 장량과 광명하사는 한 가지 대화를 더 나누었다.

"이자에게는 단점이 하나 더 있어요."

"무엇이오?"

"이자는 이강과 깊은 관련이 있어요. 당시 이강은 지하 뇌옥 십삼호에 갇혀 있었죠."

"그래서?"

"흑랑성은 그의 두 눈을 뽑는 시술을 감행했어요. 이강은 눈이 사라지는 대신 남의 생각을 읽는 능력을 가지게 되었죠. 그런데……."

그녀가 멍하니 앉아 있는 남자를 보며 말했다.

"흑랑성은 이자의 눈을 빼고 대신 이강의 눈을 심었어요."

"그랬군. 모든 것을 기억하는 눈의 능력이 그렇게 해서 생긴 건가?"

"예. 만약 이강이 남자의 기억에서 그 사실을 읽어낼 경우……."

"상관없소."

장량이 잘라 말했다.

"자신이 심계에 당한 것을 알면 어차피 가만있지 않을 테지. 이강과의 결전은 피할 수 없을 것이오."

"이강의 무공 수위는 강호를 통틀어서 다섯 손가락 안에 든다고 들었어요."

"그것 잘됐소."

장량이 싸늘하게 냉소를 흘렸다.

"흡성신공으로 잡아먹을 먹잇감이 하나 더 생긴 셈이군."

이어서 장량은 자신을 찾지 말라는 말을 남긴 뒤 광명하사를 남기고 어두운 통로 속으로 사라졌던 것이다.

이강이 말했다.

"이제 보니 내가 읽은 것은 광명하사 년의 생각이었군."

그는 자신이 읽어낸 사실을 계속 얘기했다.

"기관진식 방에서 막 정신이 드는데 누군가 '흑랑성의 살수'라는 생각을 흘리고 사라졌다. 그때는 살수가 올 것이라고 짐작했지. 한데 그년이 말한 살수라는 게 실은 네놈이었군."

"……."

무명은 딱히 대답하지 않았다.

이강의 짐작이 전혀 잘못된 것은 아니었다. 그의 두 눈을 시술받은 자, 이름이 없는 살수가 그를 이용하다가 결국 죽이게 될 테니까. 흑랑성은 사람들을 잡아다 신체를 개조했다. 무명과 이강도 지하 뇌옥에 갇힌 채 시술을 받은 자들이었다.

흑랑성이 만들어낸 두 살수.

그러나 둘이 처한 상황은 정반대였다.

한 명은 자신의 두 눈을 잃었는데 한 명은 그의 두 눈을 빼앗아 간 셈이 아닌가?

방금 전까지 정영은 악인을 죽이겠다며 무명과 검초를 섞었다. 무명은 삼 초의 양보 후에 자신도 손을 쓰겠다고 했다. 하지만 이제 정영과의 일은 문제도 아니게 된 것이었다.

이강이 크게 광소를 터뜨렸다.

"나와 네놈이 흑랑성 지하 뇌옥에 같이 묶여 있던 동지라고? 세상일 한번 우습구나, 크하하하!"

무명이 차갑게 대답했다.

"매우 반갑소."

"훗날 나이 들면 작명소라도 차려야겠군. 혼백이 없는 살수의 이름을 무명(無名)이라고 제대로 지었으니 말이다!"

한참을 웃어젖히던 이강이 곧 웃음을 멈추더니 정영에게 말했다.

"명문정파의 귀하신 나리는 잠깐 물러나 있으시지. 저놈이랑 싸우는 건 내가 먼저다."

무명의 정체와 이강의 폭로. 거듭되는 충격적인 사실에 넋을 잃고 있던 정영이 간신히 정신을 차리며 물었다.

"이강, 대체 어쩌려는 것이오?"

"어쩌긴? 내 두 눈을 받아야지."

"아무리 그래도 멀쩡한 사람 눈을 받겠다니……."

"멀쩡한 내 눈을 뽑아서 자기 눈에 박은 놈이 누군데?"

"그건 무명이 한 게 아니지 않소? 당신 말대로라면 흑랑성이란 곳에서 시술을……."

"정인이 죽을까 봐 걱정되냐?"

이강이 피식 웃으며 말했다.

"죽이지는 않을 테니 걱정 마라. 나는 그냥 두 눈만 받아낼 생각이니까."

"……."

정영은 입을 다물며 침을 꿀꺽 삼켰다.

이강의 목소리는 빌려준 돈 몇 푼을 받겠다는 것처럼 태연자약했는데, 그것이 듣는 이의 심장을 더욱 오싹하게 만드는 것이었다. 하지만 정영도 그냥 물러서지 않았다.

"무명, 당신은 어쩔 거요?"

"뭐를 말이오?"

"이강과 정말 싸울 생각이오?"

"그거야 내가 결정하는 게 아니지."

무명의 목소리 역시 이강처럼 담담하기 그지없었다.

"내 눈을 빼내겠다고 덤비는데 얼른 가져가라며 얼굴을 내밀 수야 없지 않소?"

"……."

정영이 둘의 태연한 모습을 보고 질린 얼굴로 말했다.

"당신 둘은 친우가 아니었소?"

"친우?"

그녀의 말이 뜻밖이어서 무명도 이강도 잠깐 멍한 표정을 지었다.

"그렇소! 검으로 먹고사는 강호인이 친우를 만나기란 장강의 모래사장에서 바늘을 찾는 것처럼 힘들다고 했소."

"친우를 만났다고?"

이강이 냉소를 흘리며 말했다.

"하긴 둘도 없는 친우라고 해도 무리는 아니군. 강호의 사대악인과 살수 조직 이매망량의 수장처럼 어울리는 두 명이 천하에 또 어디 있을까?"

그 말은 정영이 방금 한 말을 한껏 비웃는 것이었다.

하지만 정영은 포기하지 않고 계속 둘을 설득했다.

"당신들은 서로의 목숨을 구해주며 함께 싸운 친우였소. 그런데 자기 손으로 친우를 죽일 셈이오?"

"서로 목숨을 구하려고 싸웠다고?"

"그렇소!"

"후후후, 부정하진 않으마."

"그럼 싸우지 않는 것이오?"

"글쎄. 분명 서생 놈이랑 둘이 어울려 다닌 적도 있었다."

이강이 팔짱을 끼며 수긍하는 투로 말했다.

"확실히 명문정파 놈들과는 다르게 마음도 좀 통한 것 같았지. 하지만 말야, 우리 둘은 그런 것보다 더 중요한 게 있다."

"그게 무엇이오?"

정영이 떨리는 목소리로 물었다.

그러자 이강이 무명을 슬쩍 돌아봤는데, 무명이 고개를 끄덕이더니 이강과 동시에 말을 하는 것이었다.

"빚을 받는 것이오."

"빚을 받는 것이다."

"……!"

정영은 심장이 쿵 내려앉았다. 무명과 이강이 약속을 한 것처럼 똑같이 말했기 때문이다. 내용은 물론 목소리마저 얼음처럼 싸늘하게. 그녀는 망연자실한 얼굴로 말을 잇지 못하고 침음했다. 이강이 무명에게 말했다.

"그럼 빚 청산을 시작할까? 더도 말고 덜도 말고 딱 빚진 만큼만 받겠다."

"두 눈 말인가?"

"그래. 내 눈 다시 내놔라."

"싫다면?"

"내가 정말 싫어하는 말이 있는데 이럴 때 잘 어울릴지는 미처 몰랐군."

이강이 품에 차고 있던 사슬낫을 들자 긴 사슬이 지붕까지 늘어졌다.

철그럭.

"권주가 싫다면 벌주를 마셔라."

"나도 그 말을 싫어하는데 지금 경우랑 어울린다는 건 동감이군."

무명도 허리춤에서 환도를 뽑아 비스듬히 들었다.

척.

그때 이강이 무명 쪽으로 고개를 고정한 채 말했다.

"정영, 멀리 비켜라. 저놈과 싸우면 사슬낫이 어디로 날아갈지 모른다."

"……"

하지만 정영은 망연한 얼굴로 대답이 없었다.

그러자 무명이 말했다.

"정영이 눈먼 검에 당할까 봐서? 사대악인이 언제부터 명문 정파인을 걱정했지?"

그 말이 이강의 자존심을 건드렸다.

"후후후, 역시 내 생각이 옳았어. 네놈은 나 따위는 비교도 안 되는 천하의 악인이다."

"칭찬 고맙군."

무명의 말이 끝나기도 전에 이강이 사슬낫을 투척했다.

촤르르르!

이강의 사슬낫은 손톱만큼 작은 사슬이 촘촘히 이어진 것에 불과한데 쇠로 된 기관진식이 작동하는 것처럼 엄청난 굉음이 울렸다. 사슬낫에 실린 내력이 엄청나다는 뜻.

낫이 코앞으로 날아드는데도 무명은 자리에서 꿈쩍도 하지 않았다. 그러다가 고개를 슬쩍 돌려 낫을 피한 뒤 이강을 향해 몸을 날렸다.

휙.

무명의 신형이 번개처럼 이강의 앞에 나타났다.

동시에 가볍게 환도를 치켜들어 이강의 가슴팍을 찔렀다.

쉭.

무명의 신법과 초식은 큰 소리가 나지 않아서 별다른 위력이 없어 보였다. 그러나 가벼워 보이는 그의 동작에 산을 뒤엎는 내력이 실려 있다는 것을 이강이 모를 리 없었다.

태풍의 눈은 원래 조용한 법이 아닌가.

"대단하군!"

그런데 감탄하는 것과는 달리 이강이 입가를 씨익 말아 올리며 냉소를 지었다. 동시에 손목을 빙글 돌리며 기이하게 휘젓는 것이었다. 순간 무명의 두 눈이 번쩍 빛났다.

'눈은 기억한다.'

삼호당에서 도검을 주문할 때 이강이 한 말.

'쇠공 두 개는 떼어버리고 대신 한쪽에는 비수, 한쪽에는 엄자 모양으로 꺾어진 낫을 매달아라.'

당시 이강은 유성추에서 두 공을 떼고 양쪽 끝에 각각 낫과 비수를 매달라고 주문했었다. 아니나 다를까, 무명은 뒤통수에 서늘한 느낌이 엄습하는 것을 느꼈다. 이강은 먼저 낫을 던질 때 사슬 중간을 쥐고 있었던 것이다. 즉, 처음부터 낫과 비수를 함께 날려서 무명의 앞과 뒤를 동시에 공격한 것이었다.

성동격서?

아니다. 무명은 고개를 저었다. 성동격서는 동쪽에서 소리치고 서쪽을 치는 것을 뜻하지만 이강의 수법은 둘 다 실초가 아닌가. 초식 하나하나에 음흉함이 담긴 것이 이강다웠다.

"누가 강호제일악인 아니랄까 봐."

무명이 얼음장처럼 싸늘하게 한마디를 내뱉었다. 그는 비수가 뒤통수를 꿰뚫으려는 찰나 몸을 튕기며 위로 도약했다. 그리고 공중에서 빙그르 몸을 뒤집는 것과 동시에 비수를 발로 차며 이강을 향해 날아갔다.

탁.

날아오는 비수를 쳐내는 것도 아니고 피하는 것도 아니라 징검다리처럼 밟고 뛰어오른다? 강호인 누구에게 물어도 헛소리하지 말라며 핀잔을 들을 법한 장면.

착.

무명이 환도를 들어 이강의 정수리를 내리찍었다.

이강이 몸을 비스듬히 기울이며 환도를 피했다. 그러자 환도가 지붕의 기왓장 하나를 두 동강 냈다.

쩍.

돌로 된 기왓장이 두부처럼 깨끗하게 썰렸다. 만약 이강이 몸을 빼는 게 조금만 늦었더라면 그의 발목이 몸과 영영 이별했으리라. 무명이 역공을 펼치자 이강은 금세 수세에 몰린 것처럼 보였다. 그런데 이강의 노림수는 그것으로 끝이 아니었다.

무명이 재차 환도를 휘두르려는 찰나, 이강이 두 손목을 빙그르 돌리며 가슴으로 모았다가 양옆으로 펼치는 것이었다.

"하아앗!"

그러자 공중에서 갑자기 사슬이 나타났다.

촤르르륵!

사슬이 사형수의 목을 매는 올가미처럼 고리를 만들어서 무명의 목을 묶었다.

"잡았다!"

순간 무명의 눈은 삼호당에서의 일을 재차 떠올렸다.

삼호당에서 이강이 추가했던 주문.

'유성추의 사슬을 세 배로 길게 이어라.'

즉, 이강의 사슬낫은 원래보다 사슬 길이가 세 배나 긴 것이었다. 보통의 유성추였다면 불가능했을 전법.

그러나 특유의 손놀림으로 사슬을 살아 있는 뱀처럼 자유자재로 출수하는 이강에게 기다란 사슬낫은 위력을 몇 배 이상 배가시켜 주었던 것이다.

"숨통을 졸라주마!"

타앗!

이강이 기왓장을 차며 뒤로 몸을 날렸다. 동시에 무명의 목을 옥죄는 사슬을 세차게 잡아당겼다.

무명은 속절없이 이강이 잡아끄는 대로 딸려 갔다.

"흑랑성 사상 최강의 살수라고? 네놈이 열 명쯤 있어야 나와 비슷할걸!"

그런데 무명이 목에 사슬이 칭칭 감긴 채로 피식 냉소를 흘리는 것이 아닌가?

"자신을 너무 과대평가하는군."

"뭐라고?"

"그 반대다. 당신 열 명이 있어야 나를 당해낼 것이다."

획.

무명의 신형이 이강의 코앞으로 날아들었다.

사슬을 빠르게 당기면 목이 졸려서 숨통이 막히게 마련이다.

하지만 이강이 사슬을 당기는 것보다 더욱 빠르게 움직인다면?

즉, 무명은 억지로 몸을 빼는 게 아니라 오히려 이강 쪽으로 도약해서 그의 힘을 없애 버린 것이었다.

"네놈!"

이강이 급히 양팔을 휘저어서 낫과 비수를 회수하려고 했다. 하지만 사슬낫은 휘두를 때의 파괴력이 강한 반면, 적이 사슬낫을 피했을 경우 다시 회수하는 데 시간이 걸린다는 단점이 있었다. 낫과 비수가 공중에서 포물선을 그리며 이강의 손으로 돌아오고 있었다. 그러나 무명이 그 전에 일장을 뻗었다.

십성의 공력이 담긴 벽공장이 이강의 몸에 폭발했다.

퍼어엉!

낫과 비수가 아직 이강의 손에 돌아오지 못했을 때.

무명이 소리 없이 일장을 출수했다.

슥.

서슬 퍼런 느낌에 이강이 고개를 홱 치켜들었다.

"빌어먹을……."

그는 몸을 날려 피하지 않고 두 팔이 교차되도록 가슴으로 모아 벽공장을 막았다. 벽공장은 보통 권장술과는 원리가 다르다. 손바닥에서 뻗어 나온 장력이 일정 지점에 도달하는 순간 내공진기를 격발하는 것이다. 때문에 상대의 움직임을 미리 보고 피해야지, 쌍장을 뻗은 뒤에 피하려고 했다가는 꼼짝없이 당하고 만다. 이강이 그걸 모를 리 없었다.

그가 걸치고 있는 흑의가 붉게 핏빛으로 물드는 것처럼 보였다. 전신의 내력을 가슴과 두 팔로 끌어모은다는 증거였다.

십성의 공력이 실린 벽공장이 이강의 두 팔 위를 격발했다.

퍼어엉!

다행히 이강의 두 팔과 가슴뼈는 부러지지 않았다. 그러나 벽공장 같은 내가무공을 피하지 않고 막는다는 것은 어차피 고육지책.

콰아앙! 이강의 두 발이 기왓장을 뚫고 들어갔다. 이어서 거대한 힘이 짓누르자 지붕에 뚫린 구멍으로 이강의 무릎까지 푹 박혔다.

"크윽!"

와장창창! 기왓장이 박살 나며 이강 주위의 지붕이 움푹 꺼졌다. 갑자기 엄청난 크기의 구멍이 뚫리자 이강은 균형을 잃고 아래로 떨어졌다. 그때 구멍 위에 짙은 그림자가 나타났다.

스윽.

어느새 무명이 연속 공격을 퍼붓기 위해 몸을 날린 것이었다.

그가 인정사정없이 일장을 뻗었다. 순간 구멍 아래에서 이강의 신형이 화살처럼 공중으로 날아오르는 것이 아닌가?

파앗!

바닥이 꺼지자 밑으로 추락하던 이강은 축 늘어졌던 사슬을 힘껏 잡아당겼다. 그리고 팽팽해진 사슬을 잡아채며 그 반탄력을 이용해 다시 뛰어오른 것이었다.

공중 높이 도약한 이강과 지붕 위의 무명.

유리한 위치를 차지한 이강이 두 팔을 기이하게 휘저으며 역공을 펼쳤다.

"받아랏!"

촤라라락!

낫과 비수가 각각 둥근 원을 만들자 공중에 여(呂) 자 모양이 그려졌다. 물론 그 중심에는 무명이 있었다.

이강이 사슬 병기에 뛰어난 것은 잘 알려져 있었다. 하지만 낫과 비수를 자신의 양손처럼 다루는 장면은 직접 보지 않으면 믿기 어려울 만큼 놀라웠다. 그런데 무명은 한술 더 떴다.

까깡!

두 번의 금속음이 터졌다.

낫과 비수가 날아드는 찰나 무명은 환도를 가로로 들었다. 그리고 낫은 검 자루로 막고 비수는 검날로 막아낸 것이었다.

이미 정영의 척사검을 검 끝으로 막았던 무명.

하지만 일직선 검격보다 포물선을 그리며 날아드는 낫과 비수를 막는 게 몇 배 이상 어렵다는 것은 두말할 필요가 없지 않은가. 동시에 그가 몸을 소용돌이처럼 회전하며 환도를 세 번 베었다.

스스슥.

이강은 낫과 비수를 회수할 틈이 없자 사슬을 휘둘러서 검격을 막았다.

까까깡!

다행히 검격을 쳐내는 데 성공했다.

그런데 정신을 차리자 무명의 목을 휘감았던 사슬이 모두 풀려 있었다. 이강이 사슬을 잡아당길 것을 예측해서 무명은 몸을 회전했고, 그 결과 느슨해진 사슬을 떨궈 버린 것이었다.

공격과 수비를 한 번에 처리한 일석이조의 수법.

"슬슬 지겹군."

"누가 할 소리."

무명과 이강이 몸을 날려 검초를 퍼부었다.

까까까까까깡…….

순식간에 수십 번이 넘는 합이 오고 갔다.

강호인이 보았다면 눈이 핑핑 돌았을 장면. 그때 이강이 양손에 낫과 비수를 든 채 무명을 향해 일직선으로 달려들었다.

"받아랏!"

이어서 그가 공중에서 몸을 뒤집으며 비수를 찔렀다.

순간 무명의 눈썹이 꿈틀 움직였다.

이강의 초식은 기이하기 짝이 없었으나 약점이 뻔히 드러나 보였다. 즉, 자신이 검을 맞을 생각은 고려하지 않고 상대를 찌르고야 말겠다는 동귀어진의 수법이었다.

하지만 무명의 눈은 이강의 모든 계략을 간파했다.

"우습군. 실력으로 안 되니 동귀어진인가?"

쉭.

무명의 환도가 기이한 곡선을 그렸다. 이강이 비수를 찌르는 동시에 등 뒤에 숨겨둔 낫을 출수하려는 동작을 미리 읽어버린 것이었다.

눈은 기억한다. 상대의 초식을 읽고 파훼하는 능력.

아니나 다를까, 이강이 등 뒤에 숨겨둔 낫을 꺼내 베었다.

그러나 무명의 눈은 낫의 움직임을 읽었다.

무명이 반사적으로 몸을 움직여서 환도를 휘둘렀다.

쉬이익. 환도는 이강의 낫이 그리는 선을 그대로 따라간 다음 낫을 튕겨내고 그의 가슴팍을 베어버리리라.

그때 이강이 씨익 웃었다.

"사상 최강의 살수? 흑랑성에서 누굴 더 잘 만들었는지 한번 볼까?"

쉬이이익!

허황돼 보일 만큼 기이한 곡선을 그리는 낫은 실은 무명을 향하는 것이 아니었다. 무명은 이강의 계략을 알아차렸다.

"……!"

이강의 낫은 무명이 아니라 그의 눈을 향해 날아들고 있었던 것이다!

낫이 그리는 선을 따라 환도를 베던 무명의 움직임.

그런데 이강이 자신을 베는 바람에 무명도 스스로 자신의 눈을 베는 셈이 된 것이었다.

동귀어진?

그럴 리 없었다. 이강은 두 눈이 없지 않은가?

흑랑성이 이강에게 시술한 능력. 바로 타인의 생각을 읽는 것.

이강은 무명의 생각을 읽고 그가 상대의 초식을 따라 하며 파훼한다는 것을 알고 있었다. 그는 비수와 낫으로 양동작전을 펼치는 척하며 함정을 팠다.

무명의 능력을 역으로 이용하는 계략.

심계는 적중했다.

설령 중간에 낫을 멈추지 못해서 자신의 눈을 베어도 상관없었다. 어차피 두 눈은 없으니까.

그러나 무명은? 물론 무명 정도의 고수가 자신의 눈을 베는 초식을 끝까지 따라 할 리 없었다.

이강의 심계를 뒤늦게 눈치챈 무명은 중간에서 급하게 동작을 그치며 환도를 거둬들였다. 눈 깜빡할 찰나의 멈칫거림. 하지만 이강에게는 그것으로 충분했다.

"미끼를 물었군."

무명이 동작을 멈춘 순간 사슬이 뱀처럼 꿈틀거리며 날아들었다. 양 갈래로 나뉜 사슬이 무명의 두 다리를 감은 뒤 다시 두 팔을 감았다.

그리고 마지막으로 무명의 목을 칭칭 감아버렸다.

철그르르륵!

무명은 두 눈을 부릅떴다. 사슬이 몇 번씩 목을 휘감아서 아예 매듭을 묶은 것처럼 조여왔기 때문이다.

"……!"

사슬이 점점 무명의 목을 옥죄었다.

팔다리를 묶은 뒤 목을 감아버린 사슬. 때문에 무명이 사슬을 풀려고 사지를 움직이고 몸부림을 치면 칠수록 사슬은 더욱 목을 조여올 수밖에 없었다. 이강이 냉소하며 말했다.

"어떠냐? 비파골을 뚫는 형벌을 비슷하게 당하는 기분이?"

이강이 말한 형벌은 팔다리에 수갑을 채우고 사슬을 연결한 다음 죄수의 양어깨의 비파골을 뚫고 사슬을 그 사이로 꿰는 것을 말했다. 몸을 움직이면 사슬에서 핏물과 살점이 발라져서 극도의 고통을 겪게 되는 형벌.

과거 흑랑성은 이강의 비파골을 뚫어서 지하 뇌옥에 가두었다. 그가 무명의 사지와 목을 사슬로 연결해서 묶는 수법은 바로 그때의 기억을 떠올려서 응용한 것이었다. 두 눈을 잃은 대신 남의 생각을 읽게 된 이강. 그가 무명을 제압했다.

"후후후, 이것으로 흑랑성 최강의 살수 자리는 내 것인 셈이군."

"……."

무명은 말을 할 수 없었다. 사슬이 바싹 옥죄는 바람에 얼굴이 시뻘게질 만큼 피가 몰렸던 것이다.

퍽!

이강이 무릎으로 무명을 차서 지붕 위에 쓰러뜨렸다. 그가 쓰러진 무명 위에 올라탄 뒤 손목을 빙글 돌리자 낫이 날아왔다.

차르르르… 탁!

이강이 가볍게 낫을 받아 들고 말했다.

"약속은 지키지. 두 눈만 가져가마."

그가 남은 손으로 얼굴을 싸맨 검은 천을 풀었다.

스르륵.

천이 흘러내리자 그의 맨얼굴이 드러났다.

두 눈이 있어야 할 곳에 자리한 두 개의 구멍. 끝이 보이지 않는 시커먼 암흑이 무명의 두 눈을 노려봤다.

콱!

이강이 손을 뻗어 무명의 턱을 붙잡고 움직이지 못하게 했다.

"꼼짝 말고 있어라. 괜히 몸부림쳤다가 잘생긴 얼굴에 흉터 날라."

그가 하늘 높이 낫을 치켜들었다. 날에 반사된 햇빛은 두 눈이 부실 만큼 따가웠다.

그때였다.

"…뭐지?"

아래로 막 떨어지려던 낫이 허공에서 딱 멈췄다.

"네놈 설마……."

이강이 부르르 떠는 목소리로 말했다.

"흡성신공!"

그랬다. 이강의 내력이 빠른 속도로 무명에게 빨려 들어가기 시작했던 것이다.

슈우우우.

원래 무명은 흡성신공을 쓸 때 상대와 자신의 손바닥을 맞붙게 하는 작전을 썼다. 하지만 내공진기는 신체 어디로든 흐르는 것.

손바닥을 붙였던 것은 내력이 가장 잘 흐르는 경로라서 그랬을 뿐, 흡성신공이 딱히 신체 부위를 가려서 내력을 흡수하는 것은 아니었다. 즉, 무명의 턱을 움켜쥔 이강의 손을 통해 내력이 흘러 나가고 있었던 것이다.

"이 호로자식!"

이강이 손아귀를 벌려 무명의 턱을 놓으려 했다.

하지만 한번 흡성신공이 발동하면 돌이킬 수 없다. 처음에 강물처럼 흐르던 이강의 내력은 이제 폭포수처럼 빠져나가기 시작했다.

쏴아아아아!

그때 무명이 슬쩍 눈을 치켜떠서 이강을 보며 말했다.

"누가 흑랑성 최강의 살수라고?"

"……!"

이강은 점점 사시나무처럼 몸을 떨었다. 내공진기가 빨려나가자 전신에 급격한 한기를 느꼈던 것이다.

"으아아아아!"

이강이 괴성을 토하면서 지붕을 박차고 위로 뛰었다. 그리고 있는 힘을 다해 두 발로 무명의 가슴팍을 걷어찼다.

각법을 출수한다기보다 무명을 밀어서 떨어뜨리려는 시도.

퍼엉!

무명의 턱에 붙어 있던 이강의 손이 떨어졌다.

이강의 몸이 뒤로 한 바퀴 공중제비를 돈 다음 지붕 위에 엎어졌다. 와당탕탕! 자기 몸을 주체하지 못할 정도로 전력을 다해 무명을 밀었던 것이다. 몸을 일으키던 이강이 무릎을 꿇더니 한 모금의 진한 선혈을 토했다.

쿨럭!

내공진기의 흐름을 억지로 끊은 움직임 탓에 큰 내상을 입은 것이었다.

철그르륵.

무명이 목과 팔다리를 칭칭 감고 있던 사슬을 풀어서 지붕에 내던졌다. 그리고 무릎을 꿇은 채 피를 토하고 있는 이강의 앞으로 걸어갔다. 무명이 담담한 목소리로 말했다.

"아쉽지만 빚은 못 갚게 됐군."

"후후후, 빚쟁이들이 항상 하는 말이지."

"이쯤에서 그만 세상을 떠나는 게 어떠냐?"

"나쁘지 않지. 네놈은?"

"나는 할 일이 좀 남아서 말야."

"핑계는 좋군. 저세상에서 기다리고 있으마."

둘의 대화는 마치 술잔을 기울이며 나누는 얘기처럼 여유가 넘쳤다.

"죽어라."

"죽여라."

이강이 킬킬거리며 말했다.

스윽. 무명이 손을 들어 쓰러져 있는 이강의 가슴팍을 겨냥했다. 그러자 이강이 차갑게 말을 내뱉었다.

"벽공장 따위는 집어치워라."

"벽공장으로 죽는 것은 별로냐?"

"당연하지. 검을 써서 목을 베어라. 죽는 순간이나마 단칼에 저세상에 갈 수 있게."

"좋다."

무명이 손을 내리고 대신 환도를 높이 치켜들었다.

"마지막 소원이니 들어주지."

"황송하기 짝이 없군, 후후후."

강한 햇빛이 환도에 반사되어 이강의 목을 환하게 비췄다.

무명이 이강의 목을 환도로 내려쳤다.

팟!

검이 바람을 가르며 파공음을 냈다. 그런데 무언가 이상했다. 막 환도를 내려치던 무명이 목인상이 된 것처럼 동작을 멈춘 것이었다.

두 눈이 없는 이강은 무슨 일이 벌어졌는지 몰라서 고개를 치켜들었다. 그러다가 어떤 생각을 읽었는지 얼굴을 심하게 일그러뜨렸다.

"정말 우습군… 정말 우스워……."

목인상처럼 꼼짝 않고 있던 무명이 천천히 고개를 숙였다. 그리고 절대 믿을 수 없다는 눈으로 자신의 배를 쳐다봤다.

그러자 배에서 길고 가느다란 검날이 삐죽 튀어나온 채 햇빛을 반사하고 있는 것이 아닌가?

반짝.

그제야 무명은 자신의 배를 뚫고 나온 검의 정체를 깨달았다.

"……!"

보통 검보다 한 자 이상 길며 비정상적으로 검날의 폭이 좁은 검.

무명이 알고 있는 그런 검은 강호에 오직 한 자루뿐이다.

바로 정영의 척사검이었다. 척사검이 배를 관통해서 빠져나와 있었다. 무명은 절대 믿을 수 없다는 눈으로 고개를 돌렸다. 하지만 등 뒤에서 척사검을 쥔 자는 틀림없이 정영이었다.

대체 왜?

이강과 수십 합을 겨룰 때도 끼어들지 않던 그녀가 아닌가?

분명 정영은 잠시 전만 해도 넋을 잃은 채 둘의 결투를 멍하니 지켜보고 있었다.

그러다가 무명이 이강의 목을 베려고 환도를 치켜든 순간, 무언가에 홀린 것처럼 몸을 날려서 척사검으로 무명을 찔렀다.

무방비 상태이던 무명은 속절없이 검을 맞은 것이었다.

불시에 몸을 날려 일검을 출수한 정영. 그녀의 눈빛은 한

번도 본 적 없을 만큼 싸늘하게 가라앉아 있었다.

슥. 정영이 척사검을 회수했다.

몸을 관통한 검날이 빠져나가자 무명은 힘없이 무릎을 꿇었다.

털퍽.

그리고 입에서 한 모금의 진한 선혈을 토했다.

"쿨럭!"

흑랑성 두 살수의 결투는 기묘한 형태로 중단되었다.

한 명은 흡성신공을 억지로 막으려다가 큰 내상을 입은 채로.

한 명은 한때 정을 주고받던 여인에게 큰 검상을 입은 채로.

갑자기 지붕 위에서 큰 웃음소리가 터졌다.

"크하하하하!"

광소의 주인은 이강이었다.

"일평생 강호를 종횡했지만 이런 괴이한 일은 처음 보는구나!"

그는 연신 피를 토하면서도 웃음을 그치지 않았다.

"망자 편에 선 악인을 처단하겠다? 그깟 정의가 그렇게 대단했냐? 아니면 제갈성이 서생 놈을 죽이고 오라고 시키기라도 한 거냐?"

"……."

이강이 한껏 비웃었지만 정영은 척사검을 축 늘어뜨린 채 아무 말이 없었다. 그의 독설은 계속됐다.

"연심을 품은 사내를 찌를 정도라니 명문정파의 대의명문이 그렇게 소중한 것이더냐? 하하하하!"

지붕의 상황은 괴이하기 짝이 없었다.

상처 하나 없는 자는 싸늘한 표정으로 아무 말이 없었다.

배를 관통당하는 검상을 입은 자도 침음하고 있었다.

그런데 가장 깊은 내상을 입은 자가 광소를 터뜨리며 셋 중에서 유일하게 두 발로 서 있는 자를 비웃고 있다니…….

세상에 이렇게 이해 불가능한 경우가 또 있을까?

모르는 이가 봤다면 이강이 세 명의 결투에서 이겼으리라고 착각할 만한 장면. 이강의 광소는 계속됐다.

"차라리 처음부터 나랑 합공을 했으면 더 손쉽게 끝낼 수 있었지 않느냐? 하하하하……."

그런데 이강의 웃음소리가 점점 잦아들더니 어느 순간 뚝 그쳤다. 그가 정영을 향해 고개를 획 돌렸다.

"네년 설마……."

그녀에게서 무슨 생각을 읽었는지 이강의 얼굴은 웃음기가 싹 사라졌으며 입술은 굳게 다물어져 있었다.

곧이어 그가 침묵을 깼다.

"네년, 악인을 처단하려는 게 아니었군."

그 말에 무명도 고개를 돌려 정영을 봤다.

악인을 처단하려는 게 아니다? 그럼 왜 검을 출수했다는 말인가? 무명과 정영의 시선이 교차했다. 그녀의 눈빛은 공허하기 짝이 없어서 검은 눈동자가 끝없이 텅 빈 구멍처럼 보였다.

그때 이강이 검지로 자기 관자놀이를 두드리며 말했다.

"저년 생각이, 우리끼리 서로 죽이고 죽이면 안 된다고 하는군."

"우리가? 왜?"

"나한테 묻지 마라. 어디까지나 저년 생각이니까."

무명은 그제야 정영의 생각을 알 수 있었다.

정영은 무명이 이강을 죽이거나 혹은 그 반대가 되는 것을 보고 있을 수 없었다. 때문에 검을 출수해서 무명이 환도를 휘두르지 못하도록 막은 것이었다.

잠자코 있던 정영이 입을 열었다.

"나는 당신이 악인이 아니라고 믿소."

"……."

무명은 아무 대답 없이 침음했다.

그러자 이강이 냉소하며 끼어들었다.

"아까 천하의 악인이라며 검을 쓸 때는 언제고?"

"망자 황제를 편드는 것은 분명 악행이오. 하지만 악인은 다르오."

"어떻게 다른데?"

"자신의 손으로 친우를 죽이는 순간 정말로 악인이 되는 것이오."

"……."

뜻밖에도 이강은 더 이상 비아냥거리지 않고 말대꾸를 멈췄다.

척!

정영이 둘을 향해 척사검을 겨누며 말했다.

"둘 다 떠나시오."

그녀의 목소리는 나지막했으나 도저히 거역할 수 없는 힘이 담겨 있었다.

"친우끼리 검을 겨눈다고? 설령 세상이 멸망한다고 해도 그런 일은 절대 두고 볼 수 없소."

"……."

"다시는 서로 마주치지 않도록 각자 중원의 남북으로 아니면 동서로 가시오. 세상 끝과 끝으로 가면 두 번 다시 보지 못할 테니까."

무명과 이강은 이상한 힘에 압도되어 입을 못 열었다.

"만약 다시 서로 검을 겨누는 날에는 내가 용서치 않겠소."

그 말을 끝으로 정영은 몸을 돌렸다.

그러다가 무슨 생각이 났는지 품에서 어떤 물건을 꺼내 뒤로 던졌다.

탱그랑.

무명의 옆에 떨어진 물건은 점창파의 금창약이 담긴 대나무 통이었다. 이어서 정영은 몸을 날려 다른 지붕으로 건너갔다. 그렇게 몇 번을 뛰자 어느새 그녀의 신형은 안개 속으로 들어가 사라져 버렸다. 지붕 위는 잠시 침묵에 빠졌다.

이강은 내상이 깊어 연신 기침을 하며 핏물을 토했다.

무명은 이강보다는 나았으나 검이 몸을 관통했으니 중상을 입은 것은 마찬가지였다. 검이 내장을 건드리지 않은 게 그나마 다행이었다.

만신창이가 된 두 명.

무명이 웃옷을 걷고 정영이 던지고 간 금창약을 발랐다.

대나무 통에 담긴 금창약은 무슨 약재로 만든 건지 냄새가 코를 찔렀다. 이강이 냄새를 맡고 냉소하며 말했다.

"무슨 냄새가 그렇게 지독하냐?"

"좋은 약은 쓴 법이지."

"냄새만 보면 약이 아니라 독인 것 같은데?"

"상관없다. 독이라면 죽는 날이 좀 더 빨라지는 것뿐이니까."

"후후후, 그렇군."

이강이 갑자기 웃음기를 싹 지우더니 눈썹을 찡그리며 말했다.

"근데 친우라고? 흑랑성이 만든 살수 놈이 내 친우라니 지나가는 개가 웃을 소리군."

그가 정영의 말에 불평을 토했다.

이번에는 무명이 냉소를 흘리며 대꾸했다.

"당신은 흑랑성의 살수 아닌가? 숱한 살생을 저지른 강호제일악인보다야 내가 낫지."

"내가 죽인 놈들은 모두 악당이었다."

"나도 마찬가지다."

"네놈은 망자 편이잖아?"

"그게 뭐? 천하를 먹어 치우려는 탐욕에 빠진 강호인 놈들과 망자가 뭐가 다르지?"

"그 말은 맞군."

이강이 졌다는 뜻으로 두 팔을 활짝 벌렸다.

"다 좋다고 치자. 하지만 한 가지 사실은 변하지 않는다."

그가 검지로 무명의 두 눈을 가리키며 말했다.

"네놈은 내게 빚졌어."

"……."

무명은 말문이 막혀서 대꾸하지 못했다.

이강이 천천히 몸을 일으켰다.

그는 비틀거리며 일어서다가 다시 주저앉아 피를 토했다. 그렇게 몇 번을 반복한 뒤에야 간신히 두 발로 설 수 있었다.

"쳇, 예전 소림 땡초처럼 재수 없는 년 같으니."

이강은 뜻 모를 욕설을 중얼거리며 지붕을 걸었다. 그러다가 다른 지붕으로 건너뛰려는 찰나 무슨 생각이 들었는지 입을 열었다.

"네놈은 계속 중원의 북쪽에 있어라."

그는 고개도 돌리지 않은 채 말했다.

"망자 황제를 모셔야 할 테니 북쪽에 있는 것에 불만은 없겠지?"

"……."

"나는 남쪽으로 갈 거다. 배를 타고 장강을 유람하며 술을 마시고 여인들을 희롱하면서 살 거다."

이강의 말은 정영의 분부에 따르겠다는 뜻이 아닌가.

무명이 냉소하며 말했다.

"강호제일악인을 자처하는 자가 한낱 명문정파의 여검객 말을 따르다니 우습군."

무명은 이강이 어떤 변명이나 독설을 늘어놓을 거라 생각했다.

하지만 그는 차갑게 한마디를 던질 뿐이었다.

"나는 척사검에 심장을 꿰뚫리기 싫다."

이강은 그 말을 끝으로 몸을 날렸다.

심한 내상을 입었으나 강호의 고수 다섯 손가락 안에 드는 무위는 어디 가지 않았다. 그는 비틀거리면서도 훌쩍 몸을 날려 다른 지붕으로 건너뛰더니 곧이어 작은 점으로 변했다.

그리고 어느 순간 모습이 사라져서 보이지 않았다.

하나는 도성이 있는 북쪽에서.

하나는 장강이 흐르는 남쪽으로.

흑랑성 두 살수의 기이한 악연은 그것으로 끝났다.

점창파 금창약의 효과는 신통했다. 약을 바르자 금세 지혈이 된 것은 물론, 밥 한 끼 먹을 시간이 지나자 상처가 시원해지며 고통이 가셨다. 그러나 몸을 움직이려고 하자 상처가 벌어지는지 극심한 고통이 일었다.

"크윽."

무명은 웃옷을 찢어서 상처를 싸매려고 했다.

마침 지붕 위에 알맞은 천이 있었다. 공교롭게도 이강이 두 눈을 가리려고 얼굴을 감았던 천이었다. 그는 낯을 휘두르기 전에 천을 풀었는데, 그 천이 지금까지 지붕 위를 뒹굴고 있었던 것이다.

무명은 천으로 배를 칭칭 감은 뒤 꽉 동여맸다.

그러자 상처가 벌어지지 않아 몸을 움직이는 게 훨씬 수월해졌다. 척사검은 워낙 검날이 얇아서인지 핏물이 많이 흐르지 않았다. 많은 피를 흘렸다면 망자들이 피 냄새를 맡고 몰려오리라. 망자에게 잡힐 일은 없겠지만 지금은 왠지 싸우기가 싫었다. 무명은 지붕 아래로 내려와서 거리를 걸었다.

계획은 모두 완수했다. 남은 것은 세상이 망자 떼로 뒤덮히는 걸 지켜보는 것뿐이었다. 황궁과 명문정파가 처절하게 무너지는 꼴을 지켜보며 비웃는 것뿐이었다.

그런데 이상하게도 목이 말랐다.

혹시 모르는 사이에 혈선충에 감염된 것일까? 그래서 피를 마시고 싶어 하는 건가? 그건 아니었다. 그냥 목이 탔다.

폐허로 변한 도성. 망자들이 휩쓸고 지나간 거리는 전쟁터나 다름없었다. 망자들은 산 자의 기척을 따라 대규모로 이동했는지 보이지 않았다. 아니면 시황에게 정신을 조종당하여 이동했을지도 모른다. 그때 어디선가 발소리가 들렸다.

망자인가?

망자라면 몸을 숨기든가 처치하든가 해야 한다.

하지만 무명은 정신이 멍해서 발소리를 듣고만 있었다. 발소리가 왠지 이상하게 들렸기 때문이다.

터벅, 터벅, 터벅……

망자는 이렇게 걷지 않는다. 망자라면 발을 질질 끌거나 산자를 발견하고 미친 듯이 달려들 것이다.

산 자의 발소리도 아니었다. 발소리를 조심하지 않은 채 망자 떼가 창궐한 거리를 걸어갈 자는 아무도 없으리라.

마치 유령이 지나가고 있는 듯한 소리.

문득 소리의 정체를 깨달았다. 발소리는 바로 무명 자신이 걸으면서 내는 소리였던 것이다.

"……"

그는 지금까지 수많은 지옥을 거쳐왔다. 장량이 죽은 아내와 딸 앞에서 절규할 때 느낀 감정은 그중 가장 고통스러웠다. 자신의 기억은 아니었지만, 장량의 기억을 전해 받으며 무명은 지옥을 경험했다. 그리고 지금 또다시 지옥을 걷고 있었다. 사람이 사람이 아니게 될 때가 가장 깊은 지옥이라는 사실을 뒤늦게 깨닫고 만 것이다.

이제 어디로 갈까? 중원은 평생을 다녀도 다 돌아보지 못할 만큼 넓다고 한다. 그러나 무명은 어디로 가야 할지 알 수 없었다. 아니, 갈 곳이 없었다. 그는 시체가 쌓인 거리를 발 닿는 대로 걸어갔다.

정영은 도성의 서쪽 외곽에 있는 무림맹의 임시 본부로 돌아왔다. 말이 임시 본부지 작은 천막 하나를 쳐둔 것에 불과했다. 천막 안은 십여 명의 인물들이 모여 있어서 시장 바닥처럼 비좁았다.

다시 은사모를 써서 얼굴을 가린 제갈성과 그가 부리는 수장 몇 명. 사천당문의 조카와 삼촌인 당호, 당백기.

진문을 포함한 소림승 여섯 명도 무사히 지하 도시를 탈출해서 자리에 있었다. 하지만 잠행조 삼 조는 정영 혼자였다.

임윤과 편복선생은 천막 밖에서 하오문 사람들의 피난을 돕느라 바쁠 것이다. 하지만 송연화는 어디에 있는 것일까? 또 장청은? 아무리 시선을 돌려도 둘의 모습을 찾을 수 없었다.

망자가 창궐한 도성. 둘이 언제 어디서 망자에게 당했다고 해도 이상하지 않았다. 정영은 마음이 무거웠다. 그때 누군가가 천막으로 들어오자 모든 인물이 포권지례를 올리며 외쳤다.

"맹주님!"

바로 현 무림맹주이자 소림 방장인 무혜였다.

그가 무거운 음성으로 말했다.

"망자 멸절 계획은 당분간 접어둡니다. 모두 소림사로 피신합시다."

평소 자애롭던 그의 목소리가 무겁게 가라앉아 있었다. 또한 무림맹주가 명을 내리니 포권지례를 해야 되건만 다들 고개를 숙인 채 말이 없었다.

도성을 떠나 소림사로 간다.

지금까지 펼쳐온 망자 멸절 계획을 포기한다는 뜻. 천막 안의 분위기가 얼음장처럼 싸늘해진 것도 무리가 아니었다.

"문제는 망자 떼가 아닙니다."

제갈성이 무혜에게 보고했다.

"시황이 조종하는 망자 군대가 도성 근처에서 진영을 갖추고 있습니다. 곧 도성으로 진격할 태세입니다."

"만련영생교 무리는 어떻게 됐습니까?"

"이미 지상으로 나온 것 같습니다."

제갈성의 목소리도 여느 때와는 달리 깊이 가라앉아 있었다.

"도성을 샅샅이 뒤졌으나 지하 도시의 출구는 못 찾았습니다. 그런데 척후병이 목격한 바에 따르면 근처 도시에서 망자 군대의 모습이 속출했다고 합니다."

"그곳이 어디인지요?"

"태안이라는 곳입니다."

"아미타불."

무혜가 반장을 하며 읊조렸다.

제갈성이 비장한 목소리로 말했다.

"다시 잠행조를 짜겠습니다. 모두 죽는 한이 있더라도 반드시 시황을 제거……."

그러나 무혜가 고개를 저었다.

"허락하지 않겠습니다."

"맹주님?"

"시황 제거는 이제 불가능합니다. 그보다 흑의인들을 막아야 합니다."

시황을 제거하기 위해 지하 도시에서 추격극을 벌였던 소림 방장.

하지만 시황은 몇 번을 죽여도 다른 흑의인의 몸으로 혼백을 옮겼다. 그런 판에 흑의인들이 지상으로 이미 나와 버렸으니 시황 제거를 위해 잠행조가 침투한다는 것은 의미가 없어진 것이다. 결국 문제는 만련영생교의 흑의인들이었다.

흑의인들 하나하나가 언제 시황으로 탈바꿈할지 알 수 없었다. 게다가 그들은 혈선충 단지를 중원에 퍼뜨릴 계획이 아닌가?

"흑의인들이 아직 멀리 가진 못했을 겁니다. 무사들을 풀어 도성에서 나가는 관도와 뱃길을 조사하십시오. 저도 십팔나한을 보내겠습니다."

"알겠습니다."

무혜와 제갈성의 의견이 일치했다.

하지만 둘 다 그 방법이 미봉책이라는 것을 알고 있었다.

흑의인들이 큰길을 놔두고 산이나 들을 따라 이동한다면?

고작 수십 명의 인원으로 도성에서 나가는 길을 모두 살핀다는 것은 모래사장에서 바늘 찾기보다 말이 안 되었다.

그러나 무림맹에게는 보다 큰일이 남아 있었다.

"다른 자들은 피난민들을 소림사로 이끌어주십시오."

천막 밖에는 망자 떼를 피해 도망친 피난민 수만 명이 모여서 들판을 가득 메우고 있었던 것이다.

선을 행하며 악을 징벌하는 무림맹이 그들을 외면할 수는 없는 일. 때문에 소림 방장은 고육지책을 내린 것이었다.

그가 마지막으로 명을 내렸다.

"도성 일은 부맹주에게 맡기겠습니다. 나머지 인원은 피난 민들이 무사히 소림사로 갈 수 있도록 인도하십시오."

"존명!"

그것으로 무림맹의 회의는 끝났다.

구대문파와 오대세가로 일컬어지는 중원의 명문정파.

당금 각 문파는 이익을 탐하여 모래알처럼 흩어졌다. 망자가 창궐하는데 각 문파에서 보낸 자들은 고작 수십 명 남짓, 천막 밖에 있는 자들을 합쳐도 백 명이 간신히 넘는 수준이었다.

유명무실해진 무림맹. 소림 방장은 누구보다 그 사실을 잘 알았다.

"최선을 다하는 수밖에."

그는 한숨을 토하며 아미타불을 읊조렸다.

천막 밖으로 나오자 제갈성이 인물들에게 말했다.

"사천당문의 두 분은 소림사행을 도와주시오."

"알겠습니다."

당백기가 대답했다. 당청과 소극상이 죽었으니 이제 그가 사천당문의 대표인 셈이었다. 이어서 제갈성이 정영을 보며 고개를 끄덕였다. 소림사행에 함께하라는 뜻.

그런 다음 진문을 포함한 소림승 여섯 명과 자신이 부리는 무사들, 그리고 각 문파에서 보낸 얼마 안 되는 사람들에게 명을 내렸다.

"진문은 하남으로 향하는 관도를 맡으시오."

"예."

그는 각 인물들에게 지역을 하나씩 할당했다. 흑의인들의 행방을 쫓는 척후 임무였다.

"그럼 모두 무운을 빌겠소."

제갈성의 말을 끝으로 인물들은 말에 올라 사방으로 흩어졌다.

이제 뒤에 남은 자는 몇 안 되었다.

당호가 정영에게 물었다.

"혹시 장청과 송연화를 보셨습니까? 어디 있는지 보이질 않습니다."

"나도 모르겠소."

"그렇습니까……."

제갈성이 쏜 신호탄을 보고도 아직 오지 않았다면 둘은 지금쯤…….

망자 판으로 변한 도성. 명문정파의 후기지수인 창천칠조라고 해도 망자한테 감염되지 않으리라는 법은 없었다.

어쨌든 둘을 걱정하고 있을 여유는 없었다.

"나는 임윤과 편복선생에게 가보겠소."

"소림사에서 뵙길 바랍니다."

정영은 당호와 헤어진 뒤 피난민들이 모여 있는 인파 속으로 들어갔다.

하루아침에 집을 버리고 도망쳐 온 사람들.

그런 중에도 배가 고픈 게 사람이다. 사람들은 솥에 물을 끓이고 밀가루 반죽을 삶아서 떡을 만들어 배를 채웠다.

정영은 하오문을 찾았다. 지하 도시에서 탈출한 이후 헤어진 임윤과 편복선생이 어떻게 있는지 보고 싶어서였다.

뜻밖에도 하오문은 쉽게 찾을 수 있었다.

하오문은 온갖 천한 직업을 가진 자들이 모여 만든 방파다. 즉, 행색이 초라하거나 거칠고 날카로운 자들이 유독 눈에 띈다 싶더니 바로 하오문 무리였던 것이다. 그곳에 하오문주 임윤이 있었다. 임윤은 짚 더미 위에 누운 채 밀가루떡을 먹고 있었다. 피난 중에도 평소처럼 태연자약한 모습이 임윤다웠다.

그가 정영을 발견하고 말했다.

"어서 오게. 밀가루떡 좀 들지?"

진검승부는 아니지만 한 차례 초식을 겨루었던 임윤. 그는 이제 정영을 여검객이 아니라 한 명의 동등한 강호인으로 대하고 있었다. 옆에서 백노괴가 끼어들며 말했다.

"이놈아, 놀지 말고 좀 도와라."

의원인 그는 주위 사람들 중에서 가장 바쁘게 움직이고 있었다.

"명색이 문주인데 나보고 잡일을 하라고?"

"삼류 도검수와 도둑, 기녀가 모인 하오문에 위아래가 어디 있냐?"

"알았어, 알았다고. 이것만 마저 먹고."

임윤이 먹던 밀가루떡을 입에 쑤셔 넣고 몸을 일으켰다. 그러다가 옆에서 일하고 있는 사내들 중 한 명의 엉덩이를 냅다 걸어찼다.

"야! 그건 저기다 놓으라고 안 했냐?"

"…알았소."

검흔이 있는 얼굴에 거칠고 흉흉한 분위기의 도검수.

하지만 도검수들은 임윤의 말 한마디에 고개를 숙이고 얼른 자리를 뜨는 것이었다.

하오문주 임윤. 어떤 병장기도 귀신처럼 다루는 자라고 했던가. 도검수들이 쩔쩔매는 광경은 그가 하오문의 기강을 잘 잡았다는 것을 뜻하리라. 그때였다.

"누구 소소 보신 분 없으세요?"

피난민답지 않게 몸가짐이 기품 있는 여인은 소소의 어머니였다.

"소소가 아무리 찾아도 보이질 않아요."

백노괴가 고개를 갸웃거리며 대답했다.

"방금까지 여기 있었는데?"

옆에서 도검수 하나가 끼어들며 말했다.

"건방진 여자애 말이오? 술을 찾아오겠다며 사람들을 이끌고 어디론가 가던데?"

"술? 이 난리 통에 무슨 술 말이냐?"

"그거야 나도 모르오."

그러자 소소 어머니가 목소리를 떨며 말했다.

"객잔으로 술을 찾으러 간 거예요!"

"객잔? 설마 태안에 있는 객잔 말인가?"

"틀림없어요. 객잔 지하실에 술 단지가 있는데 소소는 피난 오느라 챙기지 못한 걸 아까워했어요. 그런데 설마 객잔으로 돌아가리라곤……."

그녀의 얼굴이 대번에 창백해졌다.

임윤이 어이가 없다는 듯 말했다.

"아무리 그래도 여자애 혼자 무슨 수로 태안을 가겠소? 곧 포기하고 돌아오겠지."

그런데 도검수가 다시 손사래를 치며 말하는 것이었다.

"아니오. 여자애는 사내 몇 명이랑 함께 갔소."

"뭐라고?"

그 말에 임윤도 깜짝 놀라며 되물었다.

"다시 말해봐라! 대체 일이 어떻게 된 거냐?"

"왜 나보고 역정을 내시오? 여자애가 객잔에 가자니까 웬 강호인 몇 명이 신을 내며 함께 붙더이다. 그리고 말 두 마리가 끄는 마차를 타고 갔소."

"마차까지?"

"소소가 아버지 친우들을 부추긴 모양이에요."

소소 어머니가 대답했다.

그러자 백노괴가 사정을 아는지 혀를 차며 말했다.

"친우? 운백객잔 주인이 무당파 속가제자다 보니 객잔에 식객이 몇 명 있었는데 놈들 얘긴가 보군."

무당파 제자의 부인이 운영하는 객잔에는 연줄이 생기길

바라며 드나드는 뜨내기손님이 적지 않았다.

강호인을 자처하나 삼류무사에 불과한 식객들. 그들은 소소가 객잔으로 가겠다고 하자 말리기는커녕 바람을 넣고 함께 떠난 것이었다. 임윤이 머리를 벅벅 긁었다.

"미치겠군. 그깟 술 때문에 망자 소굴에 들어갔다고?"

도검수가 대답하듯이 말했다.

"망자가 한번 휩쓸고 도성으로 이동해서 태안에는 숫자가 적을 거라고 했소."

백노괴가 그 말을 거들었다.

"맞다. 태안에 계속 머무른다면 모를까 술을 가지고 나온다면 큰 문제는 없을 거다."

그때였다.

"모두 틀렸소."

긴장된 목소리로 말을 꺼낸 자는 정영이었다.

"망자 군대가 지상으로 나오고 있는데 출구로 짐작되는 곳이 바로 태안이란 말이오!"

"……!"

임윤과 백노괴는 물론 주위에 있는 도검수들이 입을 딱 벌리고 경악했다. 가장 놀란 자가 소소 어머니란 것은 두말할 필요도 없었다. 임윤이 싸늘하게 말했다.

"추적대를 소집해야겠군."

"지금? 막 출발하려는 참인데?"

백노괴가 반대했다.

"이 짐은 누가 다 옮길 건가? 사람들은 또 누가 지키고?"

"……."

임윤은 침음하며 대답을 못 했다. 이상한 분위기를 감지했는지 주위에서 사람들이 불안한 표정으로 하오문주를 쳐다봤기 때문이었다. 곧 임윤이 결정을 내렸다.

"좋다. 추적대는 됐고 딱 한 명만 보내서 소소랑 놈들을 끌고 오게 하지. 됐냐?"

"말을 잘 타는 놈을 보내야겠군."

백노괴가 수긍하자 임윤이 도검수들에게 고개를 돌리며 말했다.

"다들 얘기 들었지? 누구 수고 좀 한 사람?"

그런데 도검수들이 죄다 입을 다문 채 임윤의 시선을 피하는 것이었다.

"……."

그들의 속마음은 모두 똑같았다.

망자가 창궐한 도시에 혼자 가서 사람들을 찾아오라고? 추적대가 아니라 자살대나 마찬가지가 아닌가!

임윤이 일갈했다.

"어이구, 안 보낸다! 안 보낸다고, 이놈들아!"

"……."

그때 정영이 말했다.

"내가 가겠소."

"뭐라고?"

임윤과 백노괴가 서로를 돌아보다가 다시 정영에게 고개를 돌렸다.

"좋다. 부탁하지."

백노괴가 도검수들에게 일갈했다.

"어서 말 한 마리를 끌고 와라! 이 쓸모없는 것들!"

도검수들은 날벼락이 떨어질지 몰라 얼른 자리를 피했다. 그 모습을 보며 임윤과 백노괴는 혀를 끌끌 찼다.

정영이 소소 어머니에게 물었다.

"객잔을 찾으려면 어디로 가야 하오?"

"태안 들어가는 초입에서 오른쪽으로 돌아 쭉 가면 나오는 삼 층 건물이 운백객잔이에요."

"알았소. 반드시 소소를 구해 올 테니 걱정 마시오."

"예."

소소 어머니가 불안한 얼굴로 고개를 끄덕였다.

곧 도검수가 말 한 마리를 끌고 왔다. 정영이 몸을 날려서 말 위에 올라타고 북동쪽으로 달리기 시작했다.

"이랴!"

다가닥다가닥!

그녀는 바람처럼 말을 달려서 순식간에 지평선 너머로 사라졌다. 백노괴가 냉소하며 말했다.

"양물 달린 놈들보다 백배 낫군."

"뭣들 하냐? 빨리 일하지 않고!"

임윤이 옆을 지나가던 도검수 하나를 냅다 걷어찼다. 그러더니 주위를 두리번거리며 이상하다는 투로 말했다.

"근데 편복 놈은 대체 어디 간 거야?"

임윤은 편복선생 앞에서는 깍듯이 '선생'을 붙였지만 혼자 있을 때는 그냥 놈이라고 불렀다. 그때 도검수가 말했다.

"그 말코도사 말이오? 술 마실 일이 생겼다며 신바람을 내던데."

"술 마실 일?"

임윤은 피식 웃었다. 천하 모든 공처가의 벗은 술이라는 말도 있지 않은가.

그러다가 문득 눈썹을 찡그리며 중얼거렸다.

"삼깐, 술 마실 일이라면 설마……."

그는 고개를 들어 정영이 사라진 북동쪽 지평선을 바라봤다.

태안으로 가는 마차는 시장 바닥처럼 시끌벅적했다.

편복선생이 한창 무용담을 늘어놓고 있었다.

"소림 방장이 친히 부탁하는데 거절할 수가 있나? 결국 부탁을 받아들였지."

"그래서 흑랑성에 잠행했소?"

"물론이네."

"오오, 대단하시오!"

마차에 탄 강호인 네 명이 감탄성을 토했다.

"무림맹이 잠행 일로 대체 얼마나 챙겨줬소?"

"돈 몇 푼이 뭐가 중요한가? 거금을 준 것은 물론이고 내게 무림패까지 건네더군."

강호인들이 경악하며 물었다.

"무림패? 기린이 새겨진 순금 명패로, 무림맹의 위세를 업고 있다는 것을 증명한다는 신물 말이오?"

"바로 그렇네."

강호인 하나가 눈빛을 반짝이며 말했다.

"무림패 좀 한번 구경합시다."

그러자 편복선생이 길게 늘어뜨린 수염을 한 번 쓰다듬으며 위엄 있게 대답했다.

"무림패는 사파의 마두나 혹도 무리와 싸울 때가 아니면 꺼내지 않네. 한번 꺼내면 반드시 피를 봐야 하기 때문이지. 그래도 좋은가?"

"아, 아니오. 괜찮소……."

강호인은 침을 꿀꺽 삼키며 손을 내저었다.

편복선생의 무용담은 계속 이어졌다. 무림패를 갖고 태북 도시의 문파를 평정한 일. 무림맹에게 받은 거금을 들여 대팔관이란 방파를 연 일. 태북 최고의 미녀 고수와 삼 일 동안 무공을 겨룬 뒤 홀딱 반한 그녀를 아내로 삼은 일 등등.

일행은 입담과 재미가 어우러진 그의 활약상을 시간 가는 줄 모르고 들었다. 그러다가 한 명이 고개를 갸웃거리며 말했다.

"태북의 대팔관? 거기는 도박장 아닌가?"

다른 하나도 맞장구를 쳤다.

"맞아. 거기 여주인이 남편을 들였는데 알고 보니 천하의 사기꾼이라서 허구한 날 개 패듯 두들긴다고 들었는데."

편복선생이 크게 헛기침을 하며 화제를 돌렸다.

"으흠! 저기가 바로 태안인가?"

마침 들판 너머로 도시의 초입이 나타난 것이 그로서는 천만다행이었다. 소소가 고개를 끄덕이며 말했다.

"저기 보이는 큰 집이 우리 객잔이야."

"드디어 잘 익은 술을 맛볼 수 있겠군."

"내가 운백객잔의 홍소주를 크게 한턱낼게!"

운백객잔의 홍소주는 도성까지 유명세가 알려져 있었다. 제법 규모가 큰 객잔을 소소 모녀 둘이서 꾸려 나갈 수 있던 것은 어머니가 직접 빚는 홍소주 때문이었다.

그런데 망자를 피해 도망치느라 술 단지를 놓고 왔던 것이다.

소소는 술을 찾아와야겠다고 결심했다. 마침 피난민이 잠시 쉬어가는 서쪽 들판이 태안과 가까웠다.

소소는 객잔의 식객 강호인들을 부추겨서 어머니 몰래 떠났다. 그중에는 술 얘기로 소소와 의기투합한 편복선생도 끼어 있었던 것이다. 편복선생이 말했다.

"술이야말로 세상 최고의 보물이네. 돈도 미인도 세월이 가면 사라지지만 술은 오래 묵을수록 더욱 값지게 되지."

"옳소!"

강호인들이 맞장구를 쳤다.

소소가 진지한 얼굴로 말했다.

"우리 아빠는 금위군이라 일 년에 몇 번 못 봐. 엄마가 빚은 술이 우리 객잔의 전재산이니까 절대 두고 갈 수 없어."

강호인들이 가슴을 두드리며 호언장담했다.

"소소야, 걱정 마라. 우리가 망자를 베어버리고 술을 날라주마!"

"아무렴! 운백객잔 일이 곧 우리 일이지!"

그들은 시끌벅적 떠들면서 태안으로 향했다.

곧이어 일행은 태안에 도착했다.

그런데 거리를 본 순간 일행은 침을 삼키며 침음하고 말았다. 사람들이 떠난 지 한 달이 안 된 도시가 황폐한 모습으로 변해 있었기 때문이다.

거리는 자욱하게 흙먼지가 쌓여 있었고 건물들은 불빛 한 점 보이지 않았다. 바람이 불 때마다 문들이 덜커덕거리며 열렸다 닫혔다 했다. 게다가 곳곳에 핏자국이 남아 있는 게 오싹했다. 마치 유령이 사는 듯한 거리.

말 두 마리도 거리로 들어가는 걸 꺼리는지 발을 이리저리 돌려서 애를 먹였다.

강호인들의 목소리가 자기도 모르게 점점 커졌다.

"드디어 왔군! 망자 몇 놈쯤은 내 용호삼검이면 식은 죽 먹기지!"

"그간 갈고닦은 검법을 시험해 볼 좋은 기회로군, 하하하!"

그들이 공포를 잊은 게 아니었다. 사람은 공포를 느낄 때 두려움을 잊으려고 목소리를 크게 내기 때문이었다.

다행히 거리는 텅 비어 있었다.

산 자는 물론 망자의 모습은 어디에도 보이지 않았다.

편복선생이 말했다.

"태안에 있던 망자들이 죄다 도성 쪽으로 갔다는 말이 사실인가 보군."

그 말에 다들 안도하며 한숨을 쉬었다.

마차는 길을 쭉 가다가 첫 번째 나오는 갈림길에서 오른쪽으로 꺾어졌다. 그리고 차 한 잔 마실 시간이 지났을 때였다.

소소가 멀리 보이는 건물을 가리키며 말했다.

"저기가 우리 객잔이야."

운백객잔은 낡았지만 제법 운치가 있는 삼 층짜리 건물이었다.

편복선생이 수염을 쓰다듬으며 말했다.

"내 대팔… 으흠! 내 방파만은 못해도 꽤 큰 곳이군."

"우리 객잔은 보이는 게 다가 아냐. 지하실이 어마어마하게 크다고."

소소의 말에 강호인이 맞장구를 쳤다.

"운백객잔은 매년 곡식을 사들이고 인부를 고용해서 술을 담는데 그 술 단지를 모두 지하실에 보관한다고 들었다."

"응. 지하실이 삼 층인데 땅이 깊어서 한여름에도 시원해."

그러자 편복선생이 군침을 삼키며 말했다.

"깊고 서늘한 지하실이라니 술이 잘 익었겠군."

강호인들은 그런 편복선생을 보며 속으로 혀를 내둘렀다.

망자 떼가 휩쓸고 간 도시에 들어온 판인데 술맛을 기대하며 침을 삼키다니? 무림패를 지닌 도사는 과연 뭐가 달라도 달랐다. 하지만 사실은 전혀 달랐다.

편복선생의 도포 자락 속에서는 두 다리가 학질 걸린 것처럼 부들부들 떨리고 있었다. 명주를 마실 기대감이 망자에 대한 공포를 훨씬 앞섰던 것이다. 소소가 말했다.

"저쪽에 샛길이 있어."

일행은 샛길로 마차를 몰아서 객잔의 뒤로 돌아갔다. 그런 다음 말을 묶어두고서 객잔 뒷문으로 접근했다.

막상 객잔에 들어가자니 망설여졌다.

그러자 소소가 앞으로 나서서 뒷문을 활짝 열어젖혔다.

"뭘 꾸물대? 빨리 해치우고 가야지."

끼이이익…….

문이 열리자 어두운 복도가 나왔다. 망자는 없었다.

"이쪽이야."

객잔 안은 불빛 한 점 없이 어두웠지만 소소는 벽에 부딪치지 않고 척척 걸었다. 다른 일행도 소소의 뒤를 따라 안으로 들어갔다. 뒷문 옆에는 부엌이 있었다. 부엌을 지나 옆으로 돌자 안으로 이어지는 복도가 나왔다.

일행은 일자로 뻗은 긴 복도를 걸었다.

복도 양옆에는 손님들이 묵는 방이 있었다. 물론 지금은 아무도 없으리라. 만약 누군가 있다면 망자일 테니까…….

강호인 하나가 물었다.

"소소야, 지하실은 더 가야 되냐?"

"복도를 두 번 더 돌아야 돼."

그는 침을 꿀꺽 삼켰는데 긴장한 기색이 역력했다.

나무로 된 복도는 일행이 걸음을 옮길 때마다 기분 나쁜 소리를 냈다.

삐걱삐걱삐걱.

강호인들은 언제든 뽑을 수 있도록 허리에 찬 검 자루에 손을 갖다 대고 걸었다. 그러다가 맨 뒤에 처진 강호인이 작게 비명을 토했디.

"아얏!"

"왜 그래?"

"나무 가시에 손을 찔렸어."

큰 상처는 아니지만 강호인의 손에서 핏물이 주르륵 흘러내렸다. 그러자 공기 중에 떠도는 먼지와 곰팡이 속에 피 냄새가 확 풍겼다.

"빌어먹을."

"호들갑 떨긴. 망자라도 나온 줄 알았네."

그때 소소와 편복선생은 복도 모퉁이를 돌았기 때문에 무슨 일이 있는지 알지 못했다.

"소소야, 불 좀 없냐?"

"지하실에 기름불이 있어."

모퉁이를 두 개 돌자 소소의 말대로 지하실이 나왔다.

복도 막다른 곳에 있는 지하실 입구는 문이 활짝 열려 있었고, 나무 계단이 어두운 지하를 향해 끝없이 뻗어 있었다.

소소가 앞장서며 말했다.

"지하실은 선반이 많으니까 머리 조심해."

일행은 소소를 따라 한 명씩 계단을 내려갔다. 그러다가 강호인들은 쿵, 쿵 하면서 선반에 머리를 부딪쳤다.

"아이쿠, 이마야!"

"조심하라고 했잖아!"

나무 계단은 발을 옮길 때마다 삐걱거렸다.

드디어 소소가 기름불을 찾아서 불을 당겼다.

화르륵.

불빛이 사방으로 퍼지면서 지하실을 환하게 밝혔다.

지하실은 소소가 자랑한 대로 매우 넓었다. 공간이 넓은 것은 물론 창을 수직으로 들고 지나갈 수 있을 만큼 층이 높았다.

그리고 은은하게 술 냄새가 나기 시작했다.

"오오, 좋은 냄새다."

강호인들도 긴장이 가셨는지 군침을 삼켰다.

"피난 가기 전에 술 단지를 이 층이랑 삼 층에 옮겨놔서 한 층 더 내려가야 돼."

소소의 말을 듣고 편복선생이 물었다.

"지하가 이리 깊으면 술 단지는 어떻게 운반하는가?"

"기관장치 수레가 있어서 지하 삼 층에서도 수십 개의 술 단지를 한꺼번에 옮길 수 있어."

"흐음, 대단하군."

편복선생이 수염을 만지며 고개를 끄덕였다.

기관장치 수레가 있다는 말에 강호인들은 마음이 편해졌다.

"자아, 다들 서두르자고."

하지만 일이 편하리라는 생각은 착각이었다. 지하실 안에 술 단지를 놓기 위한 나무 선반이 가득 들어차 있었던 것이다.

선반은 양옆으로 길게 뻗어 있는 것은 물론 천장까지 닿을 만큼 높아서 지하실 안에 길을 만들 정도였다.

거대한 창고나 다름없는 규모의 지하실.

운백객잔의 홍소주가 도성까지 유명세를 떨친다는 말은 허명이 아니었다. 편복선생이 중얼거렸다.

"술맛을 제대로 보려면 한 시진? 아니, 두 시진도 모자라겠군."

일행은 선반이 만든 길을 따라간 뒤 계단을 찾아 아래로 내려갔다. 이 층에 도착하자 술 냄새가 진동했다.

"크으! 벌써부터 취하는구나!"

강호인들이 코를 벌름거리며 말했다. 소소가 당차게 명령했다.

"냄새는 나중에 맡고 술 단지부터 옮겨. 저쪽 길을 따라가면 끝에 수레가 있으니까 거기다 놓으면 돼."

"예, 나리!"

소소, 편복선생, 강호인 네 명은 술 단지를 가지러 각자 흩어졌다. 긴 나무 선반에 끝없이 놓여 있는 술 단지들.

"이거 갖다 팔면 피난길에 한몫 챙기겠는걸?"

"역시 운백객잔에 연줄을 대길 잘했지."

강호인들은 큼지막한 술 단지를 품에 안고 선반 사이의 길을 따라 이동했다. 수많은 선반이 좌우로 얽혀 있는 바람에 지하실은 미로나 다름없었다. 그들은 선반 너머에 보이는 소소의 기름불에 의지해서 움직였다.

그렇게 두 번을 술 단지를 옮기며 왕복했을 때였다. 강호인 하나가 술 단지를 안고 몸을 돌리는데 멀리서 기름불이 보였다.

"소소냐? 여기 술이 가장 냄새가 향기롭구나."

그가 기름불을 향해 다가갔다.

그런데 기름불 말고 어둠 속에서 두 개의 붉은 점이 떠오르는 것이 아닌가?

"소소야?"

강호인이 고개를 갸웃거리며 묻는데 갑자기 개가 짖는 소리가 터졌다.

커어어엉!

소리를 듣는 순간 지하실 안의 여섯 명은 정신이 번쩍 들었다.

망자다!

망자가 두 눈에서 붉은 안광을 뿜어내며 강호인을 향해 달려왔다.

"으아아악!"

강호인이 깜짝 놀라 술 단지를 떨어뜨렸다.

와장창창! 그는 술 단지가 깨지는 소리에 움찔하면서 얼어붙었다. 하지만 망자는 술 단지는 신경 쓰지 않는지 발을 멈추지 않았다. 망자는 술이 아니라 피를 마시니까…….

키에에엑!

망자가 입을 쩍 벌리며 강호인에게 덤볐다. 순간 옆에서 동료가 뛰어들더니 어느새 뽑은 검을 가로로 눕혀서 망자의 입에 갖다 댔다.

빠각!

그는 말에 재갈을 물리듯 망자의 입을 검으로 막아낸 것이었다. 잔뜩 얼어 있던 강호인은 동료 덕에 목숨을 건졌다.

"마, 망자다… 빨리 도망쳐야……."

"멍청한 놈. 망자 처음 보냐?"

강호인이 침착하게 망자의 입에 물린 검을 두 손으로 밀어붙이며 말했다.

"그렇게 무서우면 여길 왜 따라왔냐? 망자는 물리거나 할퀴지만 않으면 걱정 없다. 봐라, 놈이 꼼짝도 못 하잖아?"

그때였다. 망자의 뒤에서 한 줄기 빛이 번쩍거리며 날아왔다.

써억!

검으로 망자를 막고 있는 강호인의 목이 멀리 날아가 선반에 부딪친 뒤 굴러갔다.

툭, 데구르르…….

강호인의 목을 벤 것은 환도였다. 망자는 그냥 되살아난 시체가 아니라 갑주를 걸치고 환도를 든 병사였던 것이다.

4장.

누가 영생을 꿈꾸는가

가로로 눕힌 검을 입에 끼워서 망자를 막은 강호인.

그러나 그가 꿈도 꾸지 못한 일이 있었다.

기름불을 든 망자는 다른 손에 환도를 들고 있었다. 눈앞의 망자는 갑주를 걸치고 환도를 든 병사였던 것이다.

촤악!

망자 병사가 환도를 휘둘러서 강호인의 목을 베어버렸다.

스르르르… 쿵!

목이 없어진 강호인의 몸이 뒤로 넘어갔다. 안 그래도 잔뜩 얼어붙어 있던 다른 강호인은 멍한 눈빛으로 병사를 쳐다봤다.

"……!"

병사는 투구와 갑주를 걸치고 환도를 든 것은 물론 등에는 강궁과 화살통까지 메고 있었다. 되살아나서 무작정 덤벼드는 시체가 아니라 전쟁을 수행하도록 만들어진 망자 병사인 것이었다. 망자를 상대할 때 물어뜯거나 할퀴는 것을 조심해야 한다. 하지만 눈앞의 망자는 경우가 달랐다.

"으아아악, 망자 병사다! 그냥 시체가 아니라 검을 쓴다고!"

그제야 정신을 차린 강호인이 몸을 돌려서 도망쳤다.

나무를 짜서 만든 지하실 바닥은 강호인이 달리자 발소리가 크게 울렸다.

쿵쿵쿵쿵!

그러나 발소리가 문제가 아니었다. 강호인이 정신 줄을 놓고 달리느라 헐떡거리며 내뱉는 숨결을 병사가 맡았던 것이다.

병사가 고개를 홱 치켜들더니 검지로 강호인의 등을 가리키며 괴성을 질렀다.

키에에엑!

순간 지하실 곳곳에서 금속음이 터졌다.

철커덕철커덕!

강철 갑주를 걸친 병사들이 몸을 돌리는 소리. 병사들은 하나둘이 아니었던 것이다. 소소가 기름불을 들고 달려왔다.

"무슨 일이야?"

반대편 사잇길에서 강호인 두 명이 모습을 드러냈다.

"망자가 나온 것 같군."

그러다가 소소가 든 기름불이 주위를 밝히자 강호인들은 바닥을 뒹굴고 있는 동료의 머리통을 발견했다.

"빌어먹을!"

"목을 베었어! 망자가 검을 쓰는 건가?"

"말도 안 돼……."

그때 멀리 어둠 속에서 기름불이 둥실거리며 다가왔다.

스릉. 강호인 둘이 검을 뽑으며 말했다.

"소소야, 넌 물러나 있어라."

"나도 싸울 줄 알아."

말은 당차게 했지만 소소는 침을 꿀꺽 삼키며 뒤로 몇 걸음 물러섰다.

키에에에엑!

망자 병사가 마구 달려와서 환도를 휘둘렀다. 강호인이 검을 들어서 막았다.

채앵!

하지만 병사의 힘은 사람의 것으로 여겨지지 않을 만큼 엄청났다. 병사가 환도를 찍어 누르자 강호인은 검을 든 채 무릎을 꿇고 말았다.

"크윽!"

순간 다른 강호인이 옆에서 튀어나와 병사의 뒤로 지나치면서 목을 베어버렸다.

좌악!

병사의 목이 바닥에 떨어졌다. 툭, 데구르르.

목이 사라지자 병사는 숨통이 끊어졌는지 손아귀를 벌리며 환도를 놓쳤다.

탱강.

"됐다!"

두 강호인은 절묘한 합공을 펼쳐서 병사를 처치하는 데 성공한 것이었다. 그런데 바닥에 떨어진 병사의 목이 두 눈을 번쩍 치켜뜨며 강호인들을 쳐다보는 것이 아닌가?

이어서 병사의 몸뚱이가 쿵쿵쿵 걸어가더니 두 손으로 목을 집어 들어 잘린 단면에 갖다 댔다. 그러자 단면에서 굵직한 혈선충 다발이 뻗어 나와 목과 몸을 연결하기 시작했다.

쌔애애액!

병사는 환도를 놓친 게 아니라 일부러 떨어뜨렸던 것이다.

두 손으로 목을 집어 들기 위해서……

곧 목을 다시 붙인 병사가 고개를 빙글 돌려 강호인들을 쳐다봤다.

크르르르.

"……!"

동시에 여기저기서 두 개의 붉은 점들이 수없이 떠올랐다. 망자 병사들의 두 눈에서 뿜어 나오는 시뻘건 안광이었다.

"저놈 하나가 아냐!"

"도망치자!"

소소가 몸을 돌리며 소리쳤다.

"이쪽이야!"

쿵쿵쿵쿵! 세 명은 미친 듯이 달리기 시작했다.

"다른 사람들은 어디 있냐?"

"나도 몰라!"

강호인들은 주위를 돌아보며 동료 한 명과 편복선생이 어디 있는지 찾았다. 하지만 둘의 행방은 전혀 알 수 없었다.

조금 전까지 소소가 든 기름불을 보며 방향을 읽었는데 지금은 병사들이 곳곳에서 기름불을 들고 나타났기 때문에 어디가 어디인지 분간이 되지 않았다. 게다가 지하실은 수많은 선반이 좌우로 길을 만들고 있어서 하나의 미로와 같았다.

강호인들이 달리면서 서로 시선을 교환했다.

"……."

둘의 생각은 동일했다.

그냥 도망쳐야 된다. 지금 남은 자들을 찾으려 들다가는 모두 죽는다!

"이쪽으로 와!"

소소는 복잡하게 얽힌 사잇길을 조금도 헤매지 않고 달렸다.

두 강호인은 안도의 한숨을 쉬었다. 만약 소소가 없었다면 미로 같은 지하실을 방황하다가 망자 병사들에게 꼬리를 잡혔으리라. 소소가 기름불을 들며 말했다.

"다 왔다!"

소소가 가리키는 방향에 위로 올라가는 계단이 보였다.

"다른 사람들은?"

"시간이 없다. 우리라도 도망쳐야 돼."

강호인 한 명이 서둘러 계단을 올라갔다.

그때 빛줄기가 번쩍하면서 강호인의 머리 위로 떨어졌다. 계단 위에서 망자 병사가 내려오고 있었던 것이다.

"제기랄!"

강호인이 검을 들어 빛줄기를 후려쳤다.

까앙! 간신히 병사의 검을 쳐냈지만 강호인은 몸을 휘청거리며 뒷걸음질 쳤다. 병사가 휘두른 병장기가 환도가 아니라 몇 배는 더 묵직한 방천극이었던 것이다. 문제는 그가 선 곳이 바닥이 아니라 계단이라는 점이었다.

우당탕탕! 강호인은 발을 헛디뎌서 계단에서 굴러떨어졌다.

"크윽!"

그가 비틀거리면서 몸을 일으켰다. 순간 방천극이 바람을 가르며 날아와 그의 어깻죽지를 찍어버렸다.

콰직!

"아아아악!"

강호인이 외마디 비명을 지르며 바닥에 나동그라졌다.

동료가 당하자 옆에서 다른 강호인이 튀어나와서 검을 휘둘렀다. 써억! 방천극을 쥔 병사의 두 손목이 일검에 떨어졌다.

만약 강호의 보통 전투였다면 한 명이 중상을 입었지만 적의 두 손목을 벤 것으로 강호인들이 승리를 거두었으리라.

그러나 망자와의 싸움은 예상을 뛰어넘었다.

병사는 고통스러워하거나 비명을 지르기는커녕 오히려 두 팔을 강호인 쪽으로 내밀었다. 그러자 잘린 단면에서 굵은 혈선충 다발이 뻗어 나와 강호인의 목을 휘감았다.

좌라라락!

혈선충 다발이 목을 조르자 강호인의 얼굴이 피가 몰려서 대번에 시뻘게졌다.

"……!"

절체절명의 상황.

하지만 망자 소굴에 술 단지를 가지러 올 만큼 대담한 강호인은 뜨내기 삼류가 아니라 제법 무공을 갖춘 도검수였다.

그는 이를 악물며 검을 빙글 돌렸다. 그리고 혈선충 다발을 통째로 베어버렸다.

썩둑!

꾸웨에엑!

그제야 망자가 비명을 토했다.

강호인이 피식 냉소를 흘리며 말했다.

"이미 죽은 시체 따위가 비명이라니 가소롭……."

순간 어둠 속에서 환도가 날아와 그의 등을 찔렀다. 푸욱!

"끄어어억……."

강호인이 안심하는 찰나 어느새 또 다른 병사가 들이닥쳤던 것이다. 목을 날리고 손목을 베어도 죽지 않고 달려드는 망자.

그런데 그런 망자가 어둠 속에서 여럿이 덤벼들었으니……. 담대하고 제법 검술 실력이 있는 강호인들도 망자 병사들을 상대해서는 불과 몇 초식 버티지 못하고 목숨을 잃은 것이었다.

털썩. 강호인이 두 무릎을 바닥에 꿇었다.

숨통이 끊어지는 찰나 그가 소소를 보며 희미하게 중얼거렸다.

"애야, 도망쳐라. 여기는 지옥……."

그는 결국 말을 못 끝낸 채 숨을 거뒀다.

나이와 달리 당차고 어른스러운 소소.

하지만 소소도 결국 어린아이였다. 두 명의 강호인이 눈앞에서 목숨을 다하자 소소는 자기도 모르게 울먹였다.

"엄마……."

소소가 흐느끼는 소리를 들었는지 망자 병사들이 고개를 홱 돌렸다. 그때 누군가가 두 손을 뻗어 소소의 입을 틀어막았다.

턱!

그리고 귓가에 속삭였다.

"숨 쉬지 마라."

"……?"

소소가 영문을 몰라서 고개를 돌리려고 하자 그자가 재차 속삭였다.

"숨 쉬지 말라고."

소소가 고개를 끄덕이며 숨을 멈췄다.

흐으읍…….

망자 병사가 강호인의 등에서 환도를 빼낸 다음 이쪽으로 걸어왔다. 다른 병사도 두 손목을 다시 이어 붙인 뒤 방천극을 들고 다가왔다. 시뻘건 안광을 뿜어내며 기다란 송곳니를 드러낸 두 병사. 그들이 개처럼 코를 벌름거리며 산 자의 기척을 찾았다.

쿵쿵쿵.

어둠 속에서 나타나 소소의 입을 막은 자는 바로 편복선생이었다. 그는 다른 손으로 아예 소소의 눈가를 가리고 있었다. 놀란 소소의 표정을 망자에게 들키지 않기 위해서.

망자 병사들이 코잎으로 바싹 다가왔다.

기름불에 병사의 얼굴이 환하게 드러났다. 썩어 문드러진 살점이 뚝뚝 떨어져서 광대뼈가 환히 드러난 산송장의 몰골.

편복선생과 소소는 숨을 멈춘 채 꼼짝하지 않았다.

"……."

병사 하나가 눈앞에 있는 소소의 얼굴을 물끄러미 들여다봤다.

…하지만 병사의 눈과 귀, 코는 소소의 기척을 전혀 느끼지 못했다. 숨을 멈춘 소소는 망자인 그에게 목인상이나 다름없었던 것이다. 곧이어 두 병사가 편복선생과 소소에게서 몸을 돌렸다. 여기서 안도의 한숨을 쉬었다간 끝장이다. 편복선생은 소소의 입을 더욱 세게 틀어막았다. 다행히 두 병사는 바닥을 쿵쿵 울리며 다른 곳으로 걸어가 버렸다.

편복선생이 소소를 끌고 조용히 뒤로 물러섰다.

어두운 구석으로 들어간 뒤에야 둘은 참았던 호흡을 토했다. 소소가 나직하게 속삭였다.

"어떻게 된 거야? 망자가 날 두고 그냥 갔잖아?"

"호흡을 멈추면 망자는 산 자의 냄새를 못 맡는다네."

"그래서 숨을 멈추라고 한 거야?"

"그렇지. 또한 표정을 들키지 말아야 된다."

"표정?"

"망자는 아무 표정이 없이 무감각하지. 때문에 얼굴에 희로애락이 드러나면 산 자로 인식하네."

평소라면 소소는 고지식한 편복선생의 말투를 듣고 깔깔대며 웃었으리라. 하지만 지금은 웃음은커녕 진지한 얼굴로 고개를 끄덕였다.

"나 절대 숨 쉬지 않고 웃지도 않을게."

"울거나 무섭다는 표정도 안 되네."

"응."

편복선생과 소소는 구석에서 천천히 고개를 내밀었다.

병사들이 저마다 기름불을 들고 있었기 때문에 대략 숫자를 가늠할 수 있었다. 다행히 그들은 아직 몇 명에 불과했다.

하지만 상황은 점점 나빠졌다. 계단 위에서 병사들이 하나씩 줄을 이어 내려오고 있었던 것이다. 지상으로 나가는 출구가 망자들에게 막힌 상황. 만약 이대로 시간이 흐른다면?

…망자 떼가 득실거리는 지하실에 갇히고 말 것이다.

편복선생이 중얼거렸다.

"이거 큰일 났군."

그의 목소리는 별일 아니라는 듯이 태연자약했지만 도포 속에서 두 다리는 벌벌 떨고 있었다.

"계단은 막혔고 망자들의 숫자가 늘어나니 진퇴양난에 사면초가로군."

그때 소소가 속삭였다.

"계단 말고 밖으로 나가는 방법이 있어."

"뭐라고? 그게 무엇인가?"

"아까 밀했잖아? 술 단지를 옮기는 수레를 타고 도망치면 돼!"

"옳거니! 우문현답이로군."

소소가 검지를 들어 사잇길 중 하나를 가리켰다.

"저쪽 끝에 수레가 있어."

사잇길은 어두컴컴해서 얼마나 가야 수레가 나올지 알 수 없었다. 게다가 더 큰 문제가 있었다. 십여 명의 병사들이 사잇길 중간을 배회하며 방금 코앞에서 놓친 편복선생과 소소를 찾고 있었던 것이다. 아무리 숨을 멈춘다고 해도 빠져나갈 틈이 보이지 않는 상황.

소소가 입술을 깨물며 속삭였다.

"어떡하지?"

그런데 편복선생이 수염을 쓰다듬으며 말했다.

"자네, 설마 탈출을 의심하는가? 흑랑성에 잠행했다가 탈출한 몸이 눈앞에 있지 않은가?"

그가 선반에서 술 단지 하나를 집어 들었다.

"뭘 하려고 그래?"

"자네는 보고만 있게."

그는 술 단지를 기울여서 바닥에 술을 쏟았다.

"이건 사천 땅의 비법으로 빚은 명주 검난춘이군! 아깝군, 아까워."

"······."

이런 상황에서도 술을 탐내는 편복선생의 모습이 어린 소소마저 기가 막히게 만들었다. 이어서 편복선생이 품에서 부적을 꺼내 반으로 찢었다.

쫘악!

지하 도시를 잠행하기 전에 제갈성이 잠행조에게 나눠준 부적. 바로 산 자의 냄새를 나게 하는 부적이었다!

그가 술 단지에 부적을 넣은 다음 수레와 반대쪽으로 난 사잇길로 힘차게 굴렸다.

데굴데굴데굴.

키에에엑!

병사들이 일제히 술 단지 쪽으로 고개를 돌렸다. 그리고 환도를 꼬나들며 술 단지를 향해 몰려갔다. 쿵쿵쿵쿵!

편복선생이 나직하게 속삭였다.

"자, 도망치세!"

병사들은 부적이 든 술 단지를 향해 몰려갔다.

쿵쿵쿵쿵!

편복선생이 수염을 쓰다듬으며 말했다.

"흑랑성 탈출을 지휘했던 잠행조 수장의 능력을 이제 알겠는가?"

"…아저씨는 대체 누구야?"

"이 몸 말인가? 우주삼라만상의 이치를 깨우친 자, 편복선생이라고 하네."

"편복? 무슨 이름이 그래? 알았어, 편복."

"뒤에 선생을 꼭 붙이게."

편복선생이 위엄 서린 목소리로 말했다.

둘은 고개를 내밀어 주위를 살폈다. 병사들이 술 단지 쪽으로 몰려간 바람에 수레 쪽으로 난 사잇길은 텅 비어 있었다.

"가자."

소소와 편복선생은 한 발짝씩 사잇길을 이동하기 시작했다.

기름불은 끄지 않았다. 불빛이 환해도 망자 병사가 산 자를 알아차리지 못했으니 굳이 불을 끌 이유는 없었다.

도중에 편복선생이 고개를 갸웃거리며 중얼거렸다.

"한데 이상하군."

"뭐가?"

"망자 병사는 지하 도시에나 있는 건데 어떻게 지상으로 나온 것일까?"

"알 게 뭐야."

기름불을 들었지만 선반이 워낙 많아서 곳곳에 그림자가 드리워졌다. 언제 어둠 속에서 망자가 튀어나올지 모르는 상황. 그렇다고 무작정 뛸 수는 없었다. 뛰었다가는 발소리가 날 뿐더러 숨을 헐떡이게 될 테니까.

그럼 망자가 산 자의 숨결을 맡으리라.

한 걸음, 한 걸음……

드디어 불빛 속에 수레의 모습이 나타났다.

"다 왔다!"

"쉿, 조용!"

벽에 난 선로를 따라 위아래로 오르내리는 수레. 도르레의 원리를 이용하여 무거운 술 단지들을 옮길 수 있도록 만들어진 기관장치였다. 둘은 조심해서 수레에 발을 들였다.

삐거어억……

수레 바닥에서 큰 소리가 나자 심장이 두근두근 뛰었다. 다행히 병사들의 모습은 보이지 않았다.

"그럼 간다."

소소가 수레에 부착된 손잡이를 위로 올렸다.

쿠르르릉.

굉음이 울리면서 수레가 좌우로 잠깐 흔들리더니 곧 위로 올라가기 시작했다.

덜커덩덜커덩.

그때 사잇길의 어둠 속에서 그림자 하나가 불쑥 나타났다.

망자인가? 소소와 편복선생은 심장이 쿵 내려앉았다.

다행히 어둠 속에서 나타난 그림자는 망자 병사가 아니라 강호인이었다.

"나도 같이 가!"

망자 병사랑 마주쳤을 때 잔뜩 얼어붙어 있다가 혼자 도망쳤던 강호인. 그는 병사들의 눈을 피해 숨어 있다가 소소와 편복선생이 도망치는 것을 보고 급히 뛰어온 것이었다.

소소와 편복선생이 기겁해서 말했다.

"쉿!"

"숨소리를 내면 안 되네!"

둘이 입을 다물라는 뜻으로 검지를 입에 갖다 댔다.

하지만 겁에 질려서 정신 줄을 놓은 강호인이 둘의 말을 알아들을 리 없었다.

"수레를 멈춰! 나도 태워줘!"

쿵쿵쿵쿵! 사방에서 바닥이 심하게 울리는 소리가 났다. 강호인의 기척을 눈치채고 병사들이 몰려오고 있는 것이었다.

강호인이 수레를 향해 몸을 던졌다.

수레는 이미 어른 키 이상 올라가서 무공 고수가 아닌 강호인이 단박에 뛰어오르기 힘들었다. 그는 간신히 두 손으로 수레 바닥을 붙잡는 데 성공했다.

"힘내!"

소소와 편복선생이 그의 두 팔을 잡고 위로 끌어 올렸다.

갑자기 절반쯤 올라오던 강호인의 몸이 다시 아래로 미끄러졌다.

"아아아악! 내 발!"

소소가 고개를 내밀어 밑을 봤다.

그러자 병사가 강호인의 다리를 붙잡은 채 매달려 있는 것이 아닌가?

"이것 좀 떼어줘!"

강호인이 마구 몸을 흔들었지만 병사는 절대 손을 놓지 않는 것은 물론 괴성을 불러 동료들을 불렀다.

키에에엑!

문득 소소의 시선에 강호인이 허리춤에 찬 검 자루가 들어왔다.

"잠깐만 기다려!"

하지만 거리가 너무 멀어서 손이 닿지 않았다.

수레 밖으로 몸을 내밀어서 손을 뻗자 그제야 검을 잡을 수 있었다. 소소가 검을 뽑아서 병사의 어깨를 찔렀다.

푹!

병사가 입을 쩍 벌리며 괴성을 토했다.

꾸웨에엑!

그때 수레에 매달린 채 버둥거리던 강호인이 소소의 옷자락을 붙잡았다. 탁! 그는 앞뒤 가리지 않고 손에 잡히는 것을 마구 잡아당기며 수레 위로 올라왔다. 그 바람에 수레 밖으로 몸을 절반 이상 내민 소소가 균형을 잃고 말았다.

기우뚱.

편복선생이 뒤로 넘어가는 소소에게 손을 내밀었다.

"얘야!"

"아저씨!"

편복선생과 소소가 서로를 향해 손을 뻗었다.

…그러나 둘의 손은 맞잡지 못한 채 허공에서 빗나갔다.

소소는 어둠 속 아래로 떨어졌다.

망자 병사들이 흙먼지가 자욱한 들판을 걷고 있었다.

병사들의 행렬은 지평선 너머까지 이어졌다.

족히 수천 명, 아니, 수만 명이 되어 보이는 망자들. 투구와 갑주를 걸친 것은 물론 환도를 찬 그들은 바로 지하 도시의 광장에서 꼼짝 않고 사열해 있던 망자 병사들이었다.

그런데 병사들 옆에 말을 탄 자가 있었다.

푸르룽!

뼈가 드러나 보이는 망자 말을 타고 있는 흑의인. 십여 명의 또 다른 흑의인들이 말의 뒤를 따라오면서 소리치고 있었다.

"만련천하, 시황영생! 만련천하, 시황영생!"

망자 말을 탄 흑의인은 바로 시황이었다.

소림 방장과 싸우다가 패퇴를 거듭한 시황. 그는 몇 번을 반복해서 백령은침을 시술한 흑의인한테 혼백을 옮겼다.

그리고 지금 흑의인의 몸을 지닌 채 망자 군대를 이끌고 도성으로 진군하고 있는 것이었다.

"친왕 놈, 지금쯤 군대를 모으고 있겠지."

그의 동생인 친왕, 즉 현 황제는 어릴 때부터 약삭빠르고 교활했다. 망자가 창궐했다는 소문을 들은 그는 아마 중원 전역의 군대를 도성으로 모으고 있으리라.

하지만 시황은 전혀 개의치 않았다.

"산 자의 힘으로 망자 군대를 막겠다고? 어림도 없는 소리!"

목이 떨어져도 죽지 않는 망자 군대가 수만 명에 이른다. 그들을 무슨 수로 퇴치한다는 말인가?

게다가 흑의인들이 혈선충을 써서 황제의 군대를 감염시킨다면?

"친왕의 군대는 망자가 되어 내 밑으로 들어오게 될 것이다, 크크크!"

시황이 참지 못하고 웃음을 흘렸다. 경박하기 짝이 없는 웃음소리. 그는 늙은 문사 같았던 시황에서 만련영생교의 젊은 흑의인으로 몸이 바뀌자 성정까지 변한 것이었다. 그때였다.

"응?"

시황의 뇌리에 이상한 기척이 느껴졌다.

"산 자의 냄새라고?"

그의 뇌리에 보이는 것은 태안에 있는 객잔의 광경이었다.

지금 모든 망자 병사는 그에게 정신을 조종당하고 있었다. 그런데 객잔 안에 있던 병사 하나가 방금 산 자의 냄새를 맡았다는 게 그의 뇌리로 전해진 것이었다.

"이상하군. 거기에 아직도 산 자가 남아 있나?"

그때 병사가 다시 냄새를 맡았다.

산 자가 코와 입으로 내뱉는 숨결 냄새였다.

"어디냐?"

시황이 소리를 버럭 지르며 고개를 좌우로 돌렸다. 그의 조종을 받는 병사도 객잔에서 고개를 돌리며 산 자를 찾고 있으리라.

하지만 산 자의 모습은 보이지 않았다. 아니, 병사의 두 눈은 산 자를 보지 못하고 있었다. 산 자가 숨을 멈춘 게 분명했다.

"젠장할!"

시황이 두 눈을 부릅떴다. 객잔에 있는 병사와 정신을 완전히 연결하고 있는 것이었다. 곧 병사가 눈으로 보는 광경이 시황의 눈에도 똑똑히 보이기 시작했다.

"으음……."

그가 병사를 조종해서 이리저리 움직이게 했다.

하지만 산 자의 냄새가 사라지자 병사는 무용지물이나 다름없었다. 시황처럼 명령자가 아닌 병사들은 일단 산 자의 기척을 놓치면 코앞에 산 자가 있어도 볼 수 없었기 때문이다.

"병신들! 눈이 있어도 보지 못하는 주제에 기름불은 왜 들고 있는 거냐?"

그가 욕설을 내뱉었다.

"빌어먹을 무림맹 놈들!"

그는 병사의 정신을 조종하는 데 한계를 느꼈다.

모든 게 무림맹 때문이었다.

광명좌사는 시황을 대신해서 망자를 조종하는 주술을 쓰는 호법이다. 또한 광명우사는 정신 조종이 안 되고 행동이 엇나가는 망자를 처단하는 호법이다.

그런데 무림맹이 두 망자 호법을 처치한 것이다.

광명좌사가 없는 지금, 혼자서 수만 명이 넘는 망자를 조종하자니 시황의 정신력에 무리가 간 것이었다.

도성으로 진군하기 전에 핏물 목욕으로 정신력을 끌어올렸던 시황. 그때는 정신이 말짱했다. 하지만 효과는 불과 한 시진 전에 사라져 버렸다. 그만큼 대군을 조종하는 것은 힘들었다.

"신선한 피가 필요해……."

그것도 아주 많이.

결국 그는 산 자 찾기를 포기했다.

"그래, 산 자가 남아 있을 리 없지."

태안은 오래전에 망자 떼가 휩쓸고 지나가지 않았나. 그곳에 남은 것은 두 가지뿐이리라.

시체. 아니면 망자.

"핏물 목욕이 부족해서 신경이 예민해졌나 보군."

그런데 그가 포기하고 고개를 돌릴 때였다.

병사의 코가 개처럼 벌름거렸다.

"……!"

금세 사라졌지만 틀림없었다. 병사가 일순 산 자의 냄새를 맡은 것이었다.

"들켰다, 네놈!"

산 자를 잡아서 끌고 오면 더욱 좋으리라. 하지만 두 눈 뜬 장님이나 다름없는 병사들을 믿을 수 없었다.

시황이 명령을 내리면서 말을 돌렸다.

"계속 진군하라!"

그리고 태안을 향해 말을 달리기 시작했다.

"신선한 피를 잔뜩 마시고 돌아올 테니까! 크하하하!"

한 사내가 태안의 초입에서 멀리 떨어진 들판을 말을 타고 달리고 있었다. 그는 소소 일행의 깅호인 네 명 중 하나였다.

소소의 옷자락을 잡아당기며 수레에 올라탔던 강호인.

그는 천신만고 끝에 객잔을 빠져나오는 데 성공했다. 그리고 마차를 끌던 말 한 마리를 타고 태안을 벗어난 것이었다.

강호인은 태안을 떠난 뒤 정신없이 달리고 또 달렸다.

이제 꽤 거리가 멀어졌으니 안심해도 될 것 같았다. 그는 숨을 돌리려고 잠시 말을 멈췄다. 그때 옆에 우거진 수풀 속에서 웬 남자 하나가 불쑥 나타났다.

강호인은 흠칫 놀랐다. 망자인가? 그는 슬며시 검 자루에 손을 갖다 댔다. 정작 객잔에서는 도망치기만 하고 뽑을 생각도 못하던 쓸모없는 검.

다행히 남자는 망자가 아니었다. 강호인을 보고서도 덤벼들

기색이 없었던 것이다.

그런데 남자의 몰골이 괴이했다. 힘없이 움직이는 걸음걸이. 허공을 응시하는 텅 빈 동공.

게다가 남자가 걸어가는 방향은 피난민들이 있는 남서쪽과 정반대 방향이었다. 대체 남자는 어디로 가고 있던 것이란 말인가?

강호인이 침을 꿀꺽 삼키며 물었다.

"여보시오. 어디로 가는 중이오?"

"……."

남자가 말없이 고개를 돌려 강호인을 물끄러미 쳐다봤다.

강호인은 생각했다. 혹시 바보 아냐? 그때 남자가 입을 열었다.

"모르오."

그 말을 들은 강호인이 냉소를 흘렸다.

자기가 어디로 가고 있는지도 모른다고? 바보가 맞군.

강호인이 땅에 침을 퉤 뱉으며 중얼거렸다.

"젠장할! 술을 한턱 내겠다고 하더니 망자 소굴로 끌어들이질 않나, 들판에서는 웬 바보를 만나지 않나, 재수 옴 붙은 날이군!"

그 말에 남자가 고개를 갸웃거리더니 물었다.

"망자 소굴?"

"태안에 망자 소굴이 있소. 그냥 망자가 아니라 환도를 휘두르는 망자 병사요."

강호인은 홧김에 대답한 뒤 계속해서 욕설을 내뱉었다.

"객잔 주인이 무당파 속가제자이자 금위군 조장이라서 연줄 좀 만들려고 했더니 명줄 날아갈 뻔했네, 빌어먹을."

그때 남자가 고개를 홱 치켜들었다.

"무당파 속가제자? 금위군 조장?"

"그렇소. 거기 주인 딸이 객잔에 있는데, 뭐 어쩌겠소? 산 사람이라도 살아야지."

강호인은 쓴웃음을 짓다가 무언가를 보고 깜짝 놀랐다.

"……!"

방금까지 흐리멍덩하던 남자의 두 눈이 기이하게 빛나고 있었던 것이다. 아무래도 이상했다.

"나, 난 금위군에게 연락을 취하러 가겠소……."

물론 핑계였다.

그런데 남자의 말이 더욱 이상했다.

"금위군은 오지 않소."

"어쨌든 연락을 하러… 그럼 이만……."

강호인은 말을 돌리더니 뒤도 돌아보지 않고 정신없이 달려갔다. 말이 지나간 곳에 핏물이 점점이 떨어졌다. 강호인의 두 다리가 온통 피투성이였던 것이다. 마치 짐승한테 물리기라도 한 듯이. 강호인이 떠난 자리에는 남자 혼자만 우두커니 서 있었다. 그는 바로 무명이었다.

그런데 무명은 무언가 혼잣말을 중얼거리고 있었다.

"무당파 속가제자에 금위군 조장… 태안의 객잔 주인……."

무명이 알기로 그런 자는 단 한 명이었다.

백운.

왜 지금까지 깨닫지 못했을까?

운백객잔. 백운.

백운은 바로 태안 운백객잔의 주인이었던 것이다.

백운.

금위군 조장인 동시에 무당파의 속가제자인 자.

문파에 들어가면 항렬에 따라 받는 이름이 따로 있다. 백운은 그때 받은 이름이며 본명은 따로 있을 것이다. 젊은 나이에 금위군에 들어간 그는 아내와 함께 태안에 객잔을 열었을 것이다. 그리고 자신의 무당파 명을 따서 객잔 이름을 지었으리라.

운백객잔.

무명은 하오문으로 피난 왔던 태안 사람들이 기억났다. 그 중에 어린 나이답지 않게 당찬 여자아이가 있었다.

우리 아빠는 강호인이면서 금위군이야!

여자아이의 목소리가 귓가에 들리는 것 같았다.

여자아이의 이름이 뭐였더라?

소소.

운백객잔 주인의 딸. 소소는 백운의 딸이었다.

문득 방금 마주쳤던 강호인이 한 말이 떠올랐다.

거기 주인 딸이 객잔에 있는데 어쩌겠소? 산 사람이라도 살아야지.

이상했다. 망자가 휩쓸고 간 태안에 왜 어린아이가 혼자 있다는 말인가?

그때였다.

"아빠······."

등 뒤에서 여자애의 목소리가 들렸다.

무명은 목소리가 누구의 것인지 깨달았다. 장량의 딸이 아빠를 찾고 있었다. 장량의 아내도 그를 찾았다.

"여보······."

무명이 등 뒤로 천천히 고개를 돌렸다.

장량의 아내와 딸이 그를 간절히 바라보고 있었다. 무명은 자기도 모르게 그들을 향해 한 걸음 다가갔다.

"대체 어떻게··· 죽은 줄 알았는데······."

그런데 무명이 손을 뻗는 순간 아내와 딸이 고개를 홱 치켜들었다. 그러자 둘의 두 눈이 흰자가 전혀 없이 시커멓게 바뀌어 있는 게 아닌가?

"······!"

뻥 뚫린 암흑 같은 네 개의 눈.

바뀐 것은 눈만이 아니었다. 둘의 얼굴이 염색약을 먹인 청의처럼 검푸르게 변해 있었다. 거리에서 여인이 건넸던 죽은 아기의 얼굴처럼. 무명은 어찌할 줄을 몰라서 무심코 둘을 향해 손을 뻗었다. 순간 둘의 몸에서 강한 불길이 솟아올랐다.

화르륵! 불길이 아내와 딸을 순식간에 집어삼켜서 시커멓게 태웠다. 곧이어 아내와 딸은 새까만 재가 되어 바람에 산산이 흩어졌다.

"……."

무명은 재로 변한 둘을 멍하니 쳐다봤다.

갑자기 그림자 하나가 무명의 앞을 비틀거리며 지나갔다.

망자의 걸음걸이. 다시 보자 그는 사람들을 구하려고 끝까지 망자 떼와 맞섰던 금위군 조장 백운이었다.

그런데 방사가 지나가면서 무슨 말을 중얼거리는 것이었다.

그 대단한 무공으로 사람들을 구하기 싫다면 당장 떠나시오. 산 사람이라도 살아야지.

그때 망자의 몸에서 무언가가 툭 하고 땅에 떨어졌다.

사람의 잘린 손목이었다.

손목은 땅을 뒹굴며 먼지투성이가 됐다. 그런데 어디선가 히히힝 하며 울음소리가 들리더니 말 한 마리가 이쪽으로 달려왔다. 말이 입을 벌려서 땅에 떨어진 손목을 물었다. 탁! 말은 손목을 입에 문 채로 흙먼지 속으로 달려가 사라졌다.

이어서 말이 사라진 자리에 흙먼지가 가시더니 한 여자아이가 나타났다. 백운의 딸 소소였다.

소소가 빙글 고개를 돌려 무명을 보더니 입을 쩍 벌렸다. 그리고 괴성을 지르며 달려들었다.

키에에엑!

무명은 깜짝 놀라서 뒤로 물러서다가 정신이 번쩍 들었다.

…자신이 서 있는 곳은 아무것도 없는 허허벌판이었다. 장

량의 아내와 딸도, 백운도, 소소도 아무도 보이지 않았다.

"허억허억……."

무명은 큰 위기를 간신히 벗어난 사람처럼 가쁘게 숨을 몰아쉬었다. 그러다가 천천히 고개를 돌려 지평선 너머를 봤다.

들판의 북동쪽.

운백객잔이 있는 태안으로 가는 방향.

무명의 숨소리와 눈빛이 무겁게 가라앉았다.

휙.

무명이 북동쪽을 향해 바람처럼 달리기 시작했다. 그가 사라진 자리에는 흙먼지만이 자욱하게 일고 있었다.

수레에서 미끄러지는 바람에 어둠 속으로 추락한 소소.

다행히 소소가 떨어진 장소는 술을 빚고 남은 곡식 짚단을 쌓아둔 곳이었다. 때문에 크게 다치지 않은 소소는 곧 몸을 일으킬 수 있었다.

"아야야……."

그때 어둠 속에서 쿵쿵쿵 하고 발소리가 들렸다.

망자 병사들이 다가오는 소리. 소소는 수염을 길게 기른 도사 아저씨가 한 말이 생각났다. 호흡을 멈추고 얼굴에 희로애락의 감정을 숨기면 망자는 산 자의 냄새를 못 맡는다.

소소가 숨을 크게 들이마신 뒤 멈췄다.

후우우… 흐읍!

곧이어 어둠 속에서 환도를 든 병사들이 나타났다.

그들은 기름불을 들고 고개를 좌우로 돌리며 세 군데로 난 사잇길로 흩어졌다. 산 자를 찾고 있는 것이었다.

소소가 몸을 돌려서 도망치려고 했다. 그때 발밑에서 나무로 된 바닥이 소리가 났다.

삐걱.

병사 하나가 고개를 홱 돌렸다. 그리고 소소 쪽을 향해 걸어오기 시작했다.

쿵쿵쿵…….

소소는 몸을 벌벌 떨면서도 숨을 참고 입을 꾹 다물었다. 그러자 병사는 코앞에 있는 소소를 보지 못하고 그냥 지나가 버렸다. 그제야 소소는 가슴을 쓸어내리며 안도했다.

물론 실제 한숨을 쉰 게 아니라 속으로 안도한 것이었다.

소소는 발소리가 나지 않게 조심해서 자리를 이동했다. 그리고 병사들이 없는 구석에 숨은 다음 참았던 숨을 토했다.

"하아하아……."

숨을 고른 뒤 소소는 고개를 내밀어서 주위를 살폈다.

어리지만 매년 엄마가 술 빚는 일을 도왔던 소소. 지하실은 넓고 선반이 가득 들어차서 복잡했으나 소소는 눈을 감고도 길을 찾을 수 있었다. 때문에 지금 자신이 어디 있는지 한눈에 알아차렸다. 소소가 어둠 속의 사잇길을 보며 혼잣말을 했다.

"저쪽 길로 쭉 가면 맞은편에 수레가 있어."

하지만 수레는 위로 올라가지 않았나?

수레가 다시 내려오는 소리는 듣지 못했으니, 지상으로 올라간 채 내려오지 않은 것이 분명했다.

어쨌든 수레 말고는 탈출할 길이 없었다. 계단은 병사들이 한 명씩 줄을 이어 계속 내려오고 있었으니까.

"수레를 지하 삼 층까지 내린 다음 타고 나가자."

소소는 결심을 한 뒤 구석에서 빠져나왔다.

그때 사잇길 모퉁이를 막 돌아 나오던 망자랑 딱 마주쳤다.

소소는 깜짝 놀라서 숨을 들이쉴 뻔했으나 꾹 참고 견뎠다. 다행히 망자는 소소의 존재를 눈치채지 못한 것 같았다.

그런데 다음 순간 소소는 경악하고 말았다.

"……!"

눈앞에 있는 것은 병사가 아니라 소소랑 함께 도망치다가 죽은 강호인이었던 것이다. 강호인의 몰골은 끔찍했다.

그의 얼굴은 붉은 대추처럼 시뻘겋게 달아올라 있었다. 또한 초점을 잃고 허공을 노려보는 두 눈의 동공은 그가 망자라는 사실을 잘 보여주고 있었다.

그러나 가장 경악스러운 것은 그의 목이었다.

강호인의 목에 빙 둘러서 붉은 금이 나 있었던 것이다. 아빠가 강호인인 소소는 그 금이 무엇을 뜻하는지 잘 알았다.

검에 벤 흔적. 병사들이 환도로 강호인의 목을 벤 것이 틀림없었다. 그리고 어떻게 했는지 몰라도 강호인은 다시 목을 붙인 채 망자가 되어 소소의 앞에 나타난 것이었다.

곧 강호인은 몸을 돌린 채 어둠 속으로 들어가 사라졌다.

숨을 참고 잘 버텼던 소소의 눈에서 눈물이 주르륵 흘러내렸다.

"엄마… 아빠……."

하지만 울면 안 됐다. 도사 아저씨가 웃거나 울면 망자한테 들킨다고 했으니까. 소소는 간신히 울음을 참으면서 바닥을 기어갔다. 지하실 맨 밑의 삼 층은 중간에 깊고 넓은 구멍이 있었다. 술을 빚기 위해 발로 밟고 방아에 빻은 곡식을 발효가 되기 전까지 저장하는 곳이었다.

때문에 지하실 중간까지 온 소소는 구멍을 피하기 위해 빙돌아가야 했다. 그런데 무언가 이상했다.

병사들이 든 기름불이 빛을 비출 때마다 구멍에서 괴이한 그림자들이 어른거리는 것이 아닌가?

소소는 무심코 고개를 돌리다가 깜짝 놀랐다.

구멍이 술로 가득 차 있었던 것이다.

구멍은 곡식을 발효시키는 곳이지 술을 두는 곳이 아니다. 게다가 깊고 넓은 구멍에 술을 채우려면 운백객잔에 있는 술단지를 몽땅 쏟아부어도 모자랄 것이다.

대체 어디서 저렇게 많은 술을 부은 걸까?

소소는 화가 났다. 만약 엄마랑 힘들게 빚은 술을 구멍에 몽땅 쏟았다면…….

"망자라도 절대 용서 못해!"

소소가 슬쩍 고개를 내밀어서 구멍을 살폈다.

불빛이 비치자 구멍 안이 시뻘겋게 빛을 반사했다. 운백객잔의 명물인 홍소주를 모두 쏟아 부은 것일까?

"감히 우리 홍소주를……."

문득 소소는 구멍을 메운 액체가 술이 아니라는 것을 깨달았다. 술이라기엔 색이 짙고 불투명하며 끈적거리는 액체…….

"……!"

소소가 공포에 질려서 이를 딱딱거렸다. 구멍을 메운 액체는 술이 아니라 핏물이었던 것이다. 그때 거대한 피 웅덩이 밑에서 수박만 한 망자의 목이 수면 위로 떠올랐다.

둥실.

소소는 다시 한번 경악했다. 망자의 목은 소소와 함께 도망치다가 죽은 또 한 명의 강호인이었던 것이다.

그때 피 웅덩이 반대쪽에서 목이 없는 몸뚱이가 걸어왔다.

터벅터벅…….

몸뚱이가 두 손을 뻗어 목을 집어 든 다음 잘린 단면에 갖다 댔다. 쌔애애액! 단면에서 굵은 혈선충 다발이 뿜어져 나와 목과 몸을 붙이기 시작했다. 곧 목을 붙인 강호인이 잠에서 깨어난 사람처럼 목을 한 바퀴 돌렸다.

우드드득.

경쾌한 뼈 소리가 났다. 운백객잔의 지하실 삼 층은 망자들이 핏물을 흡수하는 목욕탕으로 변해 있었던 것이다.

무명은 들판이 끝나고 거리가 보이기 시작하자 걸음을 멈췄다. 태안에 도착한 것이었다.

도성 근처의 도시 중 망자가 가장 먼저 창궐했던 곳.

망자 떼가 휩쓸고 지나간 거리는 초입부터 황량하기 그지없었다. 한때 인파로 들끓던 거리가 지금은 허허벌판이나 다름없이 텅 비어 있었다. 그때 멀리서 흙먼지가 자욱하게 이는 곳이 눈에 들어왔다. 안광을 돋워서 살피던 무명은 곧 망자 병사들을 발견했다. 지하 도시의 병사들이 지상으로 나온 것이리라. 병사들은 일렬로 서서 거리 옆에 있는 한 건물로 들어가고 있었다. 제법 큼직한 삼 층짜리 건물.

무명은 생각했다. 아마도 저곳이 운백객잔이지 않을까?

그는 건물이 드리운 그림자 속으로 몸을 감췄다. 그리고 병사들에게 들키지 않도록 객잔의 뒤로 돌아갔다.

그런데 객잔 뒤에 웬 그림자 하나가 있었다. 그림자는 구석에 몸을 숨긴 채 멀뚱히 객잔을 쳐다보고 있었다.

스윽.

무명이 소리 없이 그림자의 뒤로 접근한 다음 말했다.

"조용히 하시오."

"히익!"

그림자가 숨을 삼키며 뒤로 고개를 돌렸다.

무명은 그림자가 누군지 한눈에 알아봤다.

"편복선생?"

그림자는 함께 지하 도시를 잠행했던 삼 조의 일원인 편복선생이었다.

"자, 자넨가? 무명이라고 했지? 으흠!"

방금까지 기겁하며 침을 삼키던 편복선생은 뒤에 나타난 자가 망자가 아니라 무명이란 것을 깨닫더니 등을 곧게 펴며 수염을 쓰다듬는 것이었다. 무명이 물었다.

"여기서 뭘 하고 있소?"

"그게… 소소란 여자애가 혼자 객잔에 갇혔다네."

"……"

소소란 이름을 듣는 순간 무명의 눈빛이 반짝 이채를 띠었다.

"당신은?"

"이 몸은 간신히 빠져나왔네."

무명은 슬쩍 눈길을 돌려서 주변을 살폈다.

객잔 뒤에는 말 두 마리가 끄는 마차가 있었는데, 그중 한 마리만 마차에 있고 한 마리는 어디로 갔는지 보이지 않았다.

무명은 어떻게 된 사정인지 짐작했다. 사라진 말 한 마리는 들판에서 마주쳤던 강호인이 타고 가던 말이었으리라. 그는 망자 병사들이 포위한 운백객잔에서 탈출하자 혼자 말을 타고 도망친 것이었다.

그럼 다른 한 마리는…….

아직 고삐가 마차와 연결되어 있었다.

여전히 마차에 묶여 있는 말. 눈앞의 도시는 강호인과 달리 혼자 도망치지 않고 있는 것이었다.

혼자 객잔에 있을 소소를 걱정하면서.

무명이 나직하게 물었다.

"여자아이를 구하고 싶소?"

"당연하지! 사람 목숨은 천하의 그 무엇보다 소중한 것일세."

바지 자락이 흔들리는 것으로 보아 편복선생은 다리를 덜덜 떨고 있는 게 분명했다. 그러나 그의 목소리는 절대 비웃을 수 없는 위엄이 서려 있었다.

"좋소."

무명이 고개를 끄덕이며 말했다.

"소소를 구하러 갑시다."

편복선생이 어떻게 운백객잔에 오게 됐는지 자초지종을 설명했다.

"…결국 술은 챙기지도 못하고 망자 병사들에게 포위됐지."

"그렇군."

"어디서 나오는지 병사들의 숫자가 계속 늘어났다네. 객잔은 이제 망자 판이 되어버렸네."

그가 눈썹을 찡그리며 객잔을 바라봤다.

무명이 물었다.

"그런데 숨을 멈추자 병사들이 알아보지 못했다고?"

"그렇다네. 주위에 명령자가 없는 모양일세."

흑랑성 잠행 경험이 있는 편복선생은 망자에 대한 정보가 풍부했다.

명령자. 혼백이 없는 망자들의 정신을 조종해서 마음대로 움직이는 자.

명령자는 망자들이 보고 듣는 감각을 공유할 수 있었다. 그런데 기척을 감추는 것으로 망자들의 눈을 피했으니 편복선생은 명령자가 없을 거라고 짐작한 것이었다.

하지만 편복선생이 모르는 사실이 있었다.

"객잔에 언제 명령자가 올지 모르오."

"그게 누구인가?"

"망자들의 황제, 스스로를 시황이라 일컫는 자요."

"시황……."

"병사들이 도성으로 진군하는 것도 시황이 조종하기 때문일 것이오."

"그랬었군."

편복선생이 침을 꿀꺽 삼키며 긴장했다.

"이제 어떻게 할 셈인가? 객잔은 병사들이 철통처럼 지키고 있는데?"

그의 말대로 객잔 정문은 병사들이 늘어선 줄이 끊임없이 이어져 있었다. 또한 편복선생이 나왔던 뒷문 역시 지금은 병사들의 그림자가 드리워져 있었다.

무명의 무공 수위라면 병사들 수십 명쯤은 문제없었다. 아니, 수백 명이 덤빈다고 해도 상처 하나 없이 돌파가 가능하리라.

문제는 병사들에게 들키지 말아야 한다는 것이었다.

편복선생도 그 점을 지적했다.

"시황이란 자가 병사들의 눈으로 우리를 확인한다면 끝장이네."

"객잔에 소소가 혼자 있기 때문이오?"

"그렇지."

무명이 객잔을 스윽 한 번 쳐다본 다음 말했다.

"방법이 있소."

"어떻게 말인가?"

"입을 꽉 다무시오. 혀를 깨물지 않도록."

편복선생이 영문을 몰라서 멍하니 입을 다물었을 때였다.

무명이 그의 뒷덜미를 붙잡고 위로 도약했다.

휙.

무명과 편복선생은 순식간에 십여 장 높이의 공중으로 떠올랐다. 보통 사람이라면 오줌을 지릴 법도 한데 편복선생은 입을 꾹 다문 채 미동도 하지 않았다. 담대함만은 확실히 대단한 자였다. 무명은 객잔 지붕에 착지한 뒤 편복선생을 사뿐히 내려놓았다.

"으흠, 지붕으로 잠입하자는 생각인가?"

"그렇소."

"한데 지붕에는 문이 없지 않은가?"

"없으면 만들면 그만이오."

무명이 쌍장을 뻗어 발밑의 지붕을 살짝 눌렀다. 그러자 두꺼운 기왓장과 나무 뼈대가 두부처럼 문드러지며 내려앉는 것이 아닌가?

와지지직.

지붕에 사람 한 명이 통과할 만한 구멍이 생겼다.

편복선생은 무명의 무공 수위를 보고 깜짝 놀란 눈치였다. 하지만 금세 태연자약하게 수염을 쓰다듬으며 말했다.

"젊은 사람이 내공 수위가 대단하군."

무명이 먼저 구멍 아래로 내려갔다.

그는 대들보에서 발을 멈추고 잠시 상황을 살폈다. 삼 층에 망자의 모습이 보이지 않자 무명은 아래로 내려왔다.

이어서 편복선생도 구멍 밑으로 내려와 삼 층에 발을 들였다.

그때였다. 복도 옆에 있는 방문이 열리더니 병사 하나가 걸어 나오는 것이 아닌가? 병사가 고개를 돌려 무명을 봤다.

"네놈은⋯⋯."

마치 무명을 알아보는 듯한 말투. 명령자인가?

그러나 병사는 더 이상 무명을 볼 수 없었다. 무명이 번개처럼 몸을 날려서 손날로 병사의 눈과 목을 강타했기 때문이다.

터턱.

병사가 보지 못하도록, 또 괴성을 질러서 동료를 부르지 못하도록 처치한 수법.

꾸워어억······.

병사가 비명을 토하는 찰나 무명이 쌍장을 뻗어 몸통을 가볍게 밀었다.

투웅.

그러자 병사는 비명도 중단한 채 바닥에 스르르 쓰러졌다. 겉은 멀쩡해 보였지만 벽공장이 몸속 내장을 산산이 부숴 버렸기 때문이다. 도성에서 빈손으로 온 무명은 병사가 지닌 환도를 빼앗아 허리에 찼다. 환도로 병사의 목을 베진 않았다. 목을 베었다가는 혹시라도 명령자가 사고가 터진 것을 알아차릴지 모른다. 하지만 병사를 혼절한 상태로 놔둔다면 명령자는 무슨 일이 벌어졌는지 알 수 없으리라. 편복선생이 말했다.

"소소는 지상으로 올라오는 수레에서 떨어졌네."

"그럼 아직 지하실에 있겠군."

무명이 앞장서서 복도를 걷자 편복선생이 뒤를 따랐다.

다행히 병사는 더 이상 나오지 않았다. 둘은 삼 층 복도를 지나 이 층까지 무사히 내려갈 수 있었다.

그러나 일 층 상황은 달랐다.

병사들이 만든 줄이 정문에서 지하로 내려가는 계단까지 이어져 있었던 것이다. 그런데 다시 보자 객잔으로 들어오는 것보다 밖으로 나가는 병사의 숫자가 더 많았다.

편복선생이 고개를 갸웃거렸다.

"객잔을 나가는 병사가 저리 많은데 어떻게 숫자가 줄지 않는 거지?"

확실히 이상했다.

무명이 복도를 살피며 말했다.

"저들 몰래 지하실로 내려가는 건 쉽지 않겠군."

"방법이 있네. 이 길로 가면 병사들을 피할 수 있네."

편복선생이 검지를 들어 복도의 한쪽을 가리켰다.

"이쪽 복도는 병사들의 발길이 유난히 뜸하더군."

"무슨 뜻이오?"

"병사들이 이쪽으로는 잘 오지 않고 행여 오더라도 움직임이 굼뜨더군. 그 바람에 들키지 않고 탈출할 수 있었지."

무명은 편복선생이 말을 듣고 짚이는 게 있었다.

그가 몸을 낮춰 바닥에 손바닥을 댔다.

"한기가 느껴지는군."

"맞네."

"객잔 지하실이 술을 저장하는 곳이라고 했소?"

"그렇네."

순간 무명은 모든 사정을 깨달았다.

한기가 느껴지는 바닥.

운백객잔의 지하실은 곳곳에 한빙석이 깔려 있었던 것이다.

한빙석 덕분에 지하실 공기는 더욱 서늘했고 술을 오래 묵힐 수 있는 최적의 조건을 갖추게 되었다. 운백객잔의 홍소주가 유명세를 탄 까닭이었다.

천금을 주고도 쉽게 구할 수 없는 한빙석을 객잔 짓는 데 구입했을 리는 없다.

그렇다면…….

"이곳이 지하 도시의 출구인가?"

무명은 육룡채에 지하 도시의 출구가 있으리라고 짐작했었다.

첫째, 육룡채는 도성 근처에 있었다. 둘째, 육룡채는 숨겨진 곳이 많아 깊은 지하실이 있으리라 여겼다.

그런데 운백객잔이 두 가지 이유를 모두 충족하고 있지 않은가?

도성의 바로 옆에 있는 태안.

게다가 삼 층 규모의 깊은 지하실이 있는 곳.

편복선생도 무명의 표정을 보고 눈치를 챘는지 말했다.

"설마 객잔 지하실이 지하 도시의 출구라는 소린가?"

"그런 것 같소."

무명과 편복선생의 눈빛이 교차했다.

둘의 생각은 동일했다. 지하실에 정말 출구가 있다면… 망자 병사가 계속해서 꾸역꾸역 나올 것이다!

"지체할 시간이 없소."

문제는 병사들이 지하실을 철통같이 지키고 있으리라는 점이었다. 군대가 진군을 시작하는 주둔지인 셈이니까.

"당신은 지상에 있으시오."

혼자라면 설령 병사들에게 발각되더라도 도주할 수 있다.

하지만 소소와 편복선생 둘 다 데리고 도망치는 것은 불가능하리라. 그런데 편복선생이 딴소리를 했다.

"도움이 필요할걸세."

"나 혼자 잠입하는 게 더욱 쉽소."

"그 말이 아니네. 나는 자네 말대로 지상에 있겠네. 대신."

그가 품에 손을 넣어 무언가를 꺼냈다.

"삼호를 보내서 자네를 돕게 하지."

"삼호?"

무명은 영문을 몰라서 편복선생의 손을 쳐다봤다.

"소개하지. 삼호일세."

그의 손바닥에는 가늘고 길쭉한 무언가가 능글게 똬리를 튼 채 혀를 낼름거리고 있었다.

그것은 작은 뱀이었다.

"뱀?"

"삼호라고 부르게."

무명은 문득 지하 도시에서 편복선생이 쓰던 환술이 생각났다. 그가 박쥐와 정신을 연결해서 길 안내를 해준 덕분에 잠행조는 미로 같은 동혈을 쉽게 잠입할 수 있었다.

그때 편복선생은 박쥐를 두고 일호라고 불렀다.

아니나 다를까, 그가 수염을 쓰다듬으며 말했다.

"일호는 박쥐, 이호는 거북, 삼호는 뱀일세. 내 환술은 육해공을 겸비했지."

편복선생이 바닥의 갈라진 틈새를 찾아 뱀을 내려놨다.

"삼호야, 소소를 찾아라."

뱀은 말을 알아들었는지 헛바닥을 한 번 낼름거리더니 틈새로 들어가 사라졌다.

땅속 밑을 탐사해서 여자아이의 행방을 찾는다? 뱀보다 나은 짐승은 세상에 없으리라. 편복선생의 환술은 그야말로 지금 상황에 적격이었다.

하지만 문제는 여전히 남아 있었다.

"나 혼자 내려간다고 하지 않았소? 뱀이 소소를 찾아도 당신이 내게 알려줄 방법이 없지 않소?"

"걱정 말게."

편복선생이 태연히 말하더니 다시 품에 손을 넣었다.

"이 지사부로 소소를 찾게."

그가 이번에 꺼낸 것은 한가운데 붉은 점이 찍힌 종잇장이었다.

지사부(指蛇符)란 뱀을 가리키는 부적이라는 뜻이다.

"지사부는 헌원 황제가 치우와의 결전 때 썼던 지남차를 응용한 부적일세."

"항상 남쪽만 가리킨다는 지남차 말이오?"

"잘 아는군."

그가 부적의 붉은 점을 가리키며 말했다.

"지사부는 삼호와 멀리 떨어지면 점이 작아지네. 반대로 삼호와 가까워질수록 점이 더욱 붉어지고 크게 변하네."

무명은 다시 한번 감탄했다.

그의 말대로라면 뱀이 소소를 찾아냈을 때 붉은 점의 크기를 보고 소소의 위치를 알 수 있는 것이 아닌가? 무명이 소소와 가깝게 접근할수록 점이 커질 테니 말이다.

편복선생은 무공은 몰라도 환술은 정말 대단했다. 임윤이 그를 왜 잠행조에 끼워줬는지 이해가 됐다.

무명이 고개를 끄덕이며 말했다.

"고맙소."

"그럼 나는 일 층에 숨어 있지."

"위험하지 않겠소?"

"산 자의 기척을 숨기는 부적이 있으니 괜찮네."

편복선생은 수염을 한 번 쓰다듬더니 복도 구석진 곳의 방으로 갔다. 그리고 방에 있는 옷장 속으로 들어가 문을 닫았다.

과연… 저곳이라면 안전할 것이다.

그런데 무명이 수레가 있는 곳을 향해 몸을 돌릴 때였다.

"부디 조심하게."

방금까지 태연자약하던 편복선생의 목소리가 떨리고 있었다.

망자 병사들이 들끓는 소굴에 혼자 잠입한다? 아무리 무공이 높다고 해도 자살행위나 마찬가지인 행동.

그러나 무명은 한 치도 주저하지 않고 발을 옮겼다.

지하실 삼 층의 구멍은 거대한 피 웅덩이로 탈바꿈해 있었다.

망자들이 핏물을 흡수하는 목욕탕.

수면 아래에서 병사들의 목이 둥실둥실 떠오르면 몸뚱이가 걸어와서 시뻘게진 목을 붙였다. 그리고 계단 위로 줄을 이어 올라가는 것이었다.

전쟁터로 나가기 전에 밥을 배불리 먹은 병사들.

소소는 입을 꾹 다문 채 그 광경을 지켜봤다. 어린 소소가 비명을 지르지 않는 게 다행이었다.

얼마 전까지 울먹이던 소소는 이제 벌벌 떨기 시작했다.

"엄마… 아빠……."

그때였다.

[애야, 어디 있니?]

귓가가 웅웅거리며 누군가의 목소리가 들렸다.

전음이었다. 백운을 아빠로 둔 소소는 예전에도 두어 번 전음을 들은 적이 있었다. 하지만 지금처럼 바로 옆에서 말하는 듯이 똑똑히 들리는 전음은 생전 처음 듣는 것이었다.

"누구야?"

소소는 목소리를 죽이며 속삭였다.

보이지 않는 곳에서 전음을 쓰는 강호인이라면 속삭여도 목소리를 충분히 들을 수 있다는 것을 알고 있었다.

[널 데리러 왔다.]

"……!"

소소는 깜짝 놀라서 입을 딱 벌렸다. 무공 수위가 높은 강호인. 누구인지 모르나 금위군인 아빠가 보낸 자이리라.

"아빠가 보냈어?"

[…그래.]

목소리가 왠지 힘이 빠진 것처럼 들렸다.

하지만 다시 기운을 찾고 말했다.

[지금 어디니? 혹시 수레로 올 수 있니?]

소소는 잠시 망설이다가 대답했다.

"응. 나가볼게."

[좋다. 기다리마.]

수레로 가는 길은 망자 병사들이 언제 어디서 튀어나올지 몰랐다. 그러나 소소는 용기를 냈다. 아빠는 술을 마시면 항상 말하곤 했다. 사람은 용기가 없으면 살 수 없다고.

<u>흐으읍.</u>

소소는 숨을 길게 내뱉은 뒤 깊이 들이마셨다.

그리고 수레로 향하는 어두운 사잇길을 기어가기 시작했다.

누군가가 전음으로 소소를 불렀다. 수레로 오라는 목소리. 아빠를 알고 있는 강호인이나 금위군이리라. 숨을 참고 사잇길을 이동하던 소소는 언젠가 목소리를 들었던 기억이 떠올랐다.

'맞아, 그 사람이야.'

하오문을 찾아온 강호인 언니랑 함께 있던 청의를 입은 남자. 얼굴이 희멀게서 강호인이 아니라 글공부만 한 서생처럼 보이던 남자.

전음으로 들은 목소리는 남자의 것이었다.

그 남자의 이름이 뭐였더라…….

'무명!'

이름이 없다는 뜻의 괴상한 이름.

그때 다시 전음이 들렸다.

[오고 있니?]

"웅. 가는 중이야."

[잘하고 있다.]

"나 숨을 참아야 돼서 대답 못 할지도 몰라."

[망자를 피하는 법을 잘 알고 있구나. 그래, 알았다.]

틀림없었다. 무명이란 이름의 아저씨. 그렇다면 강호인 언니가 아저씨를 보낸 것일까? 그것까지는 알 수 없었다.

남자의 정체를 깨닫자 소소는 부쩍 용기가 솟았다.

문제는 수레까지 가는 길이었다.

소소는 지하실 삼 층의 중간까지 이동하는 데 성공했다. 하지만 지금부터는 망자들의 피 웅덩이가 있어서 길을 돌아가야 했다. 게다가 피 웅덩이에서 나온 병사들이 계단으로 걸어가면서 수레로 가는 길을 막고 있었다.

더 이상 전진하는 게 불가능한 상황.

'어떡하지?'

그때 좋은 생각이 떠올랐다.

'선반에 올라가자!'

선반은 무거운 술 단지를 잔뜩 올려놓아도 무너지지 않을 만큼 튼튼했다. 반면 폭이 좁아서 어른은 위에 올라가기 힘들었다. 하지만 어린 소소가 몸을 숨긴 채 이동하는 데는 아무 문제가 없었다.

'좋아!'

소소는 삼단으로 된 선반의 맨 위로 올라간 다음 조심해서 기어가기 시작했다.

스윽스윽······.

소소는 폭이 좁은 선반을 빠르게 기어갔다. 근처에 병사가 보이면 숨을 참고 동작을 멈췄다. 그러다가 병사가 가버리면 다시 움직였다. 병사들은 소소의 기척을 전혀 눈치채지 못했다. 도사 아저씨가 가르쳐 준 방법은 최고였다.

'할 수 있어.'

그런데 다른 문제가 생겼다.

선반이 피 웅덩이의 위쪽을 가로지르고 있었던 것이다.

밑에서는 핏물을 흡수한 병사들이 끊임없이 나와 계단으로 가고 있었다. 소소는 바로 그 위를 지나가야 했다.

소소는 침을 꿀꺽 삼킨 뒤 선반을 기어갔다.

한 걸음, 한 걸음······.

그때 중간에 술 단지 하나가 길을 막고 있었다.

옆으로 피해갈 수 없을 만큼 좁은 선반.

소소는 조심해서 술 단지를 들었다. 다행히 술이 없는 빈 단지라서 가벼웠다. 소소는 아래 선반에 술 단지를 옮겨놓고 길을 만들었다. 그러다가 술 단지를 놓치고 말았다.

미끄덩!

술 단지가 아래로 떨어졌다. 소소는 두 손으로 입을 막은 채 경악했다.

풍덩!

술 단지가 피 웅덩이로 떨어지자 병사들이 일제히 고개를 홱 돌렸다. 소소는 꼼짝도 하지 않고 숨을 참았다.

"......"

다행히 병사들은 이리저리 고개를 돌렸지만 소소를 찾지 못했다. 산 자의 기척이 없자 그들은 다시 몸을 돌려서 계단으로 갔다. 살 떨리는 순간이 지나갔지만 안도의 한숨도 쉴 수 없었다.

'휴우.'

소소는 선반을 기어서 피 웅덩이 위를 지나갔다.

선반 끝까지 오자 드디어 수레가 내려오는 선로가 눈앞에 나타났다. 다시 전음이 들렸다

[다 왔니?]

"응."

[내려가는 중이니 잠깐만 기다려라.]

소소는 가슴이 두근두근 뛰었다. 이제 수레를 타고 객잔을

탈출하면 엄마랑 아빠를 다시 볼 수 있으리라. 객잔에 몰래 온 일로 엄마한테 크게 혼이 나겠지만 괜찮았다. 하마터면 엄마를 다시는 못 보는 줄 알았으니까…….

위에서 수레 내려오는 소리가 들렸다.

쿠르릉쿠르릉…….

소소는 기대에 차서 고개를 치켜들고 수레를 바라봤다.

곧이어 수레가 내려오면서 위에 타고 있는 남자의 모습이 보이기 시작했다. 처음에는 발이 보였고 이어서 하반신이 드러났다. 그리고 얼굴이 보였다.

[다 왔다.]

"무명 아저씨……?"

그런데 남자는 소소가 알고 있는 무명이 아니었다.

그는 머리에 검은 두건을 쓰고 전신에 시커먼 흑의를 걸치고 있었다. 옷차림만 봐도 청의를 주로 입는 무명이 아니라는 것을 알 수 있었다. 게다가 이목구비의 생김새보다 무명과의 차이를 더욱 크게 보여주는 게 있었다.

얼굴에 잔뜩 짓고 있는 비열한 미소였다.

"내가 무명이라고?"

남자가 전음이 아니라 입을 열어 말했다.

…놀랍게도 그의 목소리는 무명과 똑같았다.

쿠르르릉… 쿠웅!

수레가 지하에 도착하자 남자가 몸을 날려 바닥으로 뛰어

내렸다.

"나를 무명으로 알았단 말이지? 그것 참 재미있군!"

얼굴은 달라도 남자의 목소리는 무명과 판박이였다.

소소는 무슨 영문인지 몰라 할 말을 잃었다.

그때 남자의 목을 빙 둘러서 시뻘건 금이 있는 것을 발견했다.

붓으로 그린 게 아니라 톱으로 썬 것처럼 삐뚤삐뚤한 금.
한번 떨어진 목을 다시 붙인 흔적.

"……!"

남자, 아니, 망자가 말했다.

"나는 시황이다. 새로운 세상의 천자가 될 몸이지."

남자의 정체는 만련영생교 흑의인의 몸으로 혼백을 옮긴 시
황이었던 것이다. 소소가 목소리를 떨며 말했다.

"당신은 무명 아저씨가 아니었어……."

"당연하지. 아, 그렇군. 목소리가 이러니 무명으로 착각했을
수밖에."

목소리를 바꿔서 소소를 속인 남자는 미처 몰랐다는 듯이
말했다. 물론 알면서도 일부러 소소를 농락하는 것이었다.

"그럼 이건 어때?"

갑자기 남자의 목소리가 바뀌었다.

"아빠가 무명 아저씨를 보냈으니까 내 목을 베고 혈선충을
넣어 망자로 만들어줄 거야!"

"……!"

소소는 경악하고 말았다.

남자의 목소리는… 바로 소소의 목소리였던 것이다.

"이제 됐니? 어린년아!"

소소의 목소리가 소소한테 욕설을 내뱉었다.

환술을 써서 목소리를 마음대로 바꾸는 자. 시황의 혼백을 이어받은 자는 지하 도시에서 정영의 검에 목이 떨어졌던 제갈윤이었다.

지하 도시의 잔도에서 무명의 심계에 당해 최후를 맞았던 제갈윤. 하지만 그는 죽지 않았다. 폭혈화부가 폭발하는 찰나, 정영이 척사검으로 목을 베었던 게 그에게는 천운이 되었던 것이다.

제갈윤의 몸은 산산조각 난 핏덩이가 되었지만 그의 목은 다행히 폭혈을 뒤집어쓰는 것을 모면했다. 그리고 절벽 밑에 흐르는 강물로 떨어졌다. 제갈윤의 목은 그대로 강물을 따라 흘러갔다. 그러다가 잘린 단면에서 혈선충 다발이 나와 물 위로 드리운 나뭇가지를 잡고 강에서 벗어났다.

그는 혈선충을 움직여서 벌레처럼 바닥을 기어갔다.

지하 도시의 돌바닥을 수십 일 넘게 기어간 그는 흑의인 일당을 발견했다. 그는 흑의인 한 명이 무리에서 떨어지는 것을 노렸다가 덤벼들었다. 이어서 혈선충을 휘감아서 흑의인의 목을 졸라 혼절시킨 뒤 환도로 목을 베었다. 혈선충으로 환도를 쓰는 건 쉽지 않았으나 그는 해냈다. 이어서 흑의인의 몸에 자신의 목을 붙였다. 마침 흑의인은 목 뒤에 백령은침을 시술받은 만련영생교의 신도였다.

제갈윤은 만련영생교 속에 숨어서 세상으로 나갈 기회를 노렸다. 그런데 더욱 놀라운 기연이 찾아왔다. 소림 방장이 시황을 처치했을 때 마지막으로 혼백과 기억이 옮겨 간 자가 공교롭게도 흑의인으로 둔갑한 제갈윤이었던 것이다.

그 결과, 시황과 제갈윤의 성정이 뒤섞인 괴물이 탄생했다.

그가 스스로를 '나'라고 부르는 것을 봐도 알 수 있었다. 만약 시황이 제갈윤의 몸을 완전히 지배했다면 황제인 자신을 '짐'이라고 칭했으리라. 제갈윤이 소소의 목소리로 말했다.

"어린년! 이제 내가 누군지 알았니?"

"……."

소소는 기겁해서 얼어붙었다.

그러나 소소는 나이는 어려도 성정이 당차고 용감했다. 소소가 발을 억지로 떼고 뒤로 돌아서 도망쳤다.

쿵쿵쿵쿵!

먼저는 기어왔던 좁은 선반. 자칫하면 발을 헛디뎌서 떨어질지 모르지만 그걸 신경 쓸 겨를은 없었다. 소소가 뛰어가자 선반이 마구 요동을 쳤고 술 단지들이 흔들리다가 떨어져서 박살 났다.

와장창창!

그 바람에 앞으로 가는 게 힘들어졌다. 이대로라면 병사들이 기척을 깨닫고 몰려오리라. 소소는 재빨리 선반을 내려와서 어둠 속에 숨었다. 말이 어둠 속이지, 병사들이 득시글거리는 한복판이었다. 그러나 소소는 도사 아저씨가 한 말을 믿었다.

호흡을 멈추고 희로애락의 감정을 숨겨라.

흐읍. 소소가 몸이 덜덜 떨리는 것을 참으며 숨을 멈췄다.

어디선가 남자의 목소리가 들렸다.

"후후후, 제법이군."

타인을 비웃고 조롱하는 웃음소리.

"호흡을 멈춘 거냐? 지금까지 병사들의 눈을 잘도 피했군."

소소는 알지 못하지만, 그는 이제 제갈윤의 목소리로 말하고 있었다. 그런데 이상했다. 이어지는 그의 목소리에서 웃음기가 싹 사라졌던 것이다.

"대단해. 나이는 어려도 멍청한 강호인들보다 몇 배는 더 낫군."

망자가 먹잇감을 칭찬한다고? 갑자기 왜?

소소는 영문을 알지 못해서 어리둥절했다.

그때 피리 소리가 들리기 시작했다.

삐릴리리…….

"내 이번만큼은 눈을 감아주마."

제갈윤의 목소리가 아빠의 친한 강호인들이 건네는 것처럼 상냥하게 들렸다.

"네 용감무쌍함을 높이 사마. 죽이지도 망자로 만들지도 않겠다."

부드럽고 자애로운 목소리.

"그러니 나와서 수레를 타고 객잔을 떠나라."

이런 자가 황제가 된다면 만천하의 백성이 그를 떠받들며 칭송하리라.

"내가 있으면 무서운가? 좋다. 자리를 피해주지."

스윽. 수레 앞에 드리워졌던 그림자가 사라졌다.

그린 중에도 피리 소리는 계속 들렸다.

삘릴리리… 사람의 마음을 애잔하게 만드는 힘이 담긴 소리였다. 소소는 자기도 모르게 몸을 일으켰다.

'그래, 객잔을 나가는 거야.'

소소는 어둠 속에서 나와서 수레 쪽으로 걸어갔다…….

남자가 한 약속은 거짓말이 아니었다. 수레 앞에는 아무도 없었다. 소소는 수레를 타고 지상으로 올라갔다. 남자가 명령을 내렸는지 일 층 복도에는 병사들의 모습도 보이지 않았다. 소소는 무사히 객잔을 빠져나온 다음 들판을 달렸다. 그리고 피난민들이 있는 곳에 도착했다.

엄마가 소소를 보고 반가운 얼굴로 달려왔다.

소소도 두 팔을 활짝 벌리며 엄마에게 뛰어갔다.

엄마!

그때 갑자기 주위가 암흑처럼 깜깜해졌다.

…소소는 자기도 모르게 몸을 일으킨 다음 어둠 속에서 나와 수레 쪽으로 걸어가고 있었다.

제갈윤이 불쑥 얼굴을 내밀며 소소 앞에 나타났다.

"쥐새끼가 제 발로 나왔군."

소소는 이번에야말로 정말 얼어붙고 말았다.

"네가 들은 건 초나라의 옛 노래다."

제갈윤은 손에 대나무에 구멍을 뚫어 만든 작은 피리를 들고 있었다.

"이건 초나라의 피리, 즉 초적(楚笛)이다. 초적에선 고향으로 돌아가고 싶은 병사들의 마음이 음악으로 흘러나오지."

그가 피리를 좌우로 두어 번 흔들었다.

"바람이 살짝만 들어가도 초적은 저절로 노랫소리가 흘러나오지."

그러자 입으로 불지도 않았는데 피리에서 정말 음악이 나오는 것이었다.

삘릴리리……

순간 소소가 앞으로 한 걸음을 내디뎠다.

터벅.

"……?"

계속해서 다시 한 걸음을 걸었다. 터벅.

소소는 영문을 몰라서 고개를 내렸다. 그러자 두 발이 자기 멋대로 움직이고 있는 것이 아닌가?

"발버둥 쳐도 소용없다."

제갈윤이 말했다.

"초적 소리를 들은 자는 자신이 바라는 꿈을 끝없이 꾼다. 그리고 꿈속을 현실인 것처럼 느끼게 되지. 지금의 너처럼 말이야."

어느새 소소의 두 눈이 몽롱한 빛을 띠고 있었다.

"……."

이윽고 소소가 제갈윤의 앞에 가서 섰다.

"목을 베어줄까, 망자로 만들어줄까?"

제갈윤이 혀를 내밀어 입술을 날름 핥았다. 츄르릅. 끝이 두 갈래로 갈라진 뱀의 혀.

"아니다. 신선한 피부터 마셔야겠군."

쩌억!

제갈윤이 입을 크게 벌리고 소소의 목덜미에 기다란 송곳니를 갖다 댔다.

그때였다. 수레가 내려오는 통로의 어둠 속 위쪽에서 빛 한 점이 보였다.

반짝.

"뭐……?"

제갈윤이 영문을 몰라서 고개를 치켜드는 순간, 무명이 어둠 속 높은 곳에서 떨어졌다.

슈우우우우… 팟!

공중에서 내려온 무명이 두 무릎을 제갈윤의 양어깨에 박아 넣었다.

맹렬한 속도로 떨어진 기세. 전신에 뜨겁게 끓어오르는 내공진기. 제갈윤의 양쪽 빗장뼈와 견갑골이 두부처럼 뭉개지며 산산조각으로 박살 났다.

와지지직… 빠각!

"……!"

제갈윤은 무명의 신형이 엄청난 기운으로 찍어 누르는 바람에 비명도 못 지른 채 바닥에 고꾸라졌다. 그리고 고통을 못 이기고 바닥을 데굴데굴 굴렀다.

"휴우."

무명이 소소를 보며 말했다.

"늦지 않아 다행이군."

소소가 멍한 목소리로 말했다.

"…무명 아저씨?"

"그래, 나다."

무명이 편복선생에게 받은 부적 지사부를 펼쳤다.

한가운데 붉은 점이 찍힌 지사부. 원래 손톱만큼 작았던 점이 지금은 부적의 절반을 가릴 만큼 커져 있었다.

소소가 무심코 고개를 내리다가 기겁하며 소리쳤다.

"으아악!"

소소의 발밑에 가늘고 긴 뱀 한 마리가 똬리를 틀고 있었던 것이다.

"걱정 마라. 편복선생이 보낸 뱀이니까."

"도사 아저씨 뱀이라고?"

"그래."

소소는 그제야 안심이 됐는지 조심해서 손을 내렸다. 그러자 뱀이 똬리를 풀더니 소소의 손으로 올라왔다.

그때 제갈윤이 무명의 뒤에서 몰래 움직였다. 그리고 박살 나서 덜렁거리는 두 팔을 억지로 움직여서 바닥에 떨어진 피리를 주우려고 했다. 하지만 무명이 그 낌새를 모를 리 없었다.

"환술을 쓰시겠다?"

탁.

무명이 몸을 돌리지 않은 채 발만 뻗어 피리를 멀리 차버렸다. 그런 다음에야 천천히 뒤로 돌아섰다.

"오랜만이오."

"네놈……."

"목소리를 바꿔서 소소를 잘도 속였더군."

무명은 지하로 뛰어내리기 전에 제갈윤과 소소의 대화를 들어서 어느 정도 사정을 짐작하고 있었다.

"내가 객잔에 온 사실을 깨달은 게 삼 층에서였나?"

"그렇다. 병사가 네놈을 봤지."

"역시 그랬군. 제갈세가의 환술은 과연 명불허전이오."

무명이 칭찬하듯 말했지만 제갈윤은 구겨진 인상을 펴지 않았다. 아니나 다를까, 무명이 독설을 퍼부었다.

"지하 도시에서 죽지 않았다니 참으로 가상하군. 당신 같은 자를 두고 장강에 홍수가 나면 숫자가 부쩍 불어나는 찰거머리라고 한다지?"

"감히 그런 말을 입에 담다니!"

제갈윤이 참지 못하고 분통을 터뜨렸다.

"나는 천자가 될 몸이다! 한데 천자의 수족이 되어야 마땅할 이매망량의 수장이 나를 겁박하고 농락해? 네놈이 그러고도 살아남을 것 같으냐?"

하지만 무명의 반응은 싸늘했다.

"말 다 했소?"

"뭐라고?"

무명이 제갈윤의 목을 슬쩍 훑어보며 말했다.

"그럼 묻겠소. 천자가 되려는 건 시황이오, 제갈윤이오?"

"그건……."

제갈윤이 바로 대답하지 못하고 머뭇거렸다.

시황의 성정과 기억을 이어받았지만 몸을 지배하고 있는 것은 엄연히 제갈윤의 목이었다. 때문에 그는 자신이 시황인지 제갈윤인지 헷갈려 하고 있었던 것이다.

무명이 냉랭하게 말했다.

"네가 시황이라면 빚은 모두 갚았다."

그는 강호인을 상대하는 것처럼 하대를 하기 시작했다

제갈윤이 반박했다.

"황은은 목숨을 버려도 갚을 수 없는……."

"아니."

무명이 말을 잘랐다.

"나는 흑랑성에서 만든 살수일 뿐이다. 황은? 그런 것은 입은 적 없다."

"헛소리! 혼백이 없는 살수를 사람 구실 하도록 은혜를 베푼 게 누구인데?"

"망자비서가 있다고 거짓 소문을 퍼뜨려 중원을 혼란에 빠뜨린 뒤 무림맹에 잠입해서 시황을 지하 도시에서 탈출시킨다."

무명이 단숨에 길게 말을 이었다.

"그것이 내 임무였고 모두 완수했다. 당신에게 진 빚은 모두 갚았어."

"……!"

말을 끝마친 무명의 눈빛이 날 선 비수처럼 시퍼렇다. 제갈윤은 기세에 압도되어 반박하지 못하고 침을 삼켰다.

"만약 네가 시황이 아니라 제갈윤이라면 오히려 받을 빚이 있지."

"빚? 네놈이 무슨 빚!"

제갈윤이 버럭 소리쳤다.

"빚이라면 내가 받아야지! 네놈 때문에 목이 잘리고 몸은 핏덩이가 됐지 않느냐!"

"그거야 네가 자초한 일이지."

"뭐라고?"

"너는 세상에 빚을 졌다."

"세상? 그게 무슨 소리……."

"망자가 되어 어린아이의 피를 탐한 죄. 그게 네가 갚아야

할 빚이다. 강호는 너 같은 자를 위해 있는 곳이 아냐."

그 말에 제갈윤이 광소를 터뜨렸다.

"크하하하, 웬 개소리냐? 강호는 곧 힘이다! 강자가 약자를 잡아먹는 게 강호다!"

"그 말, 마음에 드는군."

무명이 기다렸다는 듯이 고개를 끄덕이며 말하자 제갈윤이 영문을 몰라 멍한 표정을 지었다.

"세상에 진 빚을 못 갚겠다면 힘을 써서 받아주지."

"……!"

무명의 서슬 퍼런 눈빛에 제갈윤이 깜짝 놀라며 품에 손을 넣었다.

그러나 무명은 틈을 주지 않았다.

휙.

퍽! 무명이 배에 발차기를 먹이자 제갈윤의 몸이 붕 떠서 뒤쪽 벽에 부딪쳤다. 쿵! 곧바로 제갈윤의 코앞으로 뛰어들며 무릎을 뻗어 가슴팍을 찼다. 빡! 제갈윤의 갈비뼈가 폭삭 무너졌다. 이어서 제갈윤의 얼굴에 두 주먹을 연속으로 꽂아 넣었다.

퍽! 퍽! 와직! 콰직! 와지끈!

콧뼈가 박살 나고 광대뼈가 무너졌다.

"네, 네놈……."

"그래도 말할 힘이 남아 있나?"

빡! 무명이 제갈윤의 입에 정통으로 주먹을 꽂았다.

그가 주먹을 빼자 제갈윤의 입에서 새하얀 이들이 우수수 쏟아졌다.

후두두둑.

"눼… 눔……."

입이 피떡이 된 제갈윤은 말조차 제대로 못 했다.

하지만 무명은 주먹을 멈추기는커녕 다시 꽂아 넣기 위해 팔을 뒤로 빼는 것이었다.

"여기까지가 소소에게 진 빚. 다음은 누구 빚을 갚아줄까? 그래, 정영이면 되겠군."

"……!"

제갈윤이 경악하며 합죽이가 된 입을 떡 벌렸다.

그때 뒤에서 병사들의 괴성이 들렸다.

키에에엑!

제갈윤이 그새 정신 조종을 했을 리 없으니, 무명과 소소의 기척을 느낀 병사들이 몰려오고 있는 것이었다. 혼자라면 아무리 많은 병사가 와도 상관없지만 문제는 소소였다.

무명은 제갈윤은 잠시 놔두고 소소를 먼저 탈출시키기로 했다.

"여기서 나가자."

"응!"

무명과 소소는 수레에 올라탔다. 무명이 손잡이를 위로 올렸다.

쿠르릉. 덜컹덜컹.

둘을 태운 수레가 위로 올라가기 시작했다.

운백객잔의 지하는 층간이 높았다. 또한 수레는 무거운 짐을 운반하는 용도라서 속도가 느렸다. 수레가 지하 삼 층을 완전히 빠져나가지 못했는데 좌우로 나뉜 길에서 병사들이 몰려왔다.

키에에엑!

하지만 그들은 한발 늦고 말았다.

병사들이 도착한 찰나 수레가 막 지하 삼 층 위로 올라갔던 것이다. 병사들은 등에서 강궁을 꺼낸 다음 시위에 화살을 메기고 발사했다.

슈우우웃! 그러나 화살은 수레 바닥에 꽂힐 뿐 전혀 위협이 되지 못했다. 수레는 그렇게 병사들을 따돌리며 위로 올라갔다.

마침내 수레가 지상에 도착했다. 무명과 소소는 수레에서 내려온 뒤 무사히 객잔을 빠져나왔다.

무명은 편복선생과 소소를 마차에 태워서 피난민에게 돌려보냈다. 둘이 어디로 갈 거냐고 물어도 무명은 미소를 지을 뿐 대답하지 않았다.

둘과 헤어진 무명은 허허벌판을 걸어갔다.

그는 북쪽을 향해 걷고 또 걸었다. 말을 잘 타는 북방인의 땅을 지나쳐서 인적이 드문 땅에 도달했다. 풀과 나무가 사라지고 얼음이 낀 땅이 나왔다. 이제 마실 물도, 먹을 것도 구할 수 없었다.

온통 얼음뿐인 땅. 한빙석에 누워 있는 것처럼 오한이 느껴졌다. 무명의 코와 입은 숨결이 얼어붙어서 고드름이 매달렸다.

이제 더 이상 강호에 빚을 질 일은 없겠군.

그는 희미하게 미소를 지었다. 졸음이 오며 의식이 친친히 흐려졌다…….

그때였다.

쿵!

이마에 큰 충격이 일었다.

다시 한번 이마가 무언가에 세게 부딪쳤다. 쿵!

"……?"

대체 무슨 영문인지 알 수 없었다.

문득 귓가에 구슬픈 곡조의 피리 소리가 들리는 것 같았다.

삐릴리리…….

순간 시커먼 돌벽이 눈앞으로 맹렬하게 다가왔다. 콰앙! 무명이 다시 한번 돌벽에 이마를 박았다. 그냥 부딪친 게 아니라 자기 스스로 박치기를 하듯이 이마를 세게 들이받은 것이었다.

이마가 박살 나지 않은 게 다행일 정도의 충격.

무명의 이마에서 한 줄기 핏물이 흘러내렸다.

주르륵.

얼마나 세게 박치기를 했는지 눈앞에 별이 보이고 몸이 덜덜 떨렸다. 하지만 그 바람에 정신이 번쩍 들었다.

…무명은 소소와 함께 아직 수레 위에 있었다.

도저히 영문을 알 수 없는 상황.

문득 어떤 가능성을 떠올렸다. 제갈윤이 환술을 쓴 것이라면?

그랬다. 수레를 타고 객잔을 탈출한 뒤 끝없이 북쪽으로 걸어가던 것은 모두 환각이었던 것이다.

아니나 다를까, 언제 올라왔는지 제갈윤이 수레 한쪽에서 잔뜩 비웃는 얼굴로 무명을 쳐다보고 있었다.

"네놈은 초적의 환술에 당했다."

그의 손에 작은 피리가 들려 있었다.

피리는 흔들거나 불지 않았는데도 불구하고 지하실의 공기가 흐르면서 속으로 바람이 들어오자 저절로 소리를 내는 것이었다.

삘릴리리…….

소소가 외쳤다

"이상한 꿈을 꾸게 만드는 피리야! 절대 소리를 들으면 안 돼!"

제갈윤이 씨익 웃으며 말했다.

"그럼 판관필이라도 꽂아서 귓구멍을 막아줘야겠군."

그가 축 늘어진 두 팔을 기이하게 비틀었다.

우드드득.

탈골된 뼈가 다시 끼워지는 소리.

그의 어깨뼈는 박살이 난 상태였지만 두 팔을 자유롭게 움직일 수 있었다. 몸속에 꽉 들어찬 혈선충이 뼈를 대신해서 근육을 움직였던 것이다.

환술에서 깨어난 무명이 몸을 추스르려고 할 때였다.

"어딜 감히!"

제갈윤이 다른 손에 쥔 무언가를 휙 흔들었다. 그러자 무명의 몸이 저절로 움직여서 돌벽에 스스로 부딪치는 것이었다.

쿵!

"이건 유목인(流木人)이라는 거다."

그가 들고 있는 것은 나무를 깎아 만든 사람 모양의 인형이었다.

"유목인을 쓰면 사람을 마음대로 조종할 수 있지."

제갈윤의 환술은 피리가 전부가 아니었다. 이마를 돌벽에 박은 것도 유목인이라는 환술을 썼기 때문이리라.

하지만 나무 인형만으로 사람을 움직이게 한다는 것은 말이 안 됐다. 분명 따로 행한 수작이 있을 것이다.

문득 무명은 등 뒤에서 이상한 기운을 느꼈다.

등 한복판에 붙어서 희미하게 불길한 기운을 뿜어내고 있는 물건.

'부적!'

그랬다. 제갈윤은 초적 피리로 무명을 환각에 빠뜨린 뒤, 등에 부적을 붙여서 유목인으로 그를 조종했던 것이다.

무명이 뒤로 손을 뻗어 부적을 떼어내려고 했다.

그러나 소용없었다.

"어림없는 수작!"

제갈윤이 유목인의 팔을 잡고 비틀었다. 그러자 무명의 팔이 그와 같은 방향으로 꺾여 버렸다.

콰지직!

뼈가 뒤틀리며 근육이 끊어질 듯이 늘어났다.

"크윽!"

무명이 고통을 참지 못하고 팔을 부여잡으며 무릎을 꿇었다.

제갈윤이 광소를 터뜨렸다.

"크하하하! 그래야지, 새 천자 앞에서 무릎을 꿇고 고개를 조아려야지!"

지하 도시 잠행 때 민폐만 끼치던 제갈윤.

그는 평소 자만심이 지나친 동시에 백부 제갈성에 밀려 최고가 되지 못하는 열등감에 짓눌려 있었다. 또한 망자는 환술이 듣지 않아 특기를 펼칠 수 없었다.

자신이 망자가 되었을 때는 망자의 힘에 도취되어 환술을 쓰지 않았다. 그런 제갈윤이 시황의 성정과 기억을 전해 받으며 탈바꿈을 했다. 시황의 강한 정신력과 제갈윤의 환술이 합쳐지자 단점은 사라지고 장점만 남게 된 것이다.

거침없이 환술을 펼치는 제갈윤.

그의 환술은 단순히 무공만으로 파훼할 수 없는 것이었다.

제갈윤의 신체가 시황이 아니라는 게 그나마 다행이었다. 만약 예전 시황의 몸이었다면 무공과 환술이 합쳐져서 상상을 뛰어넘는 무위를 발휘했으리라.

제갈윤이 수레 손잡이를 아래로 내리며 말했다.

"네놈들에게 핏물 목욕을 듬뿍 시켜주지."

끼이이익, 덜컹! 쿠르르릉……

수레가 급정지하더니 지하 삼 층의 어둠 속으로 내려가기 시작했다.

"다시는 햇빛을 보지 못할 것이다, 크하하하!"

제갈윤이 몸을 돌려 소소를 봤다.

"아니, 그 전에 신선한 피부터 마셔야겠군."

"……."

소소는 그 자리에 얼어붙은 채 꼼짝하지 못했다.

돌벽에 부딪치고 한쪽 팔이 비틀린 무명.

이마에서 흐른 피가 눈 속에 들어가 시야가 흐릿했다. 그런데 검붉은 시야 속에 어린아이의 모습이 보였다.

생전 처음 보는 얼굴.

하지만 아이가 누구인지 직감했다.

장량의 딸이었다.

"……!"

망자가 장량의 딸을 해치려고 다가가고 있었다.

탓!

무명이 피투성이 몸으로 제갈윤을 향해 돌진했다. 소소의 피를 빨려고 하는 제갈윤. 피리 소리의 환술에서 깨지 못하고 환각이 보이는 것일까? 아니면 다른 이유 때문일까?

무명의 눈에는 제갈윤이 혈귀 망자로, 소소가 장량의 딸로 보였다. 무명이 제갈윤을 향해 몸을 날렸다.

탓!

그러나 말이 돌진한 것이지 만신창이의 몸을 비틀거리며 다가서는 것에 불과했다. 제갈윤은 고개도 돌리지 않은 채 말했다.

"끈질긴 것 하나는 칭찬해 줘야겠군."

그가 손목을 비틀며 유목인을 공중에 휘둘렀다. 그러자 무명의 몸이 괴이한 힘에 이끌려서 뒤로 붕 날아갔다.

쿵!

으드득!

돌벽과 충돌하자 등 뒤에서 척추뼈가 어긋나는 소리가 났다.

"무명 아저씨……."

소소가 울먹이며 무명을 불렀다. 하지만 씨익 웃으며 앞을 막아신 제길윤 덧에 디는 무명이 보이지 않았다.

"걱정할 것 없다. 망자가 되면 아무 고통도 없이 편안해질 테니까."

"아냐! 난 망자가 되기 싫어……."

"싫다고? 아닐걸? 내 백성이 되어 영생을 누리게 될 텐데 그래도 싫으냐?"

제갈윤이 소소를 향해 한 발짝 다가섰다.

그때였다.

끼이이익… 덜커덩!

아래로 내려가던 수레가 갑자기 동작을 멈췄다. 그러더니 방향을 바꿔 다시 지상으로 올라가기 시작했다.

쿠르르릉.

제갈윤의 얼굴이 험악하게 일그러졌다.

"네놈이 진짜!"

그가 뒤로 몸을 홱 돌렸다. 어느새 무명이 비틀거리는 몸을 이끌어서 수레 손잡이를 위로 올리고 있었다.

"오냐오냐했더니 주제를 모르는 놈이구나!"

제갈윤이 유목인의 한쪽 팔을 잡고 마구 비틀었다. 그러자 무명의 팔이 나무 인형과 똑같은 모습으로 뒤틀렸다.

우드드드득!

"크윽……."

관절이 탈구되고 근육이 끊어지는 소리.

제갈윤은 계속해서 유목인의 팔을 비틀어서 무명을 조종했다.

"네 손으로 수레를 지하로 내려라!"

탁! 무명의 손이 거역할 수 없는 힘에 이끌려서 수레 손잡이를 잡았다.

그때 무명이 이를 꽉 깨물며 몸을 공중에 띄웠다. 그리고 손잡이를 두 다리 가랑이 사이에 끼운 뒤 몸을 반대 방향으로 회전시켰다.

그러자 나무로 된 손잡이가 밑동부터 부러져 나갔다.

콰직!

수레는 잠깐 멈칫거리는가 싶었으나 계속해서 위로 올라갔다.

덜컹… 쿠르르릉.

위아래로 움직이게 하는 기계장치가 아예 박살 나버렸다.

이제 수레를 고치지 않는 이상 어떤 무공이나 환술로도 수레를 밑으로 내려가게 만들 수는 없게 된 것이다.

무명이 차갑게 웃으며 말했다.

"제갈세가는 기관진식으로 유명하니 한번 고쳐보시지."

"네노오오옴!"

제갈윤이 유목인을 자기 쪽을 향해 확 끌어당겼다. 무명을 일단 돌벽에서 떨어지게 한 뒤 다시 유목인을 밀어서 그를 완전히 돌벽에 박아버릴 심산이었다.

그러나 무명은 찰나의 틈을 놓치지 않았다.

휙.

몸이 앞으로 붕 날아가자 무명은 힘에 거역하지 않고 오히려 바닥을 박차며 제갈윤을 향해 신형을 날렸다.

"……!"

무명의 움직임이 예상을 빗나가자 제갈윤이 당황하며 유목인을 움직이려고 했다. 하지만 때는 이미 늦었다.

무명이 제갈윤의 가슴팍을 향해 몸을 던졌다. 이어서 두 팔을 활짝 펼쳐서 그를 품에 안았다.

콱!

"놔라! 이것 놓지 못해?"

제갈윤이 무릎을 들어 무명의 턱을 강타했다.

쩌억! 턱뼈가 공격을 버티지 못하고 금이 갔다. 머리에 쇠망치를 맞은 것 같은 충격. 그러나 무명은 제갈윤을 부둥켜안은 손을 풀지 않은 채 그대로 몸을 밀어붙였다.

"어어, 네놈… 대체 무슨 짓을……."

마지막으로 무명이 두 발로 수레를 차며 몸을 던졌다.

"으아아아아아!"

"이 개자식!"

무명과 제갈윤이 수레 난간 뒤로 벌렁 넘어갔다.

"무명 아지씨!"

소소가 깜짝 놀라서 난간 너머로 몸을 내밀었다. 그리고 무명을 잡으려고 손을 뻗었다. 하지만 무명과 제갈윤의 모습은 이미 보이지 않았다. 둘은 깊은 어둠 속의 지하로 추락했던 것이다.

쿠르르릉.

수레는 손잡이가 부러졌지만 아무 이상 없이 움직였다.

또한 병사들이 지하 삼 층으로 몰려간 바람에 도중에 수레를 막는 자도 없었다. 소소는 큰 문제 없이 지상에 올라올 수 있었다.

덜컹!

수레가 큰 소리를 내며 멈췄다. 소소는 숨을 죽인 채 고개를 내밀어 복도를 살폈다. 병사들은 역시 보이지 않았다.

"무명 아저씨……."

소소는 수레 밑으로 보이는 어두운 지하를 바라봤다.

마음 같아서는 무명을 데리러 내려가고 싶었다. 하지만 지하에는 망자 병사들이 득시글거릴뿐더러 수레는 손잡이가 부러져서 다시 내려갈 수도 없었다.

차라리 돌아가서 사람들을 불러오는 게 좋을까?

하지만 그사이에 무명은…….

소소가 이러지도 저러지도 못하고 있을 때, 소매 속에서 무언가가 소소의 팔을 휘감으며 빠져나왔다.

소소는 깜짝 놀라다가 곧 미소를 지었다.

"도사 아저씨의 뱀이구나!"

편복선생의 뱀은 그대로 어깨를 타고 몸을 거쳐서 다리를 타고 바닥으로 내려갔다. 그러더니 어디론가로 구불구불 기어갔나. 소소가 멍하니 있자 뱀이 머리를 뒤로 돌리더니 혀를 낼름거렸다.

파르르.

마치 따라오라고 말하는 듯한 동작. 소소는 무심결에 뱀을 따라 걸었다. 객잔 복도는 눈 감고도 걸을 수 있었다. 여름에도 공기가 서늘한 복도를 지나자 바로 뒷문이 나왔다.

객잔을 나오자 편복선생이 기다리고 있었다.

"자네, 무사했군!"

"응……."

소소는 말을 흐렸다.

"수고했네, 삼호. 이리 오시게."

편복선생이 손을 뻗자 뱀이 칭칭 감으며 올라가더니 품속으로 들어갔다.

"그런데 무명은?"

"무명 아저씨는… 지하실로 떨어졌어!"

소소가 참지 못하고 울음을 터뜨렸다.

"아니, 어쩌다 말인가?"

"나를 구하려고 망자랑 싸우다가 함께 수레에서 떨어졌어. 수레는 고장 나서 다시 내려갈 수도 없어."

"그랬군."

"빨리 무명 아저씨를 구하러 가야 돼!"

그런데 편복선생이 잠시 침음하더니 천천히 고개를 젓는 것이었다.

"아닐세. 우리는 먼저 이곳을 떠나는 게 좋겠네."

"뭐야? 아저씨를 놔두고 우리끼리 도망치자고?"

"그 남자는 절세고수이네."

편복선생이 수염을 쓰다듬으며 말했다.

"이 몸이 무공은 할 줄 모르나 눈썰미가 있지. 소림 방장이나 무당 장문인도 그 남자를 이긴다고 쉽게 말하지 못할 걸세. 어쩌면 당금 강호의 최고고수일지도 모르지."

"그럼 무명 아저씨가 살아 나올 거란 말이야?"

"무명은 일단 자네를 피신시키려고 했을 거네. 괜히 우리가 나섰다가 망자들에게 붙잡히는 날에는 방법이 없어지니까."

"으응……."

소소가 수긍을 하며 고개를 끄덕였다. 그러다가 마음이 안 놓이는지 물었다.

"확실해? 만약 무명 아저씨가 지하실에서 못 나오면?"

"그럴 리 없네."

편복선생이 자신 있게 말했다.

"이 몸은 왕년에 흑랑성에 잠행했다가 탈출했지. 고수는 고수를 알아보는 법. 무명은 반드시 지하에서 빠져나올 것이네."

소소와 편복선생은 조심해서 마차를 움직였다.

마차가 뒷길을 빠져나오자 병사들의 시선에서 보이지 않게 되었다. 둘은 정신없이 말을 달려 객잔을 떠났다.

무명이 꼭 살아 나오길 기도하면서.

수레에서 추락한 무명과 제갈윤은 지하 삼 층의 밑바닥에 떨어졌다.

쿠웅!

"이런 빌어먹을!"

제갈윤이 욕설을 내뱉으며 몸을 일으켰다.

이전 시황은 소림사행에서 도망친 뒤 흡성신공으로 흑의인들의 내력을 닥치는 대로 빨아들였다. 그 덕분에 단시간에 허공섭물이 가능할 만큼 엄청난 내력을 갖출 수 있었다.

하지만 제갈윤의 흑의인 신체는 그보다 훨씬 못했다.

무공이 뛰어난 흑의인들이 모두 시황에게 내력을 바쳤기 때문에 제갈윤이 흡수할 만한 자가 남아 있지 않았던 것이다.

그래도 지금 제갈윤은 일류 수준의 고수였다. 때문에 높은 곳에서 추락했지만 별 상처 없이 몸을 추스를 수 있었다.

반면 무명은 상황이 달랐다.

"크윽……."

그는 신음을 흘리며 좀처럼 몸을 일으키지 못했다.

제갈윤의 환술에 당한 상처가 가볍지 않았다. 그러나 더욱 심각한 것은 환술에 당하느라 정영이 찌른 검상이 다시 터졌다는 것이었다. 무명의 웃옷은 어느새 붉은 선혈로 흠뻑 물들어 있었다.

"네놈……."

제갈윤이 이를 부드득 갈며 앞에 와서 섰다.

"죽어랏!"

그가 유목인을 위로 들었다가 바닥에 팽개쳤다. 그러자 무명의 몸이 허공에 붕 떴다가 바닥으로 떨어졌다. 콰앙! 제갈윤은 멈추지 않고 계속해서 유목인을 이리저리 내던졌다.

"죽어라, 죽어, 죽어, 죽어어엇!"

쾅, 쾅, 쾅, 쾅!

보이지 않는 힘이 무명의 몸을 공중에 띄웠다가 바닥과 벽에 패대기쳤다. 무명은 곧 피투성이가 되었다.

전신의 뼈가 붙어 있고 근육이 끊어지지 않은 게 다행일 정도였다. 엄청난 내력을 지니고 있어서 그나마 숨이 끊어지지 않고 있었다.

"이 개자식!"

제갈윤이 유목인을 높이 치켜들며 말했다.

"네놈은 망자로 만들어주지 않겠다! 병사들이 산 채로 씹어 먹도록 먹이로 던져주마!"

휙!

그가 유목인을 팽개치자 무명의 몸이 붕 떠서 십 장 뒤의 벽으로 날아갔다. 그리고 굉음을 내면서 벽을 뚫어버리고 깊숙이 박혀 버렸다.

콰아아앙!

"다들 오너라! 저놈을 한 끼 식사로 먹어 치워라!"

제갈윤이 명령하자 병사들이 일제히 무명이 처박힌 벽으로 이동하기 시작했다.

키에에엑!

무명은 몸을 일으키려고 했다. 하지만 몸은커녕 팔다리조차 움직이지 않았다. 두터운 벽판을 부수고 깊숙이 박힐 정도로 강한 힘에 타격을 받은 신체. 만약 내공고수가 아니었다면 벌써 숨이 멎었으리라.

게다가 무너진 돌무더기가 몸을 짓누르고 있었다.

"……."

손가락 하나 까닥이지 못한 채 무명은 망연자실해서 생각했다. 잔혹하고 비열한 세상을 응징하려 했다. 야속한 세상에게 복수해야 했다. 그것이 빚을 받는 길이라고 생각했다.

하지만 이제 빚 같은 것은 아무래도 상관없었다.

스스로 저지른 잘못을 돌이킬 수는 없겠으나 적어도 여기서 끝내고 싶었다. 더 이상 사람들이 죽고 죽이는 것은 신물이 났다. 그러나 모든 게 끝났다.

저벅저벅저벅…….

병사들이 다가오는 발소리가 들리기 시작했다.

이제 할 수 있는 일은 아무것도 없었다. 시황이 된 제갈윤은 탐욕스러운 성정을 앞세워서 세상을 집어삼키리라.

"미안하다… 용서해다오……."

무명은 소소가 무사히 탈출한 것을 모르고 용서를 빌었다. 어쩌면 장량의 딸을 지키지 못해서 하는 말일지도 몰랐다.

아니, 누구에게 용서를 구하는 것인지 스스로도 알지 못했다.

전신에 한기가 느껴졌다. 사람은 피를 많이 흘리면 추위를 느끼며 서서히 숨이 멈춘다고 한다.

이제 죽을 때인가?

무명은 천천히 눈을 감았다.

…그런데 무언가 이상했다. 분명 오싹한 한기가 느껴지는데 정신은 반대로 또렷해지는 것이었다.

문득 어디선가 서늘한 바람이 불어오는 것을 느꼈다.

몸을 시원하게 식혀주는 한기.

순간 정신이 번쩍 들었다.

몸을 식혀준다고? 그럼 추위가 느껴지는 것은 피를 흘려서가 아니라는 뜻이다. 무명은 시선을 돌리다가 무슨 일인지 깨달았다. 자신이 틀어박힌 곳의 무너진 돌무더기가 한빙석인 것이 아닌가?

"……!"

운백객잔의 깊은 지하실, 바로 지하 도시로 이어지는 숨겨진 출구. 때문에 운백객잔의 벽과 바닥에는 도처에 한빙석이 존재했다. 그런데 무명이 뚫고 들어간 벽이 마침 한빙석이었던 것이다. 강호인들은 정순한 내공을 닦기 위해 한빙석 침상에서 운기조식을 한다. 화기를 가라앉히고 주화입마를 억제하는 효과. 즉, 한빙석에는 항마의 힘이 깃들어 있다고도 할 수 있었다.

게다가 망자들이 피 웅덩이를 만드는 바람에 지하실의 공기는 후덥지근했다.

그런데 한빙석 벽판에 구멍이 뚫리자 열기와 한기가 맞부딪쳐서 공기의 흐름이 생겼고 끊임없이 바람이 새어 들어왔던 것이다.

무명이 느낀 한기는 그렇게 불어오는 냉랭한 바람이었다.

항마의 힘이 깃든 한빙석.

무명은 신체도 정신도 차디차게 냉랭해졌다.

"으아아아아아!"

그가 신체에 느껴지는 불길한 기운을 향해 모든 내력을 쏟아부었다.

곧이어 등에 붙은 유목인의 부적이 떨어져 나갔다. 동시에 갈기갈기 찢어져서 바람에 날려 흩어졌다.

쫘자자작!

제갈윤의 환술이 완벽하게 깨져 버린 것이었다.

5장.

終

전신이 얼어붙는 한기에 무명은 정신을 차렸다.

하아아아앗!

무명이 내력을 쏟아서 등에 붙은 부적을 산산조각으로 찢어발겼다.

동시에 몸을 짓누르고 있는 돌무더기로 쌍장을 뻗었다.

퍼어엉!

돌무더기가 산산이 부서지며 파편이 되어 날아갔다. 무명이 처박힌 곳으로 막 몸을 들이밀던 병사들이 파편 세례를 정통으로 맞고 피떡이 되어 뒤로 날아갔다.

꾸웨에에엑!

무너진 벽 속에서 무명이 천천히 걸어 나왔다.

단 일초만으로 십여 명의 병사를 날려 버린 벽공장.

그러나 무명은 몸을 가누지 못하고 땅에 무릎을 꿇었다.

털퍽! 이어서 한 모금의 붉은 선혈을 토했다.

무명이 입은 내상은 심각했다.

환술에 걸린 몸으로 지나치게 내력을 쏟아부은 게 문제였다. 게다가 운기조식을 할 겨를도 없이 벽공장으로 산사태처럼 뒤덮인 돌무더기를 날려 버리지 않았는가.

하지만 가장 큰 상처는 정영에게 입은 검상이었다.

정영이 준 금창약으로 간신히 지혈해 놓은 검상.

그러나 제갈윤의 환술에 당해서 몸이 돌벽에 부딪친 데다가 억지로 내공진기를 폭발시키는 바람에 상처가 더욱 크게 벌어졌던 것이다.

주르륵.

배와 등에서 피가 물처럼 흘렀다.

걸치고 있는 옷이 청의(青衣)가 아니라 붉은 적의(赤衣)처럼 보일 정도로.

"빌어먹을 개자식!"

제갈윤이 욕설을 내뱉었다.

"감히 네놈이 내 환술을 깨다니!"

그가 이제 쓸모없어진 유목인을 땅바닥에 팽개쳤다.

환술이 깨졌으니 전황이 역전되어야 맞는 상황.

하지만 무명은 역공을 펼칠 수 없었다. 아니, 땅에 얼굴을 처박고 쓰러지지 않는 것도 다행일 정도였다.

곧이어 제갈윤이 화를 가라앉히고 말했다.

"대체 네놈은 목숨이 몇 개씩 있기라도 하냐?"

그가 어이가 없는지 헛웃음을 흘렸다.

"나를 따랐으면 평생 부귀영화를 누렸을 것이다. 망자가 되기 싫어서 그런가? 좋다. 그건 그렇다 치고, 왜 일부러 여기까지 와서 거사를 방해하는 것이냐? 그렇게 살고 싶지 않으냐?"

뜻밖에도 그 말에 무명이 고개를 끄덕였다.

"그렇다."

"살고 싶지 않다고? 무슨 말도 안 되는 소리……."

"당신처럼 거짓된 삶을 살진 않겠다는 말이다."

무명이 제갈윤의 말을 잘랐다.

"그럴 바에 차라리 죽는 편이 낫지."

제갈윤은 무명의 말이 뜻밖이었는지 잠시 멍하니 있다가 광소를 터뜨렸다.

"허어, 하하하, 크하하하하하!"

그러더니 곧 웃음기를 싹 지우고 흉포한 눈빛으로 무명을 노려봤다.

"우습기 짝이 없군! 지금까지 벌인 모든 일은 네놈이 선택하고 계획한 것이지 않느냐!"

"물론 그랬지. 하지만 지금은 아니다."

무명이 대답했다.

"나는 당신처럼 세상에 복수하려고 했다. 세상이 내게 가했던 죄의 대가를 받아내려고 했지."

"그럼 받아야지? 나도 빚을 받으려고 이러는 거 아니냐?"

"아니. 당신도 나도 틀렸다."

무명의 눈빛이 허공을 강렬하게 응시했다.

"세상은 우리에게 이미 많은 걸 주었어."

그의 시선은 눈앞의 제갈윤이 아니라 어딘가 다른 곳을 보고 있었다. 그곳에 장량의 딸아이가 있었다. 장량의 딸은 어느새 소소의 얼굴로 바뀌었다.

둘은 생김새가 전혀 달랐으나 똑같은 게 하나 있었다.

밝게 웃는 얼굴. 그 미소를 살아서 다시 볼 수 있을까?

"짧은 시간이나마 그들 덕분에 마음이 편안했으니 그것으로 만족한다. 바로 세상이 우리에게 베푼 은혜다. 당신과 나만 모르고 있지."

"헛소리!"

제갈윤이 분노하며 일갈했다.

"내가 동생한테 천자의 자리를 빼앗긴 건 뭐냐? 그것도 세상이 내게 은혜를 베푼 것이냐?"

"그건 당신과 동생 사이의 빚이지."

무명의 눈빛이 다시 냉랭해졌다.

"세상에게 그 빚을 갚으라고 조르지 마시지. 그건 철부지 어린애나 부리는 응석이니까."

"뭐, 뭐라고?"

제갈윤이 당황하며 말을 더듬었다.

그러다가 곧 비열한 미소를 되찾으며 말했다.

"별 개소리도 다 있군. 아무래도 네놈은 곱게 죽이면 안 되겠다."

"좋을 대로 하시지."

"네놈을 망자로 만든 뒤 목을 베고 창에 꿰어서 온 천하에 보이겠다. 어리석은 사람들이 네놈의 목을 보고 배울 수 있도록 말이다! 크하하하!"

광소를 터뜨리는 제갈윤의 몰골은 거만하기 짝이 없었다.

무명이 냉소하며 혼잣말을 했다.

"누가 어리석은지 모르겠군."

이제 크게 말할 생각도 없었다. 애초에 다른 사람의 말을 귀담아듣지 않는 자가 아닌가?

제갈윤이 뒤쪽을 향해 손짓했다.

그러자 잠시 동작을 멈췄던 병사들이 꾸역꾸역 몰려오기 시작했다.

"지하 도시의 모든 병사들이 지상으로 나오고 있다! 중원은 내 것이 될 것이다!"

그때 무명의 두 눈이 번쩍 빛났다.

휙.

무명의 신형이 사라지더니 제갈윤의 코앞에 나타났다.

"그럼 당신을 제거해야 모든 일이 끝나겠군."

"⋯⋯!"

무명이 제갈윤을 향해 쌍장을 뻗었다.

츠츠츠츠.

마지막 남은 힘을 쥐어짜 출수하는 회심의 벽공장 일초.

하지만 내공은 부족해도 시황의 무공 기억을 전해 받은 제갈윤은 만만한 상대가 아니었다.

그는 한눈에 무명이 출수하는 벽공장의 약점을 알아차렸다.

"어림없는 수작!"

제갈윤이 무명의 쌍장을 피하지 않고 오히려 자신도 쌍장을 뻗어 대응한 것이었다.

둘의 양 손바닥이 지남철처럼 찰싹 맞붙었다.

쩌어억!

그 바람에 일정 거리가 있어야 격발하는 벽공장 일초가 보기 좋게 무산되었다.

"흐흐흐, 이게 네 마지막 힘이렷다?"

"⋯⋯."

"그만 포기하고 목을 내놓아라!"

그때였다.

맞붙은 쌍장을 통해 제갈윤의 내공진기가 흘러 나갔다.

스스스스.

서로 양 손바닥이 붙으며 내공진기를 퍼붓는 내력 싸움이 되자 무명의 몸이 저절로 흡성신공을 출수하기 시작했던 것이다.

절정 경지의 고수들을 꼼짝없이 쓰러뜨렸던 흡성신공.

흡성신공을 당하면 지독한 한기와 함께 전신의 피가 몽땅 빨려 나가는 듯한 고통을 느낀다.

그런데 제갈윤이 씨익 미소를 짓는 것이 아닌가?

"흡성신공이냐?"

그가 자신만만한 얼굴로 말했다.

그러더니 손바닥을 뗄 생각은커녕 오히려 더욱 세게 밀어붙이는 것이었다.

"네놈의 심계가 교활하기 짝이 없다는 것은 잘 알고 있다. 네놈의 마지막 수작은 벽공장이 아니라 흡성신공을 쓰려는 것이었겠지?"

"……"

그는 마치 무명의 속마음을 속속들이 꿰뚫고 있는 것 같았다.

"이매망량은 내 수족이었다. 그런데 내가 흡성신공을 모를 것 같으냐!"

제갈윤이 크게 일갈하며 내공을 빨아들였다.

쏴아아아아!

맞붙은 쌍장을 통해 무명의 내공진기가 빠르게 흘러 나가기 시작했다.

"내 방법으로 나를 퇴치하겠다? 지나가던 개가 웃을 소리구나!"

제갈윤이 흡성신공을 더욱 강하게 연공했다.

무명의 단전이 빠른 속도로 비워졌다. 전신의 혈맥에서 내공진기가 빨려 나가자 마치 귓가에 폭포 소리가 들리는 것 같았다.

쏴아아아! 콸콸콸콸!

무명의 전신이 사시나무처럼 덜덜 떨렸다.

방금 전 몸을 일으키지 못할 정도로 심한 내상을 입은 무명. 노도와 같은 흡성신공의 공세를 뿌리치는 것은 무리였다.

제갈윤은 쌍장을 통해 엄청난 내력이 들어오는 것을 느꼈다.

"네놈 목을 베겠다는 말은 취소하마! 나를 위해 이렇게 많은 내력을 줄 줄은 까맣게 몰랐구나! 목을 베지 않고 상을 내려야겠다, 하하하하!"

시황과 달리 내력을 흡수할 기회가 딱히 없었던 제갈윤.

그는 일갑자를 훨씬 뛰어넘는 내력을 한꺼번에 흡수하자 남녀의 운우지정 같은 쾌락을 느끼며 전신을 부르르 떨었다.

그때 무명이 쌍장으로 내력을 한 번에 쏟아부었다.

"하아아앗!"

산을 뒤엎는 해일이 제갈윤을 덮쳤다.

고오오오오!

그러나 제갈윤은 끄떡없이 무명의 내력을 흡수했다.

"하하하하, 크하하하하하!"

순간 무명의 두 눈이 서슬 퍼런 안광을 뿜어냈다.

그가 괴성을 지르면서 두 발을 튕겼다. 그리고 모든 힘을 다해 제갈윤의 가슴팍을 찼다.

"하아아앗!"

퍼엉!

둘의 쌍장이 굉음을 내며 떨어졌다.

도중에 흡성신공을 멈춘 부작용은 엄청났다.

무명은 거대한 힘을 이기지 못하고 돌벽으로 날아가 처박혔다. 콰앙! 이어서 고개를 푹 숙이며 한 모금의 선혈을 토했다. 쿨럭!

다시 한번 깊은 내상을 입은 것이었다.

반면 제갈윤은 제자리에 선 채 미동도 하지 않았다.

전부는 아니지만 무명의 내력을 절반 이상 흡수한 제갈윤. 그는 먼저 시황만큼 웅혼한 내력을 지니게 된 것이다.

제갈윤이 무명을 향해 다가왔다.

"네놈에게 벌을 내려야 할지 상을 내려야 할지 모르겠군."

그의 목소리에 여유가 흘러넘쳤다.

무명이 피를 토하다가 힘들게 입을 열었다.

"…둘 다 필요 없다."

"그래? 좋다. 내력을 바친 점을 가상하게 여겨서 내 너를 고통 없이 죽여주지."

그때 무명이 엉뚱한 말을 꺼냈다.

"전 이매망량 수장 장량이 어떻게 죽었는지 알고 있나?"

"알 게 뭐냐."

제갈윤이 시큰둥하게 냉소를 흘렸다.

하지만 무명은 말을 계속했다.

"장량은 환관 곽평의 내공을 흡수했지. 그런데 곽평은 흡성신공의 파훼법을 준비해 놓고 장량을 기다리고 있었다."

"흡성신공의 파훼법? 설마 네놈……."

제갈윤은 정신이 번쩍 들었다.

상대의 내력을 빨아들이는 흡성신공.

그런데 흡성신공의 유일한 약점이 있었다. 바로 한빙공이었다.

내력을 운용하는 방법을 모르면 오히려 혈맥을 얼어붙이는 한빙진기. 곽평은 한빙공의 진기를 장량에게 일부러 흡수당해서 그의 단전과 혈맥을 파괴했던 것이다.

때문에 이매망량이 가장 꺼리는 상대가 한빙공의 고수였다.

시황의 기억을 받은 제갈윤이 그걸 모를 리 없었다.

"네놈이 설마 한빙공을 수련했다는 말이냐?"

"…아쉽게도 그럴 시간이 없었지."

그 말에 제갈윤이 너털웃음을 터뜨렸다.

"와하하하, 그럼 그렇지! 예전 장량이라면 모를까, 네놈이 그럴 시간이 있었을 리 없지!"

그런데 무명의 눈빛이 여전히 싸늘했다.

"확실히 나는 한빙공을 모른다. 하지만 한빙공보다 더한 괴이한 내력을 흡수했지."

"뭐라고? 곧 죽을 놈이 끝까지 허세를 부리는군."

제갈윤이 무명을 비웃으며 한 차례 운기조식을 했다.

순간 그의 두 눈이 접시처럼 커다래졌다.

"……!"

내력을 끌어올리자 심장이 일순 뛰지 않고 정지했던 것이다.

덜컥!

제갈윤은 잠시 멍하니 자신의 가슴팍을 내려다봤다.

"…이게 대체 뭐야?"

"당신이 흡수한 내공진기는 극양과 극음의 내력이다."

"뭐, 뭐라고?"

제갈윤이 입을 딱 벌리며 무명을 쳐다봤다.

전정고수는 아니나 제갈세가의 후예인 그가 무명의 말을
이해하지 못할 리 없었다.

극양과 극음의 내력. 닭과 지네처럼 서로 만나면 둘 중 하
나가 죽어야 하는 상극되는 내력이 아닌가?

"말도 안 돼! 어떻게 한 사람의 몸에 극양과 극음의 내력이
동시에 있을 수 있지?"

"내가 흡수한 두 악인의 내력이 공교롭게도 극양과 극음이었다."

"……!"

무명의 태연한 목소리가 제갈윤의 심장을 더욱 얼어붙게
만들었다.

황궁의 두 환관. 소행자와 우수전.

두 환관의 내력은 서로 정반대되는 극양과 극음의 성질을

띠고 있었다.

두 내력이 충돌하며 기혈을 헤집는 바람에 주화입마 직전까지 갔던 무명. 그는 광명하사의 웅혼한 내력을 흡수한 뒤에야 간신히 두 내력을 다스리게 되었다.

그런데 방금 제갈윤에게 흡성신공을 당하면서 소행자와 우수전의 내력을 쌍장을 통해 쏟아냈던 것이다.

만약 제갈윤이 시황처럼 절정고수였다면 두 환관의 내력을 다스릴 수 있었으리라.

그러나 지금 그의 신체는 일류를 간신히 넘는 수준이 아닌가?

"당신 말이 맞다. 내 심계는 교활하기 짝이 없지."

"……"

"하지만 네가 미처 몰랐던 게 있다."

"그게 뭐냐?"

"네놈이 보기보다 훨씬 멍청하다는 것!"

제갈윤은 할 말을 잃고 입을 다물었다.

이매망량을 부리던 자에게 흡성신공을 쓰다가 역으로 당한 줄 알았던 무명.

실은 그 모든 것이 제갈윤의 심리를 역이용한 심계였던 것이다.

"너는 지금 내력이 아예 없느니만 못한 상태다."

"개소리 마라, 다 개소리다……."

"그럼 어디 한번 시험해 보시지."

"하아아아아압!"

제갈윤이 전신에 내력을 끌어올렸다. 펄럭펄럭! 그의 옷자락이 광풍을 만난 것처럼 나부꼈다.

엄청난 내력이 혈맥을 돌자 제갈윤은 기뻐서 광소를 터뜨렸다.

"하하하하! 그것 봐라! 네놈의 말은 모두 개소리였다, 크하하하……."

그런데 제갈윤이 모르는 사실이 있었다.

그의 양손이 피로 흥건했던 것이다.

실은 피가 아니라 붉은색의 땀이었다. 극양극음의 내력이 몸속에서 충돌하여 주화입마가 오고 있는 것이었다.

하지만 그는 광소를 멈추지 않았다.

"이치피 망지는 불로불사, 영원히 죽지 않는다! 그깟 내력쯤이야 무슨 상관이냐? 크하하하하……."

어느새 그의 몸이 흘러내리는 붉은 땀으로 시뻘겋게 젖었다.

무명이 허리에 찬 환도를 들었다.

"그렇게 영원히 살고 싶은가?"

"당연하지! 사람은 누구나 영생을 꿈꾸는 법!"

"소원대로 해주지."

휙.

무명이 몸을 날려 제갈윤의 목을 일검에 베었다. 촤악!

"……!"

제갈윤의 목이 두 눈을 부릅뜬 채 공중을 날아갔다.

빙글빙글빙글.

그의 목이 떨어진 곳은 공교롭게도 피 웅덩이의 한복판이었다.

풍덩!

검붉은 핏물에 떨어진 목이 수면 밑으로 가라앉았다.

제갈윤의 시야는 핏물에 가려서 시뻘겠다. 하지만 그는 기뻐 날뛰며 생각했다.

'이게 웬 떡이냐!'

망자는 혈선충의 심맥이 갈리지 않는 한 죽지 않는다. 그런데 무명이 벤 목이 핏물에 떨어졌으니 다시 힘을 얻을 일만 남은 것이다.

쭈우우욱.

그는 잘린 단면으로 피를 흡수했다. 얼굴이 시뻘게질 만큼 피를 빨아들이자 힘이 용솟음쳤다. 안 그래도 핏물이 부족해서 객잔으로 돌아왔던 게 아닌가.

'크하하하하!'

제갈윤은 혈선충을 놀려서 수면 위로 올라왔다.

무명이 수백 명이 넘는 병사들에게 둘러싸여 있을 때, 제갈윤은 몸을 찾아서 다시 목을 붙였다. 그리고 병사들에게 무명을 산 채로 뜯어 먹으라고 명령했다.

내상과 검상을 함께 입은 무명은 결국 병사들의 먹잇감이 되고 말았다.

'네놈의 살점이 천하를 집어삼킬 병사들의 양분이 되었구나!'

제갈윤은 객잔을 나와 도성으로 진군했다.

그의 동생, 현 황제가 북방에서 군대를 끌고 왔다. 하지만 수만 명에 육박하는 망자 군대에게 속수무책으로 패배했다.

제갈윤, 아니, 시황은 그토록 바라던 천자의 자리를 되찾았다.

그는 마음껏 세상을 유린했다.

반항하는 자는 모두 죽었다. 충성을 맹세하면 사내는 망자 병사로 만들고 여인은 황궁에 두어 희롱했다.

하늘 아래 그의 뜻대로 되지 않는 게 없었다.

삶이 이렇게 달콤할 줄이야!

'하하하하! 으하하하하!'

그런데 그의 웃음 속에 기이한 소리가 섞여 있었다.

삐릴리리……

초적 피리 소리.

지금 제갈윤의 목은 무너진 한빙석 돌무더기 속에 파묻혀 있었다.

…무명이 몸을 날려 제갈윤의 목을 일검에 베었다. 그는 떨어진 목을 낚아채서 자신이 처박혔던 돌무더기 속에 집어넣었다.

이어서 초적 피리를 주워 제갈윤의 목 옆에 두었던 것이다.

그런 다음 한빙석 무더기를 제갈윤의 목 위에 가득 쌓았다. 영원히 짓눌린 무게에서 벗어나지 못하도록.

한빙석 때문에 생긴 공기의 흐름이 끊임없이 피리 소리를
울렸다.

삘릴리리……

피리 소리를 듣자 제갈윤의 목은 환각에 젖어 꿈을 꾸게 된
것이었다.

천하를 지배하고 농락하는 꿈.

망자의 목은 죽지 않는다. 피리는 끝없이 음악을 연주해서
제갈윤의 목을 환각에 빠뜨리리라. 또한 한빙석의 한기 때문
에 제갈윤의 몸뚱이와 병사들은 근처에 얼씬도 못하리라.

무명이 말했다.

"네놈이 그토록 바라던 영생이다."

사람은 언젠가는 죽는다. 짧기 때문에 삶은 소중한 것. 삶
을 충실히 산 자만이 죽는 순간 기쁘게 눈을 감을 수 있는 것
이다.

"그 속에서 영원히 꿈꾸며 살아라. 네놈은 죽을 자격도 없다."

무명은 한빙석 파편을 들어 마지막으로 제갈윤의 목이 드
러난 곳을 막아버렸다.

제갈윤이 환술에 빠져서 정신 조종이 끊기자 병사들은 본
능대로 움직였다.

그들은 한 명씩 피 웅덩이 속으로 들어갔다.

풍덩, 풍덩.

병사들은 한빙석 근처에서 숨을 멈추고 있는 무명을 알아차리지 못했다. 지하실 전체에 피 웅덩이 냄새가 퍼져 있어서 무명이 흘린 피 냄새는 없는 것과 마찬가지였다.

또한 도성으로 진군하던 군대가 방향을 돌려서 객잔으로 오기 시작했다.

피 웅덩이 밑바닥에는 지하 도시로 연결된 동혈이 있었다. 병사들은 동혈을 통과해서 원래 사열해 있던 광장으로 돌아가는 것이었다.

그곳에서 다시 자신들을 조종할 명령자를 기다리리라.

무명은 숨을 죽인 채 수레가 오르내리는 선로로 움직였다. 그리고 선로를 사다리처럼 붙잡고 올라가기 시작했다.

내상과 검상이 심했지만 지하실 삼 층을 올라가는 것은 그에게 문제도 아니었다.

마치 첫 잠행 때 잔도 절벽을 올라가던 때와 같은 상황.

그런데 이상하게도 지금이 몇 배는 더 힘들었다.

왜일까? 그때는 평범한 서생이었고 지금은 엄청난 고수의 몸인데…….

문득 이유를 깨달았다.

그때는 삶의 목표가 있었다.

지금은 없었다. 이름도 과거도 없는 자, 무명.

흑랑성에서 만들어진 살수. 한 번도 살아본 적이 없는 몸이니 앞으로 무엇을 하고 살아야 하는지 알 수 있을 리 없었다.

게다가 이유가 하나 더 있었다.

그때는 누군가 곁에 있었지만, 지금은 철저히 혼자였다.

"……."

별 대단한 것은 아니었다.

강호는 넓지 않은가?

발 닿는 대로 걷다 보면 살 자리가 나올 것이다.

아니면 죽을 자리라도…….

무명은 만신창이로 지상에 올라왔다.

객잔 뒷문으로 나가자 마차는 보이지 않았다.

그는 희미하게 웃었다. 소소와 편복선생은 무사히 도망쳤으리라. 그것으로 충분했다.

무명은 객잔을 떠나 길을 걸었다. 내상이 깊고 검상에서도 핏물이 계속 흘러내렸다. 옷은 피로 흠뻑 젖은 지 오래였다.

문득 어이가 없었다.

"왜 굳이 망자가 되려 하지? 이 정도로 당해도 쉽게 죽지 않는데."

그는 휘청거리며 몇 걸음을 걷다가 어느 순간 머리부터 고꾸라지며 쓰러졌다.

콰당.

"하하하……."

땅에 머리를 처박은 자신의 꼴에 웃음이 나왔다.

하지만 나쁘지 않았다.

어차피 누구나 한 번은 죽는 것이 아닌가?

그는 천천히 눈을 감았다.

얼마나 시간이 흘렀을까, 누군가 무명을 부축해서 일으켰다.

눈을 뜨자 환한 얼굴이 그를 내려다보고 있었다.

정영이었다.

"무명, 죽지 않았군."

그녀의 목소리는 여전히 사내처럼 거칠고 투박했다.

"혹시 나를 찾으러 왔소?"

무명이 묻자 정영이 눈썹을 찡그리며 말했다.

"그게 무슨 소리요? 나는 그저 소소와 편복선생을 찾으러 온 깃뿐이오."

"둘이 객잔을 무사히 탈출했소? 그들과 만났소?"

"그렇소! 소소가 당신이 자기를 구해주고 객잔에 혼자 남았다고 했는데 나는 둘을 피난민들한테 보낸 다음 걱정이 돼서, 아니, 망자를 퇴치하려고 객잔을 살피다가 당신과 이렇게… 만난 것이오."

평소 짧은 그녀의 말이 유난히 장황했다.

정영의 꼴이 영 여인답지 않았다.

분을 바르지 않아도 흰 얼굴이 먼지가 잔뜩 묻어서 지저분했고 옷은 군데군데 찢어진 데다 흙투성이였다.

게다가 말을 타고 왔으면서도 숨을 힘겹게 몰아쉬고 있었다. 그녀 옆에 있는 말도 푸르릉 하며 거칠게 숨을 쉬었다.

오랜 시간 동분서주하며 헤맨 것 같은 모습. 그러나 그녀의 두 눈만은 똑바로 쳐다볼 수 없을 만큼 반짝거렸다.

둘은 잠시 말없이 서로를 쳐다봤다.

곧이어 무명이 말했다.

"무림맹의 임무를 끝내려고 온 것이오?"

자신을 죽이러 온 게 아니냐고 암시하는 말.

하지만 정영의 대답은 엉뚱했다.

"아니오. 무림맹을 떠나서 사문으로 돌아갈 생각이오."

무명은 희미하게 웃었다. 역시 그녀는 머리 회전이 느렸지만, 왠지 그게 좋았다.

"이제 그냥 강호인인 셈이군."

"뭐, 그렇소."

무명이 몸을 일으키려다가 다시 무릎을 꿇으며 쓰러졌다.

"가만히 있으시오."

정영이 엄한 말투로 명령하더니 무명의 팔을 목에 두르고 부축했다. 그제야 그는 간신히 일어설 수 있었다.

"타시오."

정영이 무명을 부축해서 말에 태웠다. 그리고 몸을 날려 무명의 뒤에 올랐다. 그녀가 두 손을 뻗어 말고삐를 잡았다. 그러자 자연히 무명을 뒤에서 끌어안는 모습이 되었다. 방금까지 몸이 덜덜 떨릴 만큼 추웠지만 어느새 한기가 사라졌다.

"……"

지하 뇌옥에서 눈을 뜬 이후로 처음 느껴보는 온기.

정영이 침을 꿀꺽 삼키며 말했다.

"꽉 잡으시오. 말에서 떨어져도 모르오."

"어디로 갈 거요?"

"어디라니……."

무명의 물음에 선머슴 같던 그녀가 말을 더듬었다.

"딱히 생각한 곳은 없소만."

"사문으로 돌아간다고 하지 않았소?"

"아, 그렇지. 그렇소."

"그럼 당신 사문이 있는 땅으로 갑시다."

무명은 무슨 생각을 하는지 잠시 말을 멈췄다가 다시 이었다.

"…남쪽으로 말이오."

"좋소!"

정영이 신을 내며 말했다.

"남쪽 사람들은 정이 많고 따뜻하오. 하지만 타지 사람이 처음 오면 거칠고 퉁명스럽게 대하는 게 흠이오. 그래도 괜찮겠소?"

"상관없소."

무명이 대답했다.

"남쪽에 가도 친우 한 명쯤은 있지 않겠소?"

곧이어 정영이 말을 달렸다.

하아앗!

둘은 공기가 따뜻하고 장강이 흐르는 남쪽을 향해 달려갔다.

그때 하늘이 유난히 맑고 파랬는데 어디선가 두 마리 새가 와서 한참 동안 공중을 선회하다가 햇빛이 비치는 곳을 향해 날아가는 것이었다.

『실명무사』 완결